KB251465

사랑한다면
반응하라

사랑한다면
반응하라

김우영 자전에세이

사랑한다면 반응하라

나무와숲

정말지 수녀

제가 입가에 미소를 짓고 있다면,
그것은 제 앞에 서 있는 누군가를 위한 것입니다.
제가 종종걸음을 걷는다면,
그것은 저를 기다리는 사람을
더 빨리 만나기 위한 것입니다.
꽃을 꽂는 일도, 풀을 뽑는 일도,
사전을 뒤적거리는 일도 누군가를 위해서 합니다.

저는 오늘도 제가 존재함으로써
누군가의 눈물을 닦아줄 수 있고,
누군가의 잠자리가 따뜻하도록
챙겨줄 수 있음에 감사합니다.
제 앞에, 제 옆에, 제 뒤에 있는 사람이
행복할 그 순간에
저 역시 행복합니다.

차
례

조국은 우리가 함께 짊어지고
가야 할 기억이다

김석범
무국적 재일조선인, 대하소설 『화산도』 저자
제1회 이호철통일로문학상 수상

저는 글쓰기를 통해 오래도록 기억과 역사에 대해 생각해 왔습니다. 기억이 말살된 곳에 역사가 없고, 역사가 없는 곳에 인간의 존재 또한 설 자리가 없다는 것을 제주 4·3항쟁 당사자의 증언과 침묵을 통해 배웠기 때문입니다. 기억의 자살과 기억의 타살…. 오랫동안 입 밖에 낼 수 없었던 일들, 목소리가 되지 못한 이야기들을 땅과 바다 위 세상으로 건져 올렸을 때 비로소 우리는 비극의 시간을 역사라 부를 수 있게 됩니다. 분단 또한 그러한 기억의 연장선 위에 놓여 있습니다.

저는 통일의 꿈을 불가능의 예술이라 일컫곤 하면서도 남과 북이 하나 된 통일조국을 흔들림 없이 지향해 왔습니다. 남과 북을 가르는 선은 역사 속에서 우연처럼 그어졌지만, 그 선을 둘러싸고 흘린 눈물과 고통의 기억은 결코 우연이 아닙니다. 따라서 통일이란 갈라지고 흩어진 기억을 다시 이어 붙이는 작업이자, 서로의 상처를 역사로 받아들이는 긴 과정일 것입니다.

2017년 이호철통일로문학상 수상식 때 김우영 의원과 함께하며 통일의 꿈에 대해, 김우영 의원이 걸어온 길에 대해 말씀을 나눈 기억이 선명합니다. 그때 김우영 의원이 분단의 현실과 역사를 외면하지 않으려는 진지한 자세를 보여주어 감명 깊었습니다. 그리고 우리는 이호철 선생의 이름 아래 통일을 이야기하던 자리에서 분단이 그저 정치의 문제가 아니라 기억과 양심의 문제라는 사실을 재확인했습니다. 역사 바로세우기와 정명에 대한 노력이야말로 미래로 나아가는 가장 정직한 길이라는 믿음이 그 자리에 있었습니다.

저는 작년에 100살을 맞이했습니다. 오랜 시간이 요구되는 일을 하기 위해 오래 살아온 것 같습니다. 100세 노인이 젊은 여러분에게 말하고 싶습니다. 조국은 우리가 함께 짊어지고 가야 할 기억의 이름입니다. 남과 북은 서로 다른 체제 속에 살고 있지만, 한겨레의 역사와 고통을 나누어 가진 존재라는 사실은 변하지 않습니다. 올바른 역사의식을 가지는 일, 말살된 기억을 부활시키는 일, 타인의 아픔을 자기 일처럼 마음에 새기는 일, 그리고 상생의 길을 포기하지 않는 마음. 그것들이 바로 통일로 가는 느리지만 가장 확실한 길이 아닐까 싶습니다.

한 사람의 삶은 한 시대의 기억이기도 합니다. 한 사람의 걸음을 통해 우리가 어떤 역사를 살아왔는지 돌아보게 하고 어떤 미래를 함께 그려갈 것인지 사유하게 한다면 그것만으로도 충분한 의미가 있을 것입니다. 역사는 계속될 것이고, 앞으로의 시간은 여러분의 몫입니다.

사랑한다면 반응하라

국민의 지혜를 경청하는 정치인이 되길

이미경
前 은평구(갑) 국회의원, 前 민주당 사무총장
제12대 한국국제협력단 이사장

제가 김우영 의원과 연을 맺게 된 것은 그의 은사이신 고故 장을병 의원님을 통해서였습니다. 김우영 의원을 보면 은사님의 인품을 많이 닮았다는 생각을 합니다. 사람들에게 크고 작은 도움을 많이 주지만 기억조차 잘 하지 못하는 경우를 종종 보았습니다. 그래서 그의 주변에는 오래된 친구, 선후배들이 많이 있습니다. 좋은 정치인으로서 큰 장점이라 생각합니다.

보좌관으로 활동했던 김우영은 참 독특했습니다. 평상시 사무실에 잘 있지도 않고, 무얼 하는지 보고도 잘 안 하는데 번쩍이는 아이디어를 내서 히트 상품을 만들어내는, 말하자면 창의적인 천재형이었습니다. 저는 그것을 잘 인지하고 있었기 때문에 오랫동안 같이 호흡을 맞출 수 있었습니다. 예를 들면 IPI(국제언론인협회)에서 김대중 정권이 언론을 탄압하여 언론 자유 순위가 세계 최하위 수준이라는 발표가 나왔을 때 IPI 사무국을 한국의 모 보수언론이 차지하고 있으며, 세계적 권위도 별 볼 일 없다는 것을 김 의원이 밝혀내 자료집을 냈습니다. 그 이후 김대중 정권의 언론 탄압 이야기는 사라졌습니다.

제가 2002년 처음 실시되는 전 당원 투표에서 최고위원에 당선될 때 김우영 보좌관은 선거운동 전략과 연설 등을 도맡아 지휘했습니다. 당시는 SNS를 시작한 초기 단계였는데 김우영은 젊은 노사모들에게 파고들어 이미경을 알려 나갔고, 호의적 반응을 보내는 당원들의 별명(ID)을 마지막 체육관 유세에서 호명하는 참신함을 보였던 것이 기억납니다. 그리고 마침내 여성 가산점 없이도 당당히 최고위원으로 당선되었습니다.

2008년 총선은 민주당의 참패였습니다. 17대 서울시 민주당 국회의원이 32명이었는데 2008년 18대 총선에서 완전 참패하여 8명만이 살아남았는데, 저는 그중 한 명이었습니다. 승리의 일등공신은 김우영 보좌관이었습니다. 그는 당시로서는 첨단 선거 전략을 구사했습니다. 정밀한 여론조사를 수차례 하면서 각 동별 유권자의 투표 성향과 요구사항 등을 데이터화하여 맞춤형 공약을 제시했던 것이 주효했습니다. 매우 불리한 선거 조건에서 김우영 보좌관은 여러 가지 실험을 하면서 아마도 '정치 전략가'로서의 걸음마를 떼지 않았나 싶습니다.

김우영 의원은 국문학도 출신으로서 풍부한 인문학적 안목과 교양을 가지고 있고, 인간의 여러 면모를 포용할 줄 아는 성숙함을 가

 사랑한다면 반응하라

진 사람입니다. 이런 면모는 만 40세의 최연소 구청장으로 일하면서 발현되었습니다. 김우영 보좌관이 구청장에 도전하고 싶다고 말했을 때 저는 적극 찬성하지 않았습니다. 생활정치 영역인 구청장을 잘할 지 확신이 서지 않았습니다.

그런데 우여곡절 끝에 구청장에 당선된 김우영은 매우 소탈하게 주민들과 잘 소통하였고 국회의원인 저보다 인기가 더 좋았습니다. 공무원들에게도 민주적 리더십을 발휘하여 참신한 구청장상을 보여 주었습니다. 무엇보다 이전의 구청장이 20세기형이라면 김우영 구청 장은 21세기형 비전을 제시하면서 은평구를 탈바꿈시켜 나갔습니다. 전국에서 처음으로 주민참여예산제를 도입했고, 천년 고찰 진관사를 서울의 대표적 한국 사찰로 자리 잡도록 큰 도움을 주었습니다. 진관 사 입구에 길게 늘어선 계곡 상인들을 이주시켰고, 그 일대에 전통 사찰과 어울리는 한옥마을을 조성했습니다. 은평구의 공식 브랜드 를 '북한산 큰숲, 사람의 마을 은평'으로 정하면서 은평구를 북한산 을 중심으로 한 자연·생태·환경의 도시로 브랜딩한 것은 신의 한 수 였습니다. 북한산이라는 큰 자연 자산을 은평구의 자산으로 만든 것 입니다. 또한 이호철, 정지용, 윤동주 등 우리나라 대표 문인들의 기 록들을 집요하게 찾아내고 문체부 공모사업에 도전해 '국립한국문 학관' 건립을 성사시킨 것도 그의 인문학적 안목이 만들어낸 큰 업적 이라 생각합니다. 진관사, 북한산, 국립한국문학관 등을 부각시키면 서 은평구의 이미지를 생태적·문화적 이미지로 탈바꿈시켰습니다.

8년 구청장 임기를 마치고 김우영은 다시 거친 정치의 한복판으로 돌아왔습니다. 문재인 정부의 제도개혁비서관, 자치발전비서관을 거쳐 서울시 정무부시장을 역임하면서 관록을 탄탄하게 쌓았고 여러 대선 주자들이 그를 참모로 영입하고 싶어 한다는 소문을 들었는데, 그가 이재명 후보의 참모로 일하는 것을 보고 참 잘한 선택이라고 생각했습니다. 그러나 결과는 0.73%의 차이로 패배해서 큰 충격을 받았습니다. 이후 대한민국 정치는 잘 아시는 대로 상상을 초월하는 암흑의 시기를 맞이했고, 급기야 이재명 당대표 체포동의안이 가결되는 참혹한 사태를 맞이했습니다. 김우영은 대선 패배 후 '더민주전국혁신회의'를 조직하고 민주당을 120만 당원 중심의 당으로 혁신하면서 당내 기반이 약한 이재명 대표를 적극 도왔습니다. 윤석열의 계엄을 이겨내고 이재명 정권이 탄생하는 데 김우영 의원의 헌신적인 숨은 역할이 컸다고 생각합니다.

지금 세계는 거대한 시대 전환의 소용돌이 속에 놓여 있습니다. 우리의 미래를 결정짓는 데 정치의 역할이 그 어느 때보다 중요합니다. 이재명 정부와 민주당이 앞으로 대한민국 100년의 미래를 결정합니다. 다행히 이재명 대통령은 운전대를 잘 잡아 가고 있습니다. 민주당이, 특히 민주당 의원들이 커다란 사명감을 가지고 사리사욕을 버리고 힘을 모아야 할 때입니다. 계엄군의 총과 장갑차를 막아선 시민들, 폭설이 내리는 이태원 대로에 밤새 은박지를 뒤집어쓰고 엄동설한을 이겨낸 키세스 군단! 남태령의 농민 시위를 격려하며 난

   사랑한다면 반응하라

방차를 보내준 많은 시민들! 여의도로 광화문으로 오색 빛깔의 응원봉을 들고 나온 '빛의 혁명'의 젊은이들! 이들을 실망시키는 일을 민주당이 해서는 안 됩니다. 김우영 의원이 민주당이 분열하지 않고 늘 국민과 함께 살아 있도록 선봉에 서 주기를 바랍니다.

마지막으로 김우영 의원이 은평구청장 시절에 보여준 덕장의 리더십을 발휘하여 늘 웃음과 포용으로 상대를 변화시키고 국민의 지혜를 경청하는 정치인이 되기를 바랍니다. 저는 김우영 의원이 대한민국 정치를 변화시킬 큰 일꾼이 되리라 굳게 믿습니다.

나는 그를 믿는다 — 정치인 김우영에게

김시업

(재)실시학사 이사장
성균관대 명예교수

1

나는 근자에 불광역 길가에 있는 콩나물국밥집에서 아침 먹는 일이 가끔 있다. 8시 반쯤 들어서 보니 작은 규모이지만 깔끔하고 밝은 분위기였다. 특히 일하는 마을 아주머니들이 쾌활하고 정성스러웠다. 혼자 오신 거동이 불편한 노인, 바삐 일터에 나가는 젊은이들, 산을 걷고 내려온 사람, 다양한 주민들이 드나들 때마다 인사하면서 주문받는 일이 명랑하다. 반기는 빛이 넘쳤다. 새벽처럼 나와서 먼저 일하는 팀과 아침에 나오는 아주머니 종업원들이 서로를 맞이하고 일손을 교대하는 분위기에 즐거움이 넘치니까 손님들도 모두 밝은 빛이 되었다.

은평의 생활인들이 어려움 속에서 시간급을 받으면서도 일하고자 하는 작은 소망을 이루어 나가는 모습을 보면서 그 활력을 느낄 수 있었다. 내가 은평에서 일하던 (진관동 역사한옥박물관) 지난날보다 훨씬 달라 보였다. 이런 새로움의 활력은 각 곳에서 볼 수 있었다.

〈하나〉 2주 전 어느 신문 주말 특집판 표지 타이틀에 은평구 대조동에 위치한 '이호철북콘서트홀'의 새로움이 소개되었다. 서울의 다른 지역과 멀리 있는 사람들까지 와서 참여하는 문화 활력이 넘치는 프로그램이었다. '새로운 개념의 문학관'으로 기획된 이호철북콘서트홀은 문학관의 공간 구성과 운영 방식을 조성 단계에서부터 다른 문학관과 차별화하여 기획된 문화 공간이다. 불광역 근처 청년주택 2층에 조성된 이호철북콘서트홀은 그 장소에 걸맞은 공간 구성과 콘텐츠를 입히면서 문학관의 이름과 내용이 일신한 것이다. 일간지 토요판 표지 타이틀에 오를 수 있다는 것은 전국에 걸쳐 주목되는 신新문화 주제라는 말이다.

〈둘〉 '이호철통일로문학상'은 세계가 '통일로'의 의미와 실제를 공감하는 주목받는 상이 되고 있다. 첫 번째가 일본에 있는 제주 4·3의 증인 김석범 작가였다. 그러고는 대개 고난의 역사 속에서 인권과 평화를 갈망해 온 어려운 나라, 어려운 곳의 문제적 문학인들이 수상자로 발탁되어 세상에 알려지고 있다. 수상자 가운데는 이를 계기로 맨부커상을 비롯한 세계가 주목하는 작가상을 받는 사례도 있게 되었다. 횟수를 거듭하면서 이제 은평이 주는 국제적 문화상으로서 그 품격이 인정되고 있다.

〈셋〉 옛 기자촌 자리에 새 건물을 짓고 있는 '국립한국문학관'이 3월에 특별한 발표회를 준비하고 있다 한다. 문학관이 수집한 유물 '파리 장서'를 중심으로 이 역사적 문서를 주획한 심산(김창숙)과 글을 지은 큰 선비 면우(곽종석)를 알아보는 발표 보고회가 열리는 것이다. 문학관은 앞으로 계획해 나갈 '이달의 문학 인물' 심포지엄의 예비 행사라 하였다. '국립한국문학관'은 김우영 구청장 2기 때 세워진 '한국고전번역원'과 함께 국가 중요 문화 기관을 은평에 유치해 온 커다란 성과이다.

위에서 예를 든 세 가지는 모두 인문·문학 영역들이다. 김우영 의원이 구청장 일을 볼 때, 인문 고전과 문학이 전공인 나도 '은평역사한옥박물관'에서 그 어려운 과정을 지켜보면서 마음을 기울였던 일이었다. 내가 실제 보탬이 된 일은 없었지만…. 다른 여러 분야에서도 이와 같은 성과들은 적지 않은 것으로 안다. 이러한 일들이 대개 김우영과 그 뒤를 이은 김미경 구청장, 그리고 뜻을 함께한 은평 사람들의 정성과 노력으로 빛을 보게 되었으니 격려할 만한 일이다. 긍지를 가지고 즐겨도 좋을 은평구민들에게 크게 축하를 드린다.

2

김우영과 나는 캠퍼스에서 만났다. 총학 활동 리더 격인 학생과 학과 교수로서 만났다. 성균관대 교수들은 일찍이 심산사상연구회를 만들어 심산 김창숙을 대학과 사회에 알려 왔다. 심산 김창숙은 반침략 독립 투쟁, 반분단 통일 운동, 반독재 민주 투쟁에 목숨을 건 선비로서, 중세 국립대학 성균관을 근대 대학으로 복원시킨 성균관대학의 초대 총장이다. 그때, 80년대와 90년대 초 대학 사회가 민주화 투쟁과 함께 대학사 설립 과정의 부끄러움을 자기비판하는 분위기 속에서도 성대는 학생들이 중심이 되어 심산 선생 동상을 명륜동과 율전(수원) 두 캠퍼스에 세우고 심산가를 만들어 스스로가 심산의 아들, 딸임을 노래했다. 이 시기 우리는 캠퍼스에서는 심산 정신을 외쳤고 강의실에서는 실학과 다산을 토론했다.

나중에 장을병 총장이 국회로 나가서는 강원도 동향 출신으로 학생 활동에 진정이었던 김우영을 비서관으로 데려갔다. 그러니까 김우영은 심산 정신을 새기고 장을병 교수의 뜻을 따르면서 정치에 발을 들여놓은 셈이다. 선배 동료들의 지원 속에 젊은 구청장이 되고 그 행정 경험을 바탕으로 이제 정치인이 되었다.

오늘 생활인들은 대개 정치 지도자를 믿지 않는다. 신뢰하지 않을 뿐 아니라 바르게 보지 않는다. 세계적인 추세인 것 같다. 그러나 나는 믿는다. 정치인 김우영은 초심을 잃지 않을 것이라고. 그런 점에서 두서없는 몇 마디를 부탁하고 싶다.

역사 현실은 정치 지도자가 끌고 나가는 게 아니라 생활인들의 소망이 밀고 나가는 것이다. 정치 지도자는 생활인들의 간절한 소망이 무엇인지 읽어야 한다. 그래야 현실과 미래를 위한 정책을 설정하고 실현 방안을 구도할 수 있다. 이것이 실사구시다. 다산은 "정치란 바르게 하는 것, (바르게 함이란) 우리 백성을 고루 살 수 있게 하는 것政也者正也, 均吾民也"이라 하였다. 앞의 구는 공자의 말이지만, 뒤의 구는 다산이 붙인 말이다. '굶주린 백성을 고루 살아갈 수 있게 함' 속에 다산의 정치 의식과 애민 정신이 분명히 드러난다. 그러려면 어찌해야 할 것인가. 국민을 속이지 않아야 한다. 과감한 개혁으로 희망을 주어야 한다. 더불어 골고루 살 수 있다는 꿈을 주어야 한다. 남북이 평화롭게 함께 살 수 있다는 꿈. 일하러 온 외국인 이주민들, 반지하에서 장마에 사투하던 사람들, 콩나물국밥집에서 시간 알바를 하는 아주머니들, 일용직 노동과 배달에 목숨을 걸다시피 하는 젊은이에게 작은 소망을 가지고 더불어 즐겁게 일하며 살 수 있다는 희망을 주어야 한다. 그러기 위해서는 정치인이 정성과 열정을 다함으로써 생활인들과 진실과 감동을 함께해야 한다.

정치 지도자는 정책 기능 못지않게 인간 덕성을 지녀야 한다. 그래야만 생활인의 믿음과 정감을 기반으로 힘을 가지게 된다. 퇴계는 "마음속에 경敬을 품고 사람들에게 선善을 베풂으로써 세상에 선한 사람들이 늘어나 선한 세상을 만들 수 있다"라고 하였다. 남을 존중하고 나를 낮추면서 가누어 다잡고 정성을 모으는 일과 남을 사랑하고 정성을 기울이고 베푸는 일이 나의 안팎이 되어야만 사람들과 세상을 선하게 바꿀 수 있다는 말, 덕성과 위인爲人의 품격을 강조한

 사랑한다면 반응하라

말이다. 오늘의 정치 지도자에게 남보다 더 인성人性 함양에 솔선해야 한다는 말이기도 하다.

지금은 다산의 시대도 심산의 시대도 아니다. 퇴계의 시대는 더구나 멀다. 그러나 다산과 심산의 치열한 현실주의, 퇴계의 윤리주의마저 오늘 시대 현실과 무관하지 않다. 우리는 모름지기 다산과 심산, 퇴계까지를 마음에 새기고 미래를 향해 현실을 타개하고 개척해 나가야 한다. 무엇보다 역사적 현실을 각성하면서 '실제의 일 속에서 참과 길을 찾아야' 한다는 '실사구시實事求是'의 정신과 그 추구가 절실하다.

프롤로그

영원한 소수파가 되거라

내 인생의 절반을
정치적인 일로 살아왔다
강산이 세 번 바뀌었다

저는 잘하고 있습니까
영원한 소수파가 되라던
내 스승님께 여쭈어 본다

약기지 강기골
정지용이 윤동주를 그렇게 말했다

나는 뼈가 강한 사람인가
뿌리가 깊은 나무가 될 수 있을까

아직 대가 약하다
더 단련되어야 한다
쓸모있는 쟁기가 될 때까지

1

산과 들이
마당이었다

영원한 소수파가 되거라
한 줌 흙 속의 씨앗과 같은 희망
쟁기는 부딪힐수록 단련된다

아랫골 샘물

"산257 동굴의 정기를 가진 자, 천하의 주인이 되리라."

요즘 젊은이들에게 인기가 높다는 소주 새로의 광고에 나오는 대사다. 시작부터 웬 소주 얘기냐 하실 분들이 있을 텐데, 내가 태어난 곳이 강원도 명주군 옥계면 산계리 252번지. 지금은 강릉시에 속하지만 여전히 지도에서 찾기 어렵고, 고교 시절 우리 집에 놀러왔던 친구들조차 "너네 집을 떠올리면 산밖에 기억나는 게 없다"고 할 정도로 산골짜기다. 새로 소주의 광고와 상표에 등장하는 산257은 산계리 257번지를 말한다. 광고는 바로 그곳에 새로의 캐릭터인 구미호가 산다는 설정인데, 구미호가 살 정도니 얼마나 골짜기인지를 짐작할 수 있겠다.

소주를 그곳의 물로 만드는지는 확인한 바 없지만, 물만큼은 어디보다도 많고 좋다. 할머니는 아랫골의 샘물만으로 농사를 지었고, 마을엔 백수를 넘겨 사시는 어르신이 많았는데 모두 좋은 물 탓이라고 여길 정도였다.

  사랑한다면 반응하라

아버지는 직장에 가시고 어머니는 품앗이를 다니느라 바쁜 탓에, 나는 대부분 할머니의 손에서 컸다. 봉평 출신이라 '사봉댁'이라 불렸던 할머니는 일제강점기에 초등학교를 나오셔서 글도 잘 쓰시고 매우 단정한 분이었다. 밥술깨나 뜨는 줄 알고 시집을 왔다가 겨우 풀칠이나 하는 집안인 것을 알고는, 평생 농사일에 간간이 옥수수엿을 만들어 파는 고된 일을 하면서도 자식들 교육만큼은 철저히 시켰다. 무학에 평생 농사꾼이었던 할아버지 밑에서 아버지가 강릉상고를 나와 면사무소 공무원이 될 수 있었던 것은, 할머니의 이런 억척스러움 탓이 아니고서는 도무지 설명이 불가능하다.

어릴 적 할머니의 고향인 봉평에 갔다가 신기한 광경을 보았던 일은 아직도 잊히지 않는다. 우리 동네 옥계는 물이 동쪽으로 흐르는데, 거기서는 물이 서쪽으로 흘렀다. 지금이야 태백산맥이 떡 하니 놓여 있으니 그 동쪽과 서쪽의 물 흐름이 다른 것이 당연한 일처럼 여겨지지만, 어린 마음에는 여간 신기한 게 아니었다.

2018년 평창 동계올림픽 개막식 때 미국의 펜스 부통령, 북한의 김영철·김여정이 한자리에 모인 것을 보며, 나는 이 두 물줄기를 다시 떠올렸다. 올림픽 직전만 해도 남북 관계, 특히 북한과 미국의 관계가 악화일로를 걸어서 자칫하면 전쟁이 일어날 수도 있는 상황이었다. 심지어 '코피 작전(상대를 견제하거나 제압하기 위해 제한된 범위 내에서 선제공격을 하여 상대에게 타격을 주는 군사 작전. 여기서는 북한에 대한 미국의 제한적 선제타격을 말한다)'까지 검토할 정도였다. 그런데 그 두 나라의 정상급 인사가, 비록 올림픽 때문이라고는 하지만 한자리에 앉았다는 상징성은 결코 가볍지 않았다. '대전환'이라는 단어가 순식간에 머리를 훑고 지나갔다. 분단과 대결, 평화와 협력이라는 서로 모순된 관계의 물줄기를 되돌리는 '대전환'. 남북 관계의 대전환이 어느 쪽은 물이 동으로, 또 다른 쪽은 서로 흐르는 내 고향인 강원도 땅에서 일어난 것은 우연이 아닐 수도 있겠다는 생각 말이다.

어릴 적 내 별명은 '번개'였다. 눈길만 떼면 마룻바닥 밑이건 어디건 사라지고 없다 해서 할머니가 붙여 준 별명이다. 고집은 어찌나 센지 품앗이 나간 어머니가 보고 싶다고 울고불고 떼를 쓰면, 기필코 할머니의 등에 업혀서라도 어머니가 계시는 논에까지 가서 얼굴을 봐야 직성이 풀렸다.

할아버지는 일밖에 몰랐다. 체구는 작으신데도 잠시 짬이라도 나면 나무를 한 짐씩 해오시던 모습이 생각난다. 나만 보면 언제나 "넌 커서 판사가 될 거다"는 말을 달고 사셨다. "누가 그러더냐?"고 물으면 내가 아주 꼬맹이 적에 지나던 스님이 그랬다면서, 자랑스레 말씀하셨다. 어린 손자 건강 챙기겠다는 생각에서였는지 산에서 토끼를 잡아다가 간을 소금에 찍어 먹게 했는데, 그 피비린내가 어찌나 역겨운지 그 뒤로 나는 육회라든지 연어나 방어 같은 붉은 빛이 도는 육류나 생선엔 손도 대지 않는다. 할아버지와는 가끔 장기를 둘 정도로 친하게 지냈는데, 막상 질 것 같으면 장기판을 뒤집어엎고 도망치는 철없는 개구쟁이였다. 할아버지는 그런 버릇없는 모습을 보고도 그저 입으로만 "이놈!"이라고 할 뿐, 이내 껄껄대는 소리가 뒤통수를 때렸다. 생각하면 참 아련한 시절들이다.

우리 어머니는 망상 분이다. 우리가 우스갯소리로 "착각은 자유, 망상은 해수욕장"이라고 얘기하는 바로 그 망상이다. 허약한 남편 뒷바라지하랴 농사까지 지으랴, 어머니를 떠올리면 평생 고생만 하셨다는 생각뿐이다. 무뚝뚝한 아들내미와 나누는 대화라고 해야 "밥 줘!"가 전부였지만, 그 아들이 불장난을 하다 집 대문을 태워 먹고 숨어 있다 들어와도, 동네 형들이 주는 막걸리를 홀짝거리다가 논두렁에 쑤셔박혀 정신없이 자다가 들어와도 어머니는 늘 괜찮다며 나를 품어 주셨다. 아들이 평범한 직장인이 되어 안정적으로 살기를 바라셨던 어머니의 바람은 끝내 이뤄지지 못했다. 나는 어머니가 원하던 평범한 아들이 되지 못했다.

그러나 내가 흔들릴 때마다 나를 지탱해 준 것은, 시장터에서 내 손을 잡고 걷던 어머니의 거친 손마디에서 전해지던 침묵의 응원이었다. 그 투박한 사랑이 나를 지금껏 받쳐 온 힘이다.

철암 탄광에서 사회생활을 시작한 아버지는 그 뒤 우체국을 거쳐 면사무소를 직장으로 삼았다. 우체국에서 근무하던 때, 한밤중에 도둑이 들어 금고를 홀라당 들고 가버린 사고가 터졌다. 문제는 그날 당직 근무자가 아버지였던 것. 잃은 손해를 고스란히 떠안았는가 하면 직장도 그만둘 수밖에 없었다. 그 일로 가뜩이나 넉넉잖던 살림살이마저 폭삭 기울게 된 것은 두말할 나위가 없다. 어머니는 그 뒤로 우리에게 "빚지지 말라"는 말을 입버릇처럼 달고 사셨다.

당시로는 고등학교를 나오는 일이 드문 일이기도 하고, 또 면사무소에서 근무해서였기도 하겠지만, 아버지는 옥계 면민들 사이에서

신망이 높았다. 가족에게는 무뚝뚝했지만 이웃에게는 따뜻했고 어떤
일이든 쉽게 거절하는 일이 없었다. 마을이 집성촌이다 보니 자연스
럽게 알고 지내는 이들도 많고 또 이런저런 부탁을 주고받는 일도 많
았는데, 한번은 이런 일이 있었다. 집에 돌아와 보니 아버지 큰소리
가 먼저 들렸다. 두 분이 다투시는 일이 아주 없는 일은 아니어서 그
날도 그러려니 했다.

"이런 걸 받으면 어쩌나 그래!"

"나야 부탁한 서류가 들었거니 해서 아무 생각이 없었지 뭐요."

아버지는 화가 잔뜩 난 목소리이고 어머니는 잔뜩 기죽은 소리
였다. 이윽고 나를 불러서는 신문지에 둘둘 말린 물건 하나를 휙
내밀면서 아무개네 집에 가져다주라는 것이다. 알고 보니 어느 집 아들
에게 입대 영장이 나왔는데, 형편이 어려워서 아들 없이는 농사를 지
을 수 없으니 해결을 좀 해줄 수 없냐는 부탁이 들어왔던 모양이다.
그러면서 봉투 하나를 건넸는데 그 속에 돈이 들어 있었던 거고, 어
머니는 그것이 무슨 서류나 되는 것으로 알고 무심코 받았다가 아버
지의 역정을 사게 된 것이었다. 나도 방위병으로 군 생활을 마쳤지만,
우리 마을 인근의 젊은이들은 어지간해서는 방위로 복무하는 경우가
많았다. 해안을 끼고 있는 곳이어서 향토 방위에 힘쓰라는 국가의 배
려 때문이다. 그런 제도를 알 리 없는 이웃집은 손 하나 아쉬운 형편
에 아들이 군대까지 가게 생겼으니 다급해 찾아온 게 우리 집이었던
것이다. 돈은 주인을 찾아 돌아갔고, 일은 잘 해결되었다.

돌아보면 나는 아버지 영향을 많이 받은 것 같다. 사회적 공익,

　　　　　　　　　　　　　　　　　　　　　사랑한다면 반응하라

책임감, 나름대로는 청렴성을 지켜야 한다는 의도하지 않은 무의식이 그렇다. 내가 자주 쓰는 말이 있는데, 그것은 '따뜻한 원칙'이다. 원칙이라고 하면 우선 차가운 느낌이 드는데, 이 사회를 더 따뜻하게 만드는 것이 원칙이지, 사람이 사람을 외면하고 고립시키는 것이 원칙이면 곤란하다는 것이 내 입장이고, 이는 아버지에게서 보고 배운 것들을 한마디로 정리한 것이다. 아버지야말로 따뜻한 원칙주의자였다. 이 얘기는 아버지를 떠올릴 때 늘 생각나는 에피소드여서 이런저런 매체에 여러 번 소개했는데, 언젠가 나를 공격하던 상대 당의 의원이 "김우영의 아버지는 병역 브로커였다"고 해서 기함을 한 적이 있다. 그릇된 정치가 집안을 욕되게도 하는구나 싶어 그저 쓴웃음을 지을 수밖에 없었다.

나는 2남2녀의 막내다. 위로 형 하나와 누나 둘을 두었다. 내게 형은 넘어야 할 산이자, 늘 비교당하는 거울이었다. 옥계 초등학교 때부터 반장을 도맡아 했고, 여학생들에게 인기도 많았던 형은 동네 사람들에게 늘 칭송받는 존재였다. 반면 나는 형의 그림자에 가려진 '수영이 동생'이거나 '말썽꾸러기 동생'일 뿐이었다. 그래서였을까. 형에게 나는 늘 반항아였다. 행여라도 형 행세를 하며 나를 부려먹으려 들면 어김없이 덤벼들었다. 우리의 쌈박질로 어머니의 자개농이 부서진 적이 있을 정도였다. 그럴 때마다 형은 나를 피해 도망가기 바빴고, 나는 지게 작대기를 휘두르며 그런 형을 쫓아갔다. 세 살이나 많고 군대도 험한 곳을 다녀온 형이었지만, 기세만큼은 내가 형을 압도했다. 형에 대한 질투와 선망, 그리고 그 질서를 깨부수고 싶었던 객기가 빚은 웃지 못할 추억이지만 그 시절을 참고 견뎌 준 형에게는 아직도 고마운 마음이 한구석에 남아 있다. 또 어느 한편으로는 이런 반항과 객기가 훗날 나로 하여금 주류 사회에 편입되어 안주하지 않고 끊임없이 혁신을 꿈꾸게 하는 동력이 아닐까 생각하니, 같은 이슬이라도 식물은 꽃을 만드는 데 쓰고 뱀은 독을 만드는 데 쓴다는 말이 떠오르기도 한다.

작은누나는 달콤한 호떡을 구워 주고 다정했던 기억이 머리에 남아 있다. 반면 전교에서 손가락에 꼽을 정도로 공부를 잘했던 큰누나는 나만큼이나 까칠해서 내 방황을 누구보다 매섭게 질책했다. 세월이 흘러 어머니가 편찮으셔서 서울로 올라왔을 때, 그 어머니를 묵묵히 끝까지 돌본 사람은 결국 누나들이었다. 정치를 한답시고 내가 밖으로 돌 때, 가족의 빈자리를 채운 누나들의 헌신을 보며 뒤늦게 알아차린 게 있다. 내가 입버릇처럼 부르짖는 '한 사람을 살리는 정치'의 가장 밑바닥에는, 나를 위해 호떡을 굽고 끝끝내 어머니의 곁을 지켰던 누나들의 사랑이 깔려 있다는 사실 말이다. 내겐 아주 큰 빚이 아닐 수 없다.

들판의 정서

우리가 살던 산계리는 삼척 김씨의 집성촌이다. 많이 들어 본 성씨는 아닐 테지만 삼척에서는 다섯 명 중 한두 명이 삼척 김씨일 정

 사랑한다면 반응하라

도로 많다. 마을 규모도 작은 데다 이웃이 친인척이니 유대도 깊고 평안했다. 마을에 이상한 바람이 불기 시작한 것은, 예비군 훈련을 할 정도로 넓은 잔디밭에 헬기가 출몰하기 시작하면서부터다. 서울의 대기업 회장이 공장을 지으려고 부지를 물색하러 다녀갔다는 소문이 돌더니, 아니나 다를까 큰 시멘트 공장이 들어선다고 했다. 마을이 발칵 뒤집혔다. 공장만 들어서는 것으로 끝나는 게 아니라 살던 사람들도 모두 이주를 해야 한다는 소식 때문이었다. 고향이 세상의 전부인 듯이 대대로 조상의 땅을 지키고 가꾸며 살던 시골 양반들에게는 날벼락과 다르지 않았다.

당시에는 그랬다. 정부가 중화학공업에 몰두하면서 재벌들의 사업 확장을 위해 온갖 뒷받침을 하던 때여서 정부 발표는 곧 명령이었다. 그럼에도 불구하고 누군가는 끝까지 나갈 수 없다며 버텼고, 누구는 한 푼이라도 더 보상금을 받으려고 이런저런 꾀를 냈다. 또 다른 누군가는 이사를 하지 않아도 좋다며 가슴을 쓸어내렸고, 더러는 보상 대상에서 제외되어 아쉬운 마음을 내비치기도 했다. 가족처럼 지내던 마을이 순식간에 이해관계에 따라 등을 돌렸다. 싸움질하는 광경도 왕왕 보였다. 마을이 온통 제 잇속 계산에 골몰하는데도 우리 집은 이런저런 셈을 할 형편이 아니었다. 공장이 들어선다는 부지의 한복판에 우리 집이 있는 데다, 아버지가 공무원이라서 모범을 보여야 한다며 제일 먼저 이사를 했다. 회사가 정해 놓은 보상금만 달랑 받아들고.

이사를 하던 날, 할아버지는 서럽게 우셨다. 어린 내가 그 이유를 다 알 수는 없었지만, 평생을 일군 논밭과 오붓하게 살던 집마저 큰 회사에 강제로 빼앗긴다 생각하니 서러웠을 거라는 짐작은 갔다. 그렇게 서울의 대기업에 의해 화목하던 마을이 뿔뿔이 갈라지고, 한 집안의 터전이 순식간에 무너지는 것을 두 눈으로 보았다. 아랫골 샘과도, 할머니 눈길만 벗어나면 숨어들던 마루 밑창과도, 어머니가 보고 싶다며 떼를 써서 나갔던 들판과도 그렇게 이별했다. 그때부터였을까. 내 가슴속에 바깥세상, 또는 서울 같은 큰 도시, 거대한 자본에 대한 불만 같은 것이 슬그머니 똬리를 틀게 되었다. 이때부터 우리 집은 산계리가 아니라 현내 3리로 옮겨 앉았다. 지금은 소방서가 된 자리로, 내가 초등학교 4학년 때의 일이다.

내 어린 시절은 그야말로 '야생'이라는 단어가 꼭 어울릴 만했다. 너구리 굴에 불을 지펴 튀어나오는 놈을 잡고, 땅벌 집을 털러 다니는 게 일상이었다. "벌에게 안 쏘이려면 붉은 옷을 입지 말고 공격해 올 때는 땅바닥에 납작 엎드려라" 같은 생존 기술을 동네 형들에게 배운 것도 그때다.

친구들과 방앗간 집에서 성냥을 구해 짚가리에서 몰래 불장난을 하다가 집 대문까지 홀라당 태워 먹은 일이 있었는가 하면, 동네 형들에게 사카린을 탄 막걸리를 한 잔 얻어 마시고는 배수로에 처박혀 잠든 일도 있었다. 한때 스포크라고 불리는 자전거 살대에 납을 채우고 화약을 쟁여 넣어 직접 '딱총'을 만드는 게 유행이던 시절이 있었는데, 그만 화약이 터지는 바람에 손가락을 크게 다치기도 했다. 그때 흉터가 지금도 남아 있다.

  사랑한다면 반응하라

학교에 들어간 뒤에도 별반 달라진 게 없었다. 산계리에 살 때는 엿장수가 리어카를 끌고 고개를 올라올 때면 뒤에서 밀어 주고 엿 한 가락 얻어먹는 게 큰 낙이었다. 그런데 한번은 리어카를 밀어 주었는데도 엿장수가 엿을 안 주고 그냥 가버리는 것이 아닌가. 은근히 부아가 치밀어 엿장수를 뒤따라가 방앗간에 세워 둔 엿판을 통째로 들고 산속에 있던 우리들만의 아지트로 줄행랑을 쳤다.

겨울에는 도랑에 있는 개구리를 잡아 면소재지에 있는 포장마차에 팔았다. 비료 포대에 하나 가득 개구리를 잡아 가면 5천 원을 주었다. 그렇게 개구리를 잡아 포장마차에 팔고, 남은 것은 또 우리끼리 구워 먹고, 다음날 또 개구리 잡기를 계속했는데, 어느 날 눈에 띄는 온 사방과 내 몸뚱어리에까지 개구리가 붙어 있는 꿈을 꾸었다. 촉감까지 고스란히 전해져서 소름 끼치게 징그럽고 무서웠다. 그날 이후로 지금껏 나는 개구리를 못 만진다. 시골길을 걷다가도 개구리나 두꺼비가 있으면 지나가지도 못한다. 그것이 아무리 작은 청개구리여도 마찬가지다. 구청장이 되고서 어린이날 행사에 귀하다는 황금 개구리를 전시한 일이 있다. 이 신기한 개구리를 만져 보려고 아이들이 아우성을 치는데도 눈길조차 주지 않은 것은 그런 트라우마 때문이다. 살생의 무서움을 가르친 꿈이라 여길 따름이다.

등교를 하다가도 배짱이 맞는 친구를 만나거나 가기 싫어지면 들이며 산으로 내빼는 날도 많았다. 굴 같은 데에 책가방을 던져놓고는 메뚜기도 잡아먹고 산딸기도 따먹고 다리 밑에서 물고기도 잡으며 놀았다. 어떤 날은 집에서 제법 걸리는 광포 해수욕장의 솔밭까지 가서 놀다가 들어온 일도 있었다. 일 년이면 대략 한 달쯤은 결석한 것 같다.

옥계는 6·25 전쟁 당시 인민군이 배를 타고 들어왔던 격전지였다. 초등학교 운동장 공사를 하다가 해골이 나오기도 했고, 마을 어귀에서 칼빈총이 발견됐다는 흉흉한 소문도 돌았다. 이따금 농협 창고 벽면에 광목을 걸고 영화를 틀어 주기도 했는데, 시절이 그래서였는지 지역이 그런 탓인지 온통 반공 영화 일색이었다. 초등학교 1학년이 되어서야 전기가 들어온 산골짜기에 TV 하나 갖춘 집이 변변찮았는데, 그것만으로도 환호성을 질렀다. 그뿐인가. 탤런트 나시찬이 주인공으로 나오는 드라마 〈전우〉를 보겠다고 동네 형들을 따라 원정 시청 길에 나서기도 했다. 영화 속 인민군이 괴물로 변하는 꿈까지 꾸면서 그렇게 반공 소년으로 자랐다.

공부를 잘하는 편은 아니었지만 인기가 아주 없는 것은 아니었다. 어울려 다니는 친구들의 별명을 붙여 준 것도 주로 나였다. 이름이나 행동, 생김새에 따라서 두더지, 넙데기, 보리껌댕이, 링고 같은 별명을 붙였는데, 들으면 누구라도 "아하, 아무개!"라고 할 만큼 어울려서 60이 낼모레인 요즘도 모이면 별명으로 통한다.

그런가 하면 한번은 '반에서 제일 싫은 애'를 쪽지에 써내게 한 적도 있는데, 거기에 내 이름이 가장 많이 적힌 적도 있었다. 툭하면 싸움질을 해댄다는 게 이유였는데, 그때는 축구를 하다가도 수틀리면 싸우고, 장난을 치다가도 지나치면 싸웠다. 싸우게 되면 어디 가서 맞고 다니지 말라는 얘기는 들은 게 있어서 질 수도 없었다. 아무리 그래도 그렇지, 가장 싫은 애로 지목되었다는 사실에 충격을 받고는 한동안 조심했던 기억이 난다.

　그러던 내가 목덜미를 붙들려 책상머리에라도 앉게 된 것은 초등학교 5, 6학년이 되어서다. 담임인 서만보 선생님은 마침 아버지의 친구 분이었다. 학기 초, 아버지는 담임선생님에게 "우리 아들 놈 사람 좀 만들어 달라"며 신신당부를 했다. 선생님은 내게 태권도를 배우게 했다. 가뜩이나 말썽쟁이에게 태권도를 시키라니 어머니는 마뜩찮아했지만, 그 걱정은 오래가지 않았다. 태권도 기술보다 매일 다리 찢기나 시키는 통에 얼마 지나지 않아 내가 그만둔 것이다. 서만보 선생님은 스파르타식이라고 해도 엄살이 아닐 정도로 과제를 냈는가 하면, 참고서 같은 것도 들이밀면서 공부 습관을 잡아 주었다. 제법 공부를 한다는 소리를 이때 처음 들었다.

　난생처음 웅변대회를 나간 것도 선생님 덕분이다. 그 당시에는 때마다 반공 웅변대회가 열렸는데, 선생님은 그 준비를 내게 시켰다. 웅변대회 날, 시골 마을에서는 구경하기 힘든 세련된 옷차림에 녹음기까지 챙겨 와서 열변을 토하는 목사님 아들인 친구가 당연히 주목을 받았지만, 나는 결코 주눅 들지 않았다. 마지막 순서로 연단에 올라 연습해 온 대로 사자후를 토했다. 마지막 구절이 아직도 생생하다.

　"우리의 이승복 어린이를 죽인 저 괴뢰도당을 때려엎어 버리자고, 이 연사 강력하게 외칩니다!"

　내게 이런 웅변 소질이 있을 줄은 꿈에도 몰랐다. 전교생의 박수와 환호가 들리고, 처음 나간 대회에서 1등을 차지했다. 이게 끝이 아니었다. 옥계 장날에 긴급 사이렌이나 공지사항을 전달하는 시장통 스피커에서 내 목소리가 울려 퍼졌다. 웅변 내용을 스피커에 대고 틀어 준 것이다. 장 보러 나갔다가 생뚱맞게도 귀에 익은 목소리를 듣게 된 어머니가 깜짝 놀랐다. 그도 그럴 것이 친구들에게도 집안 얘기를 도통 하지 않은 것처럼, 집에도 학교에서의 얘기를 전혀 하지 않아 까맣게 몰랐던 것이다. 어머니는 부랴부랴 아버지에게 연락을 하고, 아버지는 그 길로 학교에 음료수 몇 상자를 보내 고마움과 대견함을 표시했다. 맨날 수영이 동생 우영이로 살다가, 비로소 내 이름을 옥계에 알린 데뷔전인 셈이다.

아버지의 자전거

이웃에게는 신망이 높은 유지요 더없이 따뜻한 분이었고, 마을에서 축구 경기라도 할라치면 수비수로 공을 시원하게 멀리 걷어낸다고 '똥볼쟁이'라는 정겨운 별명으로 불리기도 한 아버지는, 선천적으로 병약한 체질이었다. 할머니 말씀에 따르면 청소년 시절부터 건강이 좋지 않았다는데, 당시로는 정확한 원인도 병명도 알 수 없어서 사철 냉수마찰을 하는 것으로 건강 관리를 하셨다. 나중에서야 그것이 간이 나빠서라는 걸 알게 되었는데도, 아버지는 좋아하던 술을 끝끝내 끊지 못했다.

저녁 밥때가 되어도 집에 오지 않는 아버지를 모셔 오려면 으레 면사무소 앞 술집인 고바우집을 찾았다. 그럴 때마다 아버지는 함께 일하는 동료나 친구들과 둘러앉아 술을 드셨는데, 아직도 아버지 앞에 놓인 소주가 따라진 맥주 글라스가 기억난다. 소주잔이 아니라 글라스로 드신 것이다. 그렇게 드시고 들어와도 여전히 말수는 적어서 아버지와는 이런저런 사소한 얘기조차 나눈 기억이 없다.

어느 날, 두 분이 다투시는 게 못마땅해서 그 길로 집을 나가 해수욕장까지 걸어갔다가 한밤중이 되어서 돌아와 자리에 누웠더니, 아버지께서 들어와 "미안하다"는 한마디를 남긴 게 여태 남은 기억일 정도다. 우리한테는 이래라저래라는 요구도 없으시던 아버지가 형이랑 어머니의 장롱이 박살나도록 쌈박질을 했을 때, 딱 한 차례 매를 들었다. 그게 전부였다. 짐작건대 아버지는 우리에게 당부하고 싶은 말이 있으면 어머니에게 건네고, 어머니는 그것을 우리에게 전달하지 않았는가 하는 게 지금에서야 드는 생각이다. 그렇게 무심한 듯 보이는 아버지도 츤데레 같은 면이 있어서 동네 구멍가게에 한 달치 우유 값을 맡겨놓고는 우리가 언제든 먹을 수 있게 했다. 나는 콩 맛 나는 두유를 좋아했는데, 두유가 떨어져 우유만 있을 때에는 친구에게 양보하는 선심을 쓸 수도 있었다.

그 시절을 돌아보건대, 정부에서 추진하는 새마을운동에 지붕개량사업, 사방공사 같은 일을 처리하는 것은 결코 만만치 않았을 것이다. 거기에다 이런저런 민원에 매일 시달려야 하는 박봉의 공무원에게는 술만 한 위로도 없었을 테다. 아버지를 모시러 간 고바우집 한켠에 앉아 그분들이 하시는 대화를 들어 보면 대부분이 직장 얘기였다. '누가 감사를 받았는데 목이 달아나게 생겼다'는, 어린 내가 듣기에는 아주 섬뜩한 소리도 어렵지 않게 들을 수 있었다. 그럴 때마다 아버지가 참 험한 일을 하신다고 생각하며, 매일 술을 드시는 아버지를 조금은 이해할 수 있었다.

아버지의 건강은 점점 안 좋아져서 내가 초등학교를 졸업할 무렵에는 서울의 병원에 한동안 입원을 하기도 했다. 그러다가 중학생일 때에는 집에서 그리 멀지 않은 옥천사라는 절에서 본격적인 요양 생활에 들어갔다. 아버지를 위해 할 수 있는 일이 무엇일까를 생각하다가, 새벽마다 집으로 배달되어 오는 신문을 가져다 드리기로 마음먹었다.

새벽같이 일어나 자전거를 타고 형과 함께 아버지를 찾아가는 일이 하루 일과의 시작이었다. 3개월쯤 지난 겨울날, 아버지에게 가던 길에 자전거가 빙판길에 미끄러지면서 형은 그 일과를 포기했다. 하지만 나는 나동그라진 빙판 위에서 문득 '아버지도 저렇게 편찮으시고 어머니도 고생이 이만저만 아닌데 이젠 철 좀 들어야겠다'는 마음을 먹었다. 아버지는 내가 고등학교 2학년이던 1986년에 돌아가셨다. 우리 나이로 겨우 쉰하나, 아까운 나이였다.

세월이 흘러, 내가 청와대 비서관으로 재직하던 때에 옥계에 큰 산불이 났다. 당시 이낙연 총리를 모시고 대책본부인 옥계 면사무소에 갔는데, 그곳 청사 개청식 사진 속에 아버지의 모습이 남아 있었다. 아버지가 돌아가시기 몇 달 전의 모습이었다. 아버지가 근무하시던 그곳에, 아버지의 눈에는 여전히 어리디어린 내가 공직자가 되어 돌아온 기분은 참으로 묘했다.

순응하지 않았다

철이 들어야겠다고 해서 하루아침에 사람이 바뀌는 것은 아니다. 그렇지만 공부는 뒷전이고 말썽에 쌈박질로 일 년이면 한 달씩 결석하던 초등학교 저학년 학생에서 벗어난 것은 그나마 다행이었다. 중학교 다니며 크고 작은 사고야 왜 없었겠냐만 평점으로 치면 크게 나쁘지 않았다. 겉으로는 여자애들을 무시하고 거들떠보지도 않는다고 했지만, 남녀가 합반으로 공부하던 중3 때에는 제법 열심히 공부도 하고 처음으로 반장도 맡았다. 여학생에게 잘 보이는 길이라고 생각했기 때문이다.

그러면서 풋풋한 첫사랑도 겪었다. 누구나 깨지기 마련이라는 그런 첫사랑 말이다. 황순원의 소설 〈소나기〉에 나오는 주인공 소녀처럼 하얗고 가녀린 친구였다. 한번은 내게 음악책을 빌려 달라고 한 적이 있었는데, 계명을 잘 몰라서 음표 밑에 '도-레-미'라고 적어 두었던 게 참 쑥스러웠던 생각이 난다. 한때 나와 같은 자취 메이트면서 전교회장이었던 친구가 우리 둘 사이를 질투해 훼방을 놓기도 했지만, 강릉으로 함께 고등학교 진학도 하고, 안목 해변을 함께 걷는 것으로 서툰 데이트를 하고, 가끔은 편지도 주고받으며 애틋한 감정을 키웠더랬다. 그러나 하늘 아래 영원한 게 어디 있으랴. 부담스러워서 힘들다는 이별 통보를 받고는 얼마나 큰 상처를 입었던지. 훗날 성인이 되어 다시 만났을 때, 서로에게 품었던 어린 시절의 판타지가 깨지면서 자연스레 정리된 그 풋사랑. 내게도 이런 말랑말랑한 사연이 하나쯤은 있다는 얘기를 하고 싶었다. 하하.

1980년대 중반, 옥계중학교에서 강릉고등학교로 진학하는 것은 집안의 영광이었다. 하지만 내게 그것은 '상실'의 시작이기도 했다. 시멘트 공장이 들어서며 정든 터전을 옮겨야 했고, 정신적 지주였던 아버지의 병세는 깊어 가고 있었다. 상실감을 털어내려고 몸부림치던 소년은 이제 고향인 옥계를 떠나 낯선 강릉의 하숙집 앞에 서게 된다. 부모의 보살핌에서 벗어나 처음으로 '세상'이라는 거친 물가에 내놓아진 순간이었다. 어른들은 나를 보며 늘 "물가에 내놓은 아이 같다"고 했지만, 나는 그 물속으로 뛰어들 준비가 되어 있었다. 고등학생이 되어서도 여전히 반항아 기질은 감춰지지 않았다. 내가 가장 참을 수 없는 것은 성적 순으로 학생들을 평가하는 교육 제도였다. 강릉고는 강원도 영동 지방에서 공부깨나 한다는 아이들이 다 모였다. 아무리 대학 진학이 학교를 평가하는 기준이 된다고 하더라도, 성적이 만능이어서는 안 된다. 그것도 선생이 촌지나 밝히고 그에 따라 학생들을 대우해서는 안 되는 일이었다. 모두가 불만투성이였다. 오죽하면 전쟁이라도 나서 세상이 폭삭 망했으면 좋겠다는 생각이 들 정도였다.

온갖 불만에 대한 소심한 저항이라고 할까. 한번은 시험지의 문제도 들여다보지 않은 채 '가나다라 다 나가라'라고 적어 내서 54명

 사랑한다면 반응하라

중 52등을 한 적이 있다. 내로라하는 학생들 사이에서 그래도 꼴찌를 안 했다는 게 지금 생각해도 그저 신기할 따름이다. 야간 자율학습 시간에 담장을 넘어 동시상영 극장으로 달려가는 일탈도 내 방식의 저항이었다.

내 주변엔 늘 이런 비범한 '이단아'들이 있었다. 전교 1등을 놓치지 않았던 친구는 낮에는 완벽한 모범생이지만, 밤이 되어 술만 들어가면 아무도 이해 못 할 행동을 하는가 하면, 수학 천재라고 불리던 친구는 나이트클럽 패싸움에 휘말리면서도 훗날 주식시장의 공매도 작전을 흔드는 기괴한 삶을 살았다. 어머니가 아파서 간 병원에서 "정작 심각하게 아픈 건 당신"이라는 진단을 받았던 친구나, 고시에 실패하고서는 미련 없이 신학대학으로 간 친구도 있다. 한방을 쓰면서도 팝송을 듣느냐 국악 방송을 듣느냐로 다투었던 소피스트 사촌 동생과의 투닥거림은 애교다. 이들의 결핍과 광기는 곧 내 모습이기도 했다. 우리는 모두 각자의 방식으로 시대와 상황의 중압감을 견뎌냈고, 그 서툰 방황이 지금의 '나'라는 인간을 만드는 단단한 굳은살이 되었다고 믿는다.

직선제 개헌을 하고 첫 대통령을 뽑던 1987년에 반에서 모의 대선 토론회를 연 적이 있다. 대부분이 김영삼이나 김종필 역할을 하려고 들었지, 김대중 역할을 하겠다는 애가 아무도 없었다. 당시 강원도의 분위기도, 우리 반의 분위기도 그랬다. 내가 김대중 역할을 맡았다. 그리고 "김대중 후보는 민주화를 위해 헌신했으며 갖은 고문에도 굴하지 않고 자신의 정치 철학을 지켜 왔기에 대통령으로서

손색이 없다"는 취지의 발언을 했다. 그러자 김영삼 역할을 맡은 친구가 "대통령이 되면 국제무대에서 우리나라를 대표하는 얼굴인데, 김대중은 다리를 절기 때문에 안 된다"며 반박했다. 다시 나선 내가 "다리를 저는 것은 민주화운동을 하다가 받은 탄압과 고문 때문인데, 오히려 이런 후보가 우리나라의 대통령이 되는 것이 더 자랑스러운 일이 아니냐"고 반박했다. 그랬더니 대뜸 "김대중 후보는 폭력적이어서 안 된다"며 억지를 부렸다. 밑도 끝도 없이 우겨대기만 하는 친구에게 잔뜩 열이 올라 주먹을 날렸다. "에라이, 폭력은 이런 걸 두고 폭력이라고 하는 거다"라면서.

내 확신 때문에 맡은 역할은 아니었지만, 아무런 근거도 없이 우겨대기만 하는 상대에게는 아무리 '모의'라는 이름을 단 토론회라고는 하지만 결코 지고 싶은 생각이 없었다. 하물며 나라의 앞날을 좌우할 국회 토론회에서야 말할 나위가 있을까. 가끔 국회에서의 내 행동이 사고뭉치의 돌발행동처럼 보이기도 하는 것에 대한 변명이라면 변명일 수 있겠다.

대학 원서를 써야 할 시기가 왔다. 막연히 외교관을 꿈꾸며 서반아어과나 외교학과를 지망하려던 나를 만류한 사람은 할머니였다.

"외국 나가는 학과는 절대 가지 마라."

KAL기 격추 사건으로 나라가 한창 떠들썩한 때여서 그랬을 것이다. 할머니에게 외국은 곧 위험한 전장과 같았다. 그래서 선택한 것이 국문학과였다. 글짓기나 위문편지, 연애편지 대필로 닦은 실력도 실력이지만, 중·고등학교를 거치며 영향을 미친 국어 선생님들의 보

     사랑한다면 반응하라

이지 않는 영향도 아주 없지는 않았다. 외국어의 반대는 국어라고 생각하신 것인지 내 이런 결정에 할머니도 수긍을 했다. 답안지에 '가나다라 다 나가라'만 적어내고 바닥을 찍었던 내 성적도 아버지가 돌아가신 후, 서서히 올라가기 시작했다. 홀로 남은 어머니의 거친 손마디가 머릿속에 아른거리며 책임감을 떠올렸다.

2

풀무질의 시간

영원한 소수파가 되거라
한 줌 흙 속의 씨앗과 같은 희망
쟁기는 부딪힐수록 단련된다

낯선 것들

대학에만 가면 계단식 강의실에서 영화 같은 연애를 할 줄 알았다. 하지만 막상 마주한 대학은 내 기대와는 한참 동떨어져 있었다. 환영회며 오리엔테이션에서 만난 선배들은 겨우 한두 살 차이일 거면서도 세상을 다 아는 것처럼 잘난 체를 하고, 몰려다니며 재잘대는 동기 여학생들은 꼭 고등학교 입시를 준비하는 여중생이라고 해도 믿을 만큼 어리고 앳됐다. 내 눈에는 딱 철없는 여동생으로 보였다.

학교 앞 서점 풀무질에서는 고전문학반이나 현대문학반 아이들이 자주 모임을 했는데, 누가 생일이라고 하면 속지에 글을 적어 책 선물을 하고 둘러앉아 케이크에 불을 붙이고 축하 노래를 부르는 것도 간지러웠다. 수업이 없는 시간에 커피숍에 몰려가 수다를 떠는 애들도 이해할 수 없었고, 학교 안에서 여학생들이 담배를 버젓이 물고 있는 것을 보면 당황스러웠다. 분식집에 가서 같이 라면을 먹던 여자 선배가 "많이 먹으라"며 제 몫을 내 그릇에 덜어 줄 때는 '왜 이러지? 내가 못 먹고 다니는 것처럼 보이나?' 싶어서 혼란스럽기도 했다.

모든 것이 내가 자란 동네에서는 한 번도 경험하지 못한 일이었

50사랑한다면 반응하라

다. 생일이면 미역국 한 그릇이면 됐다. 본 적도 없는 예수의 생일을 크리스마스라며 루돌프 코가 어떠니 산타클로스가 어떠니 하는 것도 싫어하던 판이었다. 이 낯선 풍경 속에서 나는 겉돌았다. 여학생들과는 거의 말을 섞지 않았다. 심지어 나보다 공부를 못했던 친구가 떡하니 같은 학교에 앉아 있는 모습을 보니 자존심도 상했다. 그만둬 버릴까, 다시 공부해서 시험을 새로 볼까. 내내 마음속엔 이물감이 가득했다.

이미 눈치를 챘겠지만 내 정서는 '보수주의'와 '반골' 그 자체였다. 동해 삼척 무장공비 사건이나 반공 소년 이승복을 입에 달고 살았으니 '반공 소년'이기도 했다. 누가 내 자존심을 건드리거나 관행을 내세워 강요하면 용수철처럼 반응하는 '삐딱이'였다. 승용차 위에 스키 봉을 싣고 다니는 걸 보면 공연히 돌이라도 던지고 싶었고, 영어 시간에 혀를 굴리는 애들이나 일본풍의 소방차 머리를 한 놈들을 보면 속이 뒤틀렸다. 같은 반 여학생에게서 밀란 쿤데라의 소설 『참을 수 없는 존재의 가벼움』을 받고서도 두어 장을 넘기지 못했다. 그랬다. 고등학교 때까지도 나는 외국 소설을 읽은 기억이 없다. 그것이 내가 할 수 있는 외세 배격이라고 생각했으니까. 나는 그렇게 촌스럽고도 뜨거운 분노를 무슨 보물이라도 되는 양 가슴속에 품고 종로를 걸었다.

우리 학교는 동아리보다 학과의 학회를 중심으로 활동을 많이 했다. 앞서 말한 고전문학반, 현대문학반에다가 철학반, 학술반 같은 모임을 통해 공부도 하고 유대도 다졌다. 신입생이 들어오면 선배들은 서로 자기가 속한 학회로 애들을 끌고 가려고 한바탕 유치 전쟁을 벌였다.

아마 그래서였을 테다. 어느 날은 한 해 위 선배가 다방에서 보자기에 갔더니, 딸랑 커피 한 잔 시켜 주고는 물었다. "야, 네가 민중을 아냐?" 내 귀에는 참으로 오만한 질문으로 들렸다. 면서기 출신인 아버지는 투병 끝에 떠났고 홀로 남아 거친 손으로 농사를 짓는 어머니. 고향은 대기업의 거대한 공장이 들어오는 바람에 밀려나듯 떠났고, 그 막내아들인 나는 이렇게 그 굴레를 벗어 보겠다고 서울살이를 한다. 같잖은 질문에 속으로는 '나보다 한 살 더 먹은 당신은 얼마나 아냐?'고 되묻고 싶었지만, 돌아보면 그 허세 섞인 질문이 나를 거리로 이끈 시작이었다.

가끔 술도 사주고 얘기도 들어주는 선배들이 있었다. 공짜 술을 먹는 재미에 어울리다 보니 자연히 따르게 되는 선배도 생겼다. 그중 시를 쓰던 선배 하나가 어딜 좀 가자길래 따라나서 보니, 5·18을 맞아 열린 서울역 집회 현장이었다. 그 자리에서 처음으로 최루탄과 페퍼포그를 맞았다. 쏟아지는 눈물과 콧물, 제대로 눈을 뜰 수 없으니 앞은 하나도 보이지 않고 "걱정 마, 나만 따라와!"라는 선배 목소리만 쫓아서 지하도를 달리다가, 엉킨 시위대와 함께 나뒹굴었다. 벗겨진 신발, 날아간 안경, 여기저기서 터지는 아우성. 사람 무더기에 충층이 깔려 간신히 숨만 헐떡이던 그 순간, 나는 그제야 대학생이 되었다는 것을 실감했다. 당시 나는 인천 부평의 누나 집에서 학교를 오갔는데, 그 뒤로는 부평 주변의 공장과 노동자들이 예사로 보이지

 사랑한다면 반응하라

않았다. 그렇다고 해서 그 길로 열혈 운동권 학생이 된 것은 아니다.

6월이 되니 선배들로부터 농활을 같이 가자는 제안이 쏟아졌다. 대개 방학이 시작되는 7월 말에 농활을 떠나니까 미리 농활 대원을 확보하려는 것이다. 나는 그때마다 "우리 어머니가 시골에서 혼자 농사를 짓는데 거길 도와드려야지 어딜 갑니까?"라며 거절했다. 대학생이 되어서 고향집에 가면 환하게 웃으며 맞아 주던 검게 그을린 어머니 얼굴도 떠올랐다. 선배들은 쉽게 포기하지 않았다. 번갈아 가며 설득했고 술을 사주면서 꼬드겼다.

그때 내 속마음은 단순히 어머니 때문만은 아니었다. 농활을 다녀오게 되면 본격적으로 학생운동을 해야 할 것 같았다. 옳은 일이라는 것은 알겠지만, 고백하건대 그게 왜 나여야 하느냐는 이기적인 생각도 아주 없진 않았다. 따라서 내게 농활 참여는 학생운동을 할 것인가 말 것인가에 대한 고민이기도 했다. 몇 날을 고심한 끝에 농활에 합류하기로 결정했다.

그렇게 간 곳이 담양군 무정면 평지리였다. 나는 농민회 회원인 분의 집에서 기거를 했는데, 그분의 부인이 했던 얘기가 머릿속에 오래 남았다. 남편은 농민운동 한다고 막 돌아다니는데, 어느 날 보니 정작 자기 집에는 쌀이 떨어졌다는 것이다. 아니 농사를 짓는 집에서 쌀이 떨어지다니, 말이나 될 법한 소리인가. 알고 보니 남의 땅을 빌려 짓는 소작이었다. 농사를 지어서 소작료로 얼마 떼고, 또 생활을 해야 하니까 팔고 나면 먹을 쌀도 모자란다는 말이었다. 농사꾼의 어려운 사정을 얘기하는 거라서 다소 과장된 바가 없지야 않겠지만,

게으름 피우는 법 없이 **뼈빠지게** 농사를 지어도 살림살이는 늘 제자리를 벗어나지 못하는 고향집을 생각하면 이해 못 할 일도 아니었다. 때마침 그즈음에 읽은 책이 『한국 민중사』였는데, 개인적으로도 우리 농업이 개인의 노동력 문제인지, 아니면 한국 사회가 안고 있는 보다 구조적인 문제인지 고민하던 터라 더 깊게 공감했는지도 모른다. 농활을 다녀온 후로 나는 '더 나은 우리 사회를 위해 할 수 있는 일을 찾아야겠다'고 마음먹었다. '개인의 효도'보다 '구조의 변화'가 우선이라는 생각을 굳힌 것이다.

당시 학교는 이름만 걸어놓고 전입금은 한 푼도 내놓지 않고 행세를 하는 재단의 퇴진 문제로 시끄러웠다. 학원자율화추진위원회가 구성되고 연일 재단의 모기업을 찾아가 시위를 벌였다. 학교를 담당하는 상무이사의 집까지 찾아가서 화염병을 던지는 일도 있었다. 학내는 학내대로 바깥은 바깥대로 연일 시위가 이어졌다. 시위를 쫓아다니다 보니 학교나 친구 집에서 먹고 자는 일이 늘게 되고, 자연스레 집에 들어가는 일도 줄었다. 서울에서 내 보호자 역할을 하는 누나 얼굴을 본 것도 8월 어머니 생신을 맞은 고향집에서였으니 말해 무엇할까.

고집스럽던 내 세계관을 바꾼 계기가 농활이라서였는지 책임감 때문이었는지, 그 후로 농활에는 거의 빠지지 않았다.

3학년 봄 농활은 경상도 남해의 김두관 이장 집으로 갔는데, 새참으로 맥주와 프라이드 치킨이 나오는 것을 보고는 깜짝 놀랐다. 첫 농활인 담양에서는 기껏 깡소주에 열무김치를 먹었고 농사꾼에게서 쌀이 떨어졌다는 말을 듣기도 했는데, 형편이 달랐다. 농지 구역도 널찍널찍하게 잘 정리돼 있는 것을 보고는, 영남·호남이 이렇게 다르구나 하는 것을 느끼기도 했다. 그 일이 계기였는지 그 뒤로 김두관 이장이 정치 일선에 나섰을 때 그를 돕는 친구들이 주변에 많았다. 그해 여름 농활은 내가 대장이 되어 강원도 영월로 갔다가 곤혹스런 일을 당했다. 마을 입구에서부터 '빨갱이 반대한다'는 현수막이 걸리고, 동네 노인들이 쇠스랑을 들고는 앞길을 막았다. 돌아서라도 가려니까 갑자기 트럭 한 대가 농로를 달려와 덮쳐서 다들 몸을 논두렁으로 날려야 했다.

우여곡절 끝에 겨우 찾아 들어간 곳이 영월 성당. 성당의 창고 같은 곳에 짐을 풀고 거기서 숙식을 해결했다. 아침이면 아무 버스나 타고 닿는 대로 가서, 할머니 혼자 농사짓는 모습이 보이면 콩밭을 매는 일도 하고 허드렛일도 도왔다. 가뜩이나 일손이 모자란 판에 얼굴도 모르는 청년들이 돕겠다니 마다할 리가 없다. 마을 어르신들은 저녁으로 감자도 삶아 와서 "내일은 안 와?" 하며 묻고, 청년들과는 소주잔도 기울였다. 뱀을 잡아다가 구워 주는 이도 있었다. 마을에 들어올 때와는 사뭇 다른 속살을 엿볼 수 있었는데, 다음 해에 찾았을 때에는 아예 환영한다는 현수막이 내걸리기도 했다.

지금도 기억나는 건 성당을 찾아온 선녀들이다. 날은 덥고 꿉꿉한 창고에 펼친 잠자리는 불편하기 짝이 없어서 제대로 잠을 잘 수 없었다. 밤새 뒤척이다가 동트는 기미가 보여 일어날 차비를 하는데, 밖에서 수박을 자르는 선녀들이 보였다. 알고 보니 학생들 고생한다고 찾아온 수녀님들이었다. 굳이 수박 때문이었겠냐마는 그 일 뒤로 내겐 가톨릭에 대한 좋은 감정이 생겼다.

아주 나중에 내가 구청장이 되어서 은평구와 영월 정선이 자매결연을 맺었다. 단종 축제를 맞아 영월에 간 김에 일부러 성당에 찾아갔는데, 그 시절의 창고는 어디 있었는지조차 기억할 수 없었다.

좋은 일만 있었던 것은 아니다. 거기서 우리는 동료 하나를 잃었다. 사고였다. 동네 아이들을 모아 놀아도 주고 가르치기도 하는 아동반 담당이었는데, 그 아이들과 물놀이를 하다가 그만 사고를 당한 것이다. 급한 대로 병원에 시신을 안치하고 밤을 지샜다. 비보를 받고 부산에서 밤을 새워 달려오신 아버님께 맞아 죽을 각오를 하고 머리를 조아리는데, 우리에게 소주 한 잔씩을 따라 주시고는 "애비보다 먼저 가는 놈이 나쁜 놈이지, 자네들이 무슨 잘못이 있나. 내 아들 때문에 자네들이 고생이 많네"라며 오히려 우리를 위로했다. 알고 보니 이분은 1987년 6월 항쟁의 도화선이 되었던 박종철 열사 아버님인 박정기 선생의 친구분이었다. 참으로 기구한 일이었다. 그해의 농활은 학교 금잔디 광장에서 동료의 장례식을 치르는 것으로 끝났지만, 그날의 먹먹한 소주 맛은 평생 부채가 되어 여전히 내 어깨를 짓누른다.

　　　　　　　　　　　　　　사랑한다면 반응하라

휴머니스트

　서당 개 삼 년이면 풍월을 읊고 식당 개 삼 년이면 라면을 끓인다고, 여러 번 시위를 나가다 보니 붙들리지 않는 요령이 생겼다. 우선은 복장이다. 시위가 예정된 날에는 우리가 흔히 '기지 바지'라고 부르는 양복바지에 와이셔츠를 챙겨 입었다. 대개의 시위대가 청바지에 면 티셔츠 차림이지 양복바지에 와이셔츠를 입는 경우는 거의 없기 때문이다. 소품으로는 검정 뿔테 안경, 그것도 잠자리테 안경과 수요일에 교회에서 챙겨 둔 주보나 팸플릿은 필수다. 또 전경을 피해 다니는 것이 아니라 내가 먼저 다가가서 "아무 교회를 찾는데 어떻게 가면 되냐"고 묻는다. 그렇게 나서면 영락없는 교회 선교사나 전도사로 안다.

　시위를 할 때에는 주로 앞쪽에 자리를 잡는다. 전경들이 잡으려고 쫓아오면 옆으로 살짝 비켜서거나 오히려 전경들 쪽으로 간다. 뒤로 달아나는 사람을 잡지 앞으로 오는 사람을 잡는 법은 거의 없다. 경험칙이다.

　아무리 위장을 하고 요령을 알아도 현장은 늘 긴박했다. 1990년 정월 대보름날에 '전두환 노태우 구속'을 요구하는 시위가 남대문에서 있었다. 경찰에 쫓겨 남대문시장 안으로 들어섰는데, 누군가 내 옷깃을 잡아챘다. 청카바를 입고 화이바를 쓴 백골단이었다. 순간, 상대의 팔을 잡아 업어치기로 냅다 메다꽂고는 대로를 가로질러 뛰다가 트럭에 들이받혔다. 그러고도 허겁지겁 다시 일어나서 전속력으로 달려 명동 지하상가에 몸을 숨길 수 있었다. 신발도 잃어버려 맨발인 채로 학교 앞 분식집에 다시 나타난 나를 바라보던 동료들의 놀란 눈이 지금도 생생하다.

1990년 5월, 민자당 창당대회 저지 투쟁은 가혹했다. 아침부터 밤까지 종로 바닥을 훑고 다니면 온몸의 진이 다 빠졌다. 너무 피곤해 슈퍼마켓 평상에 대자로 누워 쪽잠을 자다가 다시 지하도로 숨어들기를 반복하던 그 아수라장 속에서도, 호남 출신 동료들은 공중전화로 해태 타이거즈의 점수를 확인했다. "형님, 해태 만세입니다!"라는 보고에 허탈한 웃음이 났다. 사회과학을 논하던 전사들이 야구 점수에 일희일비하다니. 하지만 그것이 그들에게는 유일한 위안이자 정체성임을 나중에서야 깨달았다.

시위를 주동하고 구속되는 것으로 학생운동을 정리하는 방식을 우리는 '자폭 투쟁'이라고 불렀다. 한번은 자폭 투쟁을 하던 선배를 지키려다 전경에게 이단 옆차기를 날리고, 유도 대학 출신 사복 경찰의 명품 와이셔츠를 찢어 버린 죄(?)로 중부경찰서에 끌려갔다. 괘씸죄 때문인지 한참을 두들겨맞고는 특수공무집행방해라고 해서 다시 종로경찰서로 옮겨졌는데, 그때 세세한 사정을 알 리 없는 경찰에게 "고향 친구 만나러 왔다가 경찰이 사람 패길래 한마디 한 것뿐"이라며 능청스럽게 시골뜨기 연기를 하고 풀려난 것은, 내가 생각해도 아슬아슬하면서도 스릴 넘치는 국문학도의 상상력이 발휘된 최고의 연기였다.

1990년 우리 사회에 큰 화제가 되었던 사건으로 현대중공업 노조의 파업을 꼽을 수 있다. 노동자들이 민주화와 노동자 권익 보장을 요구하며 골리앗 크레인 위를 점거하고 128일간 투쟁했던 사건이다. 학생들도 노동운동을 응원하며 연대 투쟁에 합류했다. '현대'라는 이름이 붙은 계열사는 다 타격을 입어야 노동자들의 목소리가 관철될 것이라고 판단한 우리는, 대학로에 있는 현대자동차 영업소를 목표로 했다.

한 무리의 시위대가 몰려갔을 때에는 이미 정보가 샌 것인지, 경찰도 출동해 있고 사복 경찰인지 직원인지 분간할 수 없는 건장한 사람들이 문을 막고 있었다. 일단 철수를 하고 대학 본부 계단 강의실에서 다시 모였는데, 지도부격인 선배가 앞에 나서서 "우리 대학 역사에서 싸움에 나갔다가 빈손으로 돌아온 적이 없었다"고 호소하며 눈물까지 비쳤다.

우리 몇몇은 붙들릴 각오를 하고 다시 나섰다. 그리고는 붙들며 저지하는 사내를 뿌리치고 문을 향해 냅다 화염병을 던졌다. 이미 단단히 걸어 잠근 문이어서 큰 타격이 있을 리 없지만 현대중공업 노조를 탄압하는 자본에 대한 항의로는 충분했다. 그 길로 냅다 뛰었다. 일부는 이화동 방향으로, 나는 서울대병원 방향으로 흩어졌다. 동료인지 경찰인지 분간도 할 수 없는 발소리가 다급하게 따라왔다. 더 이상 달릴 수 없을 정도로 숨이 너무 차서 병원 안으로 들어가 잴 것도 없이 옥상까지 올라갔다. 막다른 곳에 이르러 뒤를 돌아보니 사복 경찰 여럿이 우리처럼 숨을 헐떡이고 있었다. 그중 둘이 총을 꺼내 겨눴다. 범죄와의 전쟁이 선포되었던 바로 그 시기였던 것이다. 옥상으로 달아난 일곱 명이 모두 붙들렸다.

누가 화염병을 던졌는지 알아내겠다며 손 냄새를 맡더니, 쇠파이프로 흠씬 두들겨팼다. 나는 평소 알던 선배를 대학로에서 만나기로 해서 놀러나왔다가 우연히 구경만 했을 뿐이라며 끝끝내 버텼다. 왜 도망갔냐고? 쫓아오기에 도망갔지, 잡히면 맞을까 봐. 그날 잡힌 일곱 명 중 네 명은 구속되고, 나는 증거가 마땅치 않아서 15일 구류 처분을 받았다.

처음으로 유치장 신세를 졌다. 교회에서 나와 맨날 기도해 주니 심심할 새도 없었다. 주고 간 성경책도 열심히 읽었다. 학과 선배들이 사식을 넣어 줬는데, 나는 유치장에서 나오는 보리밥에 단무지가 그렇게 입에 맞을 수 없었다. 사식을 보리밥과 바꿔 먹기도 했으니, 아무리 종로 한복판에서 학교에 다니고 양복바지를 차려입어도 촌놈 신세를 벗긴 어려웠던 모양이다.

경찰로부터 막내아들 소식을 전해 들은 어머니는 며칠 동안 앓아누우셨다. 어느 어머니인들 안 그랬을까.

여기까지만 보면 무슨 대단한 철학을 가진 투사처럼 비칠는지 모르겠지만, 속앓이가 아주 없지는 않았다. 내가 소속된 학회는 CA(제헌의회) 그룹 성향이 강했다. 처음에는 '혁명으로 제헌의회'라는 선명한 노선이 좋았다. 마이크를 잡고 똑부러지게 하는 연설도 선동적이었다. 심지어 구호를 외칠 때 내뻗는 각 잡힌 팔뚝질까지도 멋있어 보였다. 그런가 하면 NL(민족해방) 그룹은 상대적으로 나이브해 보였다. 그들은 고민 상담이나 토론을 이유로 늘 술집을 차지하고 있었다. 얼핏 보기에는 후배를 휘어잡는 게 아니라 회유하듯 보이는 것도 거슬렸다. 하지만 이런 시각이 길게 이어지지는 못했다.

함께 공부를 하다 보니, CA 그룹은 어떤 면에서 지나치게 논리 비약적인 부분이 있었다. 그거야 논쟁의 여지가 있으니 감안하더라도, 대중을 '지도의 대상'으로 본다는 점은 수긍하기 어려웠다. 대중을 지도하다니. 이는 대중을 자신들보다 깨우치지 못한 존재라는 것을 전제한 오만한 태도였다. 이보다 더 껄끄러운 것은 토론을 할 때마다 거치는 자아비판과 상호비판이었다. 기계적으로 잘못을 끄집어내고 지적하는 이 경직된 독단은 참 견디기 어려웠다. 지난 윤석열의 탄핵을 겪다 보니, 헌법이고 뭐고 제헌의회 그룹의 주장이 옳았구나 싶은 생각이 들기도 했지만, 하여튼 그땐 그랬다.

반면 NL 선배들은 문화적 소양도 갖췄고 대단히 인간적이었다. 주머니 사정이 여의치 않다는 걸 뻔히 알면서도 "형, 술 좀 사주세요"라고 하면 마다하는 법 없이 "한 시간만 기다려라"는 소리를 남기고 홀연히 사라졌다가 나타나 어떻게든 깡소주에 생두부라도 받아 주던 기인 같은 선배도 있었다. 들리는 말에 따르면 학교 앞 육교에 엎드려 구걸을 했다는 전설 같은 이야기도 있지만, 뭐면 어떠랴. 후배의 부탁을 지나치지 않는 그 마음이면 된 것 아닌가. 그러나 이러저러한 점을 제외하더라도 계급 문제보다 민족 문제에 더 관심이 많았던 내겐 정서적으로라도 NL 그룹에 마음이 갔다. 그렇지만 현실은, 몸은 CA에 있지만 마음은 NL로 기운 이도저도 아닌 시간이 흐르고 있었다. 그날은 한양대에서 전대협 집회가 있던 날이었다. 웬만한 집회에는 빠지지 않았지만, 그 자리에 나는 없었다. 전대협의 노선과 다른 데다 집회 방식마저 썩 마음에 들지 않아서, 우리 학교는 그런 자리에서 늘 비주류였기도 하고, 개인적으로는 노선 문제로 골머리를 앓고 있었던 탓이다. 고향집에나 다녀오려고 청량리역에 도착해서 신문을 한 장 사들었는데, 1면에 박힌 기사가 임수경의 방북 소식이었다. 뒤통수가 얼얼하고 눈이 번쩍 뜨이는 충격이 아닐 수 없었다. 그 자리에서 나는 민족과 사람을 앞세운 NL 그룹의 투박한 인본주의로 전향했다. 그날 밤은 예정했던 어머니의 품이 아니라 술독에 몸을 맡긴 채로 지샜다.

우연이겠지만 이 일이 있고 나서 얼마 후 CA 그룹은 몇 갈래로 분열된다. 상층부는 '민족민주학생 일동'이라는 명의의 팸플릿을 통해 대중 노선으로 전향하면서 NL 그룹화하고, CA 그룹 주류의 전향을 반대하는 일부는 민민련인가 민민학련이라는 그룹으로 전환하는 등 부침을 겪었다.

생각하면 CA와 NL의 가장 큰 차이는 선도투쟁이냐 대중운동이냐가 핵심이었다. 반제국주의, 반독점, 반식민지, 민족 어쩌고 하는 논쟁은 사실 계급 모순이냐 민족 모순이냐로 대립하는 듯 보이지만, 닭이 먼저냐 알이 먼저냐와 같은 동전의 양면 같은 거였다. 그 극심한 논쟁으로 남은 것은 둘 사이에 여전히 대화의 물꼬를 트지 않은 채 지금까지도 서로 등을 돌리고 있다는 사실이다. 개인적으로는 다들 아끼는 이들이고 아까운 인물들인데 참 안타까운 일이다.

금잔디의 추억

3학년이 되자, 학과의 학생장을 누가 맡느냐는 문제가 떠올랐다. 그때만 해도 어느 그룹이 학생장이나 총학생장을 차지하느냐가 학내 세력의 지표처럼 여겨졌다. 나를 지도하던 선배들은 이미 대중운동 간부는 김우영, 언더로 불리던 지하 조직은 아무개같이 나름의 구도를 짜놓고 있었다. 당연히 모든 그룹이 동의한 것은 아니어서, 학생장을 맡겠다는 후보가 셋이나 되었다. 책임을 맡거나 앞에 나서는 것을 선천적으로 좋아하지는 않았지만, 선배들의 요구도 있고 알량한 공명심도 솟아서 학회장 선거에 나가겠다고는 했지만, 사실 만만한 일이 아니라는 것을 잘 알고 있었다. 후보 중 한 명은 기타도 잘 치고 해서 여학생들에게 인기가 많았고, 나머지는 NL이니 CA이니 하는 그룹에 속해 있었다. 하지만 나는 알고 있었다. NL이나 CA라는 이념의 잣대보다 중요한 건 '사람'이라는 것을.

우선 나는 가장 인기가 많던 후보를 만났다. 선거로는 도무지 이길 수 없다고 판단해서 말발로라도 꺾어놔야 했다. "야, 선배들이 NL로 CA로 나뉘어서 대립한다고 우리까지 그럴 거 뭐 있냐? 후보 단일화를 하자." 어렵지 않게 합의를 봤다. 그러고는 나와 다른 그룹의 후보를 부학생장으로 앉히는 것으로 정리했다. 기지와 술수가 교묘히 섞인 내 선거꾼 기질은 아마 이때부터 길러졌는지 모르겠다.

선거 과정에서 나는 우리 과의 목표를 '학생총회 성사'로 잡았다. 어떤 일을 결정하려면 학생총회를 통해야 하는데, 그때까지 우리

학과는 한 번도 총회를 성사시킨 적이 없었다. 복학생들은 취업 준비한다고 공부하러 가지, 비운동권 애들은 학생회하고는 담을 쌓아서 도무지 총회 개최 정족수인 과반을 채울 수 없었기 때문이다.

학생장이 된 나는 열심히 복학생들을 만나러 다녔다. 그리고 꾸준히 설득했다. "마음은 있지만 함께하지 못하는 사정은 안다. 취업 때문에 도서관에 박혀 살아야 하는 것도 안다, 그렇다고 맨날 공부하는 것도 아니잖냐, 그러니까 내가 부탁하면 1년에 딱 한 번이나 두 번은 꼭 함께해 달라."

비운동권인 선배나 학생들에게도 마찬가지였다.

"시위에 참여하라는 게 아니고 대의에는 동의하지 않느냐, 그렇다면 말로만 하지 말고 꼭 중요할 때 한두 번만 총회에 참석해 줘라."

이런 노력이 통했는지 6·10 항쟁 기념대회에 우리 과의 총 정원 250명 중에서 120명이 참여했다. 3천 명이 넘는 경상대 참가자가 100명 남짓이었으니, 우리의 동원력이 얼마나 굉장했는지 짐작할 수 있을 것이다. 그래서 학교 전체 학생이 모이는 전학대회가 열리면 언제나 내게도 빠뜨리지 않고 마이크를 건네 발언권을 줬다. 일개 학과의 학생장으로서는 분에 넘치는 대접을 받은 것이다.

이때 나를 총학생회의 학간 연대(학교 간 연대) 사업부장으로 끌어들인 건 당시 총학생장이었던 기동민 선배였다. 기동민 선배는 군사 훈련 입소 거부 운동을 하다가 강제징집까지 당한 학교의 전설이었다. 복학생으로 총학생장이 된 그의 리더십은 마초적이면서도 따뜻했다. 요즘 유행하는 '츤데레'라는 말이 딱 어울릴 인물이다.

이념 논쟁으로 밤을 새우다 결론이 안 나면 "야, 따라와!" 이 한 마디로 상황을 정리하고 학교 후문에서 고기를 사주며 얽힌 실타래라도 풀 듯이 찬찬히 정리를 해줬다. 그 투박한 리더십을 가까이서 보고 배우며 나는 비로소 개인의 반항을 넘어 조직의 전략을 고민하는 활동가로 거듭날 수 있었다.

이 시기에 빼놓을 수 없는 한 분이 지도교수였던 김시업 선생이다. 선생은 대학교 직속 선배이기도 하고, 입시 때 내 면접관이기도 했다. 고전문학을 가르쳤는데, 학생들이 경찰에 붙들려 가거나 하면 탄원서도 써주고 직접 면회도 다니는 실천적 지식인이었다.

솔직히 나같이 수업도 제대로 안 들어가는 학생을 기억할 리 없건만, 가끔이라도 만나게 되면 늘 걱정해 주고 마음도 써주던 아버님 같은 분이었다. 나중에는 실학박물관 관장을 지내시기도 했는데, 나서는 걸 극도로 싫어하던 내가 학생장을 거쳐 부총학생장을 맡아 수행하고 아직까지도 흔들림 없이 한길을 걸을 수 있었던 것은 선생 같은 분이 사표師表로 곁을 지키고 계신 덕분이 아닌가 싶다. 좋은 선생을 만나는 일은 얼마나 복된 일인가를 선생으로 하여 깨닫는다.

물론 학교의 총장으로 인연을 맺고, 훗날엔 그 밑에서 비서관 노릇을 한 데다 결국 이 세계로 등을 떠민 장을병 선생도 있지만 말이다. 그 얘기야 따로 해도 무궁무진할 테니 여기서는 접자.

영원한 그 이름

1991년 5월 23일, 명지대학교 강경대 열사 살인 만행 규탄과 공안 통치 종식을 위한 제3차 범국민대회가 열리던 날이다. 나도 그 자리에 있다가 1차만 마친 채 가족 모임이 있어 고향집에 내려와 있는데, 밤 9시가 좀 넘었을까. 형이 들어오면서 "야 너네 학교 여학생이 죽었단다. 불문과라던데"라는 소식을 전했다. 동아리연합회에서 주로 활동해서 안면은 없지만, 조금 전까지만 해도 내 곁에 있었을 학우가 사고를 당했다는 생각에 가슴이 아렸다.

율전 캠퍼스 학생들은 물론이고, 군대에서 휴가를 나온 학생들까지 속속 시신이 안치된 병원으로 모여들고, 늘 그랬듯이 경찰은 시신을 탈취하기 위해 영안실 진입을 시도하기도 했다. 지키려는 편과 탈취하려는 자들로 장례 기간 내내 병원 주변에는 팽팽한 긴장감이 감돌았지만 다행히도 큰 사고는 나지 않았다.

학생회는 장례식을 준비했다. 경찰은 학생들이 대거 모이게 될 장례식을 허락할 리 없었고, 우리는 충돌을 대비해 학교 안쪽에 화염병을 잔뜩 마련해 놓았다. 마침내 장례식 날. 경찰은 학교를 원천 봉쇄했다. 우리는 어떤 일이 있어도 장례식을 강행하겠다고 선언했다. 팽팽한 둘 사이를 중재하고 나선 이가 직선으로 처음 총장이 된 해직 교수 출신 장을병 총장이다. 장 총장은 현장에서 청와대와 직접 통화를 하여 평화적인 집회와 원천봉쇄 해제를 합의했다. 그러고는 품안에서 뭔가를 꺼내 총학생장이던 기동민에게 건넸다. 사표였다.

"내가 앞장선다. 모든 책임은 내가 질 테니 화염병 치워라." 그새 장 총장은 학교 담장 안에 천막으로 씌워 놓았던 화염병을 보았던 모양이다. 그리고 총장은 약속대로 장례 행렬의 맨 앞에 서서 학교 앞까지 고인을 운구할 수 있게 도왔다. 문제는 뜻하지 않은 곳에서 벌어졌다. 운구가 학교 앞에 다다랐을 때, 갓에 두루마기를 갖춰 입은 백발의 성균관 유생들이 정문을 가로막고 나선 것이다. 어떤 시신도 공자를 모신 사당인 문묘가 있는 성균관을 지나지 못하는 게 유림의 전통이요 예법이라는 데에는 할 말을 잊었다. 그동안 보아 온 유림들의 태도로 보면 결코 물러서거나 타협할 상황이 아니었다. 긴급하게 대책을 세워야 했다. 내가 아이디어를 냈다. 잠시 후 총학생장이 유림들 앞에 무릎을 꿇었다. 그리고 설득에 나섰다. "인의예지를 다하는 성균관이고 우리 학교는 그 인의예지를 자랑스러워합니다. 어르신들의 딸이요 손녀 같은 아이가 나라를 위해 의를 다하다가 불의한 일로 죽임을 당했는데, 그 아이를 받아들이지 못하는 유림들은 진정 인의예지에 합당하다고 생각하십니까?"

총학생장 뒤로는 흰 저고리에 검정 치마를 입은 한 무리의 여학생들이 꿇어앉아 연신 통곡을 해댔다. 유림들의 눈빛이 흔들렸다. 뒤에서 누가 시켰겠구나 싶은 생각이 들었다. 얼마나 지났을까. 정문만 아니면 된다는, 들어가도 좋다는 타협안이 나왔다. 정문 옆 담벼락을 일부 헐고 운구를 하자는 의견도 나왔지만 장 총장의 만류로 도서관 옆 후문을 통해 운구를 했고, 무사히 장례식을 치렀다. 궂은일마다 앞고 사표까지 걸어 가며 당신이 앞장서겠노라 하신 장 총장이 아니었더라면, 또 어떤 비극이 탄생했을지 생각만으로도 섬뜩하다.

　　타협을 얘기하니 코미디 같은 또 다른 협상 하나가 생각난다. 1991년쯤이었을 거다. 수배 상태에 있던 동기가 학교에서 멀지 않은 대학로에서 잡혀 가는 일이 생겼다. 동료가 붙들려 갔으니 학생회에 비상이 걸렸다. 흥분한 학생 몇이 학교 앞으로 나가서 경찰차를 지키던 전경 한 명을 붙들어 왔다. 그리고는 경찰서에 전화를 걸어 잡혀간 동료와 붙들어 온 경찰을 맞교환하자고 제안했다. 경찰은 공권력을 투입하겠다면서 학교 주변을 3천 명쯤 되는 경찰로 둘러쌌다. 밤중이어서 학교 안에는 기껏 200명쯤 되는 학생이 있을 뿐이었다. 저 병력이 학교 안으로 쏟아져 들어온다면 엄청난 공안 사건이 될 것은 너무도 명백했다.

　　맞교환으로 될 줄 알았는데 일이 뜻하지 않게 커지니 학생회도 급해졌다. 한밤중인데도 불구하고 학생회에서 총장님 댁을 찾았다. 그때도 장을병 총장 때였다. 내막을 들은 총장이 호통을 한번 치고는 그 시간에 청와대 관계자에게 전화를 넣었다. 그리고는 경찰관을 먼저 풀어 주면 원천봉쇄도 풀고 수배 학생도 풀어 주는 것으로 합의를 했다. 경찰관을 넘겨주기로 한 곳이 학교 앞 육교였는데, 그때 약속한 장소까지 경찰관을 데리고 간 사람이 나다. 경찰 쪽 역시 곧바로 원천봉쇄를 풀었고, 붙들려 갔던 동료도 다음날 풀어 줬다. 지금 생각하면 치기 어린 모험이라기엔 실정법을 넘나드는 지나치게 위험한 일이지만, 그땐 그걸 가늠할 여유조차 없던 시절이었다.

　　　　　　　　　　　　　　　　　　　　사랑한다면 반응하라

내가 88학번이니까 정상적이라면 1992년 2월에 졸업하는 게 마땅하지만 사정은 그렇지 못했다. 아스팔트를 강의실 삼아 학생운동에만 몰두했으니 성적을 제대로 받을 리 없었다. 8학기를 다니는 동안 네 학기가 All F여서 졸업에 필요한 학점의 반밖에 얻지 못했다. 수강 신청만 해도 학점을 주겠다는 연락을 받고서도, 수강 신청을 할 시간을 내지 못했다면 이해하는 사람이 몇이나 될까. 놀랍게도 학교 문을 나온 지 30년이 넘은 지금도 2, 3월이면 가끔씩 수강 신청을 하는 꿈을 꾼다. 내게는 악몽이다.

5학년, 그러니까 4학년을 넘긴 다음해 나는 총학생장에 도전장을 내밀었다. 그러나 학내 그룹의 여러 사정 때문에 부총학생장에 당선되었다. 선거 출마에서 내걸었던 것 중의 하나가, 학교의 상징과도 같은 금잔디 광장에 다시 금잔디를 심겠다는 것. 쉼없이 이어진 각종 집회와 김귀정 열사의 장례식 같은 큼지막한 행사로 금잔디 광장은 형편없이 훼손되어 있었다. 군데군데 맨바닥이 드러나 흉물스럽기까지 했다. 학생과 교수, 교직원들이 나서서 우리 손으로 금잔디 광장을 되살리자는 취지였다. 학생들이 시위만 하는 것이 아니라 학교를 사랑하고 있다는 사실도 널리 알리고 싶었다.

총학생회 임기가 시작되고 첫 사업으로 바로 이 공약을 실천했다. 오랜만에 대학에서 들려온 신선한 뉴스감이었는지 동아일보와 MBC에서 쫓아와 취재를 하고 카메라를 돌렸다. 오랜만에 기사를 돌려 보며 감회에 젖는다.

앵커 : 한때 학내 분규 등으로 피폐해진 대학을 대학인 스스로 살리자는 흐뭇한 소식이 있습니다. 성균관대학교는 오늘 교수와 학생 교직원이 한데 어울러서 이 학교의 상징인 금잔디 광장 살리기 행사를 시작으로 학교를 발전시키자는 학교 사랑 운동에 나섰습니다.

기자 : 성균관대학교의 이곳 금잔디 광장은 캠퍼스의 상징으로 여겨져 왔습니다. 그러나 학생들의 잦은 집회로 잔디의 절반 이상이 말라죽자 학생과 교수들이 힘을 한데 모아 잔디를 다시 심고 있습니다. 성균관대는 지난해 봉명재단이 갑작스레 퇴진한 뒤 학교 발전에 위기를 맞이했습니다. 이에 따라 학생과 교수 교직원 일동은 현재의 위기를 오히려 중흥의 계기로 삼겠다는 의지로 우선 금잔디 광장 잔디 살리기를 시작으로 학교 사랑 운동에 나섰습니다.

조계원 군(총학생회장) : 금잔디를 함께 모여 심어내면서 구성원들의 사랑과 단결을 보다 돈독히 하고 성대 발전에 공통의 의지를 확인함으로써 이번 금잔디 심기 행사의 의미가 있다고 보여집니다.

장을병 총장(성균관대) : 행사를 계획을 하고 실행에 옮긴 학생들에 대해서 나는 무엇보다도 고맙게 생각을 하고 이것이 우리 민족 성대의 도약의 하나의 계기가 되기를 바라마지 않습니다.

기자 : 금잔디 광장에서 잔디를 심는 동안 문과대 앞에서는 화분 만들기 작업이 계속됐고, 분위기를 돋우는 주점도 마련돼 수익금을 학교중흥기금에 보탰습니다.

이제는 세상에 없는 장을병 총장님과 30년이 훌쩍 넘었어도 아직 의원회관을 함께 쓰는 총학생장 조계원 의원의 그 시절 목소리가 귀에 삼삼하다. 부총학생회장 임기를 마친 이듬해, 여전히 학생인 채로 나는 고향에 있는 18비행단의 공군휴양소 근무를 위해 잠시 학교를 떠났다. 참으로 금잔디만큼이나 푸르른 시절이었다.

사랑한다면 반응하라

3

광야에서 여의도로

영원한 소수파가 되거라
한 줌 흙 속의 씨앗과 같은 희망
쟁기는 부딪힐수록 단련된다

메밀을 먹게나

긴 대학 생활을 끝내고 '어떻게 살 것인가'라는 몽롱한 화두를 똬리처럼 머릿속에 넣고 살던 1990년대 중반, 나는 보따리 하나 달랑 들고 아무런 연고도 없는 경남 창원으로 향했다. 서울 중구청장 보궐 선거에 자원봉사를 나갔던 인연이 꼬리를 물어 '꼬마민주당' 창원을 지구당에 직함 하나를 얻어 내려간 타향살이였다.

당시 창원 지구당의 풍경은 처절했다. 낡은 사무실에 덩그러니 놓인 팩스 한 대와 먼지 쌓인 당원 명부가 내 앞에 놓인 전부였다. '정당 주권주의'라는 거창한 구호를 가슴에 품고 내려왔지만, 현실은 매일 아침 팩스로 내려오는 중앙당의 지침을 복사하고, 아무도 찾아 오지 않는 사무실을 지키며 전화를 돌리는 일의 반복이었다. 그 적막 한 사무실에 나와 위원장 둘뿐이었다.

위원장은 투박했지만 진심이 있었다. 그는 불모지와 다를 바 없는 창원에서 '민주당'이라는 깃발을 지키기 위해 자신의 모든 것 을 쏟아부었다. 그와 함께 당원 명부를 정리하고 한 사람이라도 더 당의 주인으로 모시기 위해 씨름했던 그 시절, 나는 비로소 정당의 뿌리가 어디에 있어야 하는지를 깨달았다. 중앙당의 화려한 조명이 비치지 않는 곳, 팩스 소리만 정적을 깨는 낡은 지구당 사무실이야말로 민주주의가 시작되는 가장 신성한 광야였다. 창원의 낯선 공기 속에서 나는 그렇게 '진짜 정치는 현장의 외로움을 견디는 것'임을 배워 가고 있었다.

어느 날 위원장은 지친 나를 데리고 통영 앞바다를 건너 욕지도로 향했다. 그곳에는 기이한 스님 한 분이 계셨다. 암을 스스로 치유하고 홀로 암자를 지키며 산다는 스님과의 만남은, 분노와 열기로 가득 찼던 청년 김우영의 생에 던져진 서늘한 얼음물 같았다.

욕지도의 깎아지른 절벽 끝, 파도 소리가 발밑에서 소용돌이치는 암자에서 마주 앉은 스님은 인사도 채 끝나기 전인데, 위원장에게는 "DJ의 개가 되시게"라는 알 듯 말 듯한 말을 던지더니, 내게는 엉뚱하게도 "메밀을 많이 드시오"라는 게 아닌가. 영문을 몰라 어안이 벙벙해 있는 나에게 스님은 덧붙였다.

"당신 안에는 화火가 너무 많다. 그 뜨거운 기운을 찬 성질 가진 메밀로 식히지 않으면 네가 먼저 타죽을 것이다."

그것은 단순히 음식에 대한 조언으로만 들리지 않았다. 세상을 바꾸겠다는 일념으로 광장에 섰고, 연고 없는 창원에서 밑바닥 정치를 하며 쌓인 독기와 분노가, 내 안에서 스스로를 갉아먹고 있음을 스님은 꿰뚫어 본 것이다. 정치는 뜨거운 가슴으로 하는 것이지만, 그 열기가 과하면 눈을 멀게 하고 증오만 남긴다는 경계이기도 했다.

나는 그날 밤, 파도 소리를 들으며 내가 가졌던 정의감이 혹시

타인을 향한 칼날은 아니었는지, 내 안의 화를 다스리지 못한 채 섣부르게 세상을 바꾸려 한 것은 아니었는지 깊이 자문했다. 실제로 나는 그때부터 막국수를 즐기며 마음을 다스렸다.

스님은 태풍이 오던 날 바다의 장관을 구경하다 홀연히 사라지셨지만, "자세히 보라, 내가 너를 다 보고 있다"던 그 목소리는 지금도 내 삶의 경계석이 되고 있다.

정치가 비정하게 나를 몰아세울 때, 혹은 권력의 단맛이 나를 유혹할 때마다 나는 욕지도의 그 암자를 떠올린다. '내 안의 화를 식히고 있는가?', '태풍 속에서도 고요한 본질을 응시하고 있는가?'

욕지도의 암자에서 보낸 그 짧고도 강렬한 시간은, 혈기 넘치던 활동가 김우영을 정무적 통찰력을 가진 정치인으로 거듭나게 한 영혼의 세례였다. 스님은 사라졌지만, 그가 던진 화두는 지금도 여의도의 소음 속에 있는 나를 끊임없이 깨우고 있다.

욕지도에서 돌아온 나는 이전과는 조금 다른 눈으로 창원을 바라보기 시작했다. 팩스 소리만 요란한 사무실에서 중앙당의 지침만 기다리는 것은 죽은 정치였다. 나는 위원장과 상의해 지구당 한쪽 공간에 '창원발전연구소'라는 간판을 내걸었다. 이름은 거창했지만, 그 본질은 주민들이 언제든 찾아와 숨 쉴 수 있는 사랑방이었다.

그 무렵 내가 기획한 가장 파격적인 사업은 '요가 교실'이었다. 지금이야 요가가 대중화되었지만, 당시만 해도 요가 매트를 깐다는 것은 생경한 풍경이었다. 하지만 나는 믿었다. 정치는 사람들의 몸과 마음이 편안해지는 지점에서 시작되어야 한다는 것을.

어둑했던 지구당 지하에 조명을 밝히고 매트를 깔았다. 처음엔 "민주당에서 웬 요가냐"며 삐딱하게 보던 주민들도 하나둘 모여들기 시작했다. 고된 노동에 몸이 굳은 노동자들, 가사와 육아에 지친 주부들이 요가 교실의 단골이었다. 나는 그들과 함께 숨을 들이마시고 내쉬며, 그들이 요가 동작 사이사이에 내뱉는 한숨과 일상의 고민을 들었다.

"김 간사, 우리 동네 가로등이 어두워 무서워 죽겠어." "애들 학교 가는 길에 큰 차가 너무 많이 다녀서 걱정이야."

이것이 진짜 민심이었다. 거대 담론보다 무거운 것은 내 아이의 통학로 안전이었고, 내 몸의 고단함이었다. 요가 교실은 단순한 운동 공간을 넘어, 주민들이 자신의 삶을 이야기하고 정치가 무엇을 해결해야 하는지 가르쳐 주는 현장이 되었다. 나는 그곳에서 '생활 정치'의 원형을 보았다.

요가 매트 위에서 나눈 대화들은 '창원발전연구소'의 정책 과제가 되었고, 나는 이를 해결하기 위해 시청을 드나들고 자료를 만들었다. 창원의 낡은 사무실 한켠에서 피어난 요가 교실의 온기는, 훗날 내가 은평에서 '참여 예산'을 만들고 '마을 공동체'를 복원할 때 가장 강력한 실무적 영감이 되었다. 정치는 낮은 곳에서 주민들과 함께 호흡을 맞추는 것이라는 평범하지만 위대한 진리를, 나는 창원의 요가 매트 위에서 배웠다.

창원발전연구소가 자리를 잡아 가고 요가 교실의 온기가 지구당 지하를 채울 무렵, 우리 사무실에 귀한 손님이 찾아왔다. 당시 원외에서 '지방자치실무연구소'를 이끌며 새로운 민주당의 노선을 고민하던 야인 노무현이었다. 꼬마민주당이라는 좁은 울타리 안에서 세상을 바꾸겠다고 발버둥치던 우리에게, 그의 방문은 거대한 태풍의 예보와도 같았다.

지구당 지하 좁은 회의실에서 노무현 전 대통령과의 초청 토론이 시작되었다. 그는 당시 주류 정치권에서 외면받던 '바보'였지만, 그가 내뿜는 정세 분석과 전략은 날카롭고도 치밀했다. 민주당이 나아가야 할 길을 논하는 자리는 밤늦도록 이어졌다. 누군가 물었다.

"노 위원장님, 영남에서 민주당 깃발을 지키는 것이 이토록 힘든데, 우리가 정말 정권 교체를 할 수 있겠습니까?"

이 도발적인 질문에 그는 특유의 소탈한 웃음을 지으면서도 눈빛만은 매섭게 빛났다. 그는 단순히 이기는 정치가 아니라 '원칙이 승리하는 정치'에 대해 이야기했다. 지역주의라는 거대한 벽을 허물기 위해서는 정치인 한두 명의 활약이 아니라, 깨어 있는 시민들의 조직된 힘과 정당 주권주의가 실현되어야 한다는 그의 지론은 내가 창원에서 팩스와 씨름하며 가졌던 갈증을 단숨에 해소해 주었다.

낡은 식당으로 자리를 옮겨 소주잔을 기울이면서까지 우리는 새로운 민주당의 노선을 그렸다. 그는 권위주의를 탈피한 수평적 정당 구조, 그리고 지역을 기반으로 한 생활 정치의 중요성을 역설했다. 그것은 내가 요가 교실을 통해 어렴풋이 느꼈던 '생활 정치의 맹아'가 국가적 담론으로 확장되는 순간이었다.

그날 밤, 노무현이라는 거구의 정치인과 나눈 대화는 나에게

'정치적 상상력'의 지평을 넓혀 주었다. 비록 우리는 여전히 소수파였고 현실은 막막했지만, 그와 함께 밤을 지새우며 공유했던 '사람 사는 세상'에 대한 비전은 내 정치 인생의 지울 수 없는 이정표가 되었다. 창원이라는 광야에서 만난 야인 노무현. 그와의 토론은 훗날 내가 정당 혁신과 자치 분권을 내 정치의 핵심 가치로 삼게 된 결정적인 뿌리였다.

4월의 꽃눈

창원 생활을 접고 다시 서울로 올라온 것은 모교 교수의 연락 때문이었다. 장을병 총장이 삼척에서 이번 총선에 출마하는데 도와주면 어떻겠냐는 얘기였다. 선거를 두 달 남겨놓은 시점이었지만 마다할 이유가 없었다. 승패를 떠나 사회적 존경을 한몸에 받는 분께 작더라도 보탬이 되고 싶었고, 개인적으로는 모교의 총장과 부총학생장으로서의 인연도 가벼운 건 아니라고 여긴 탓이다. 그렇게 찾아간 산정빌딩 403호에서 그야말로 오랜만에 장 총장을 뵈었다.

사실 나는 학생회 시절에도 주류에 편승하는 성격이 아니었다. 기동민 선배가 총장님께 아들처럼 싹싹하게 굴 때에도 나는 늘 삐딱하게 거리를 두던 '비주류'다. 하지만 운명은 나를 장 총장의 유세팀장으로, 기동민 선배를 수행실장으로 삼척 땅에 밀어 넣었다.

1996년 총선 당시 삼척의 분위기는 냉랭했다. "장돌뱅이냐,

장을뱅이냐”는 비아냥이 돌았고, 인지도는 20%를 밑돌았다. 기간도 빠듯해서 돌파구가 필요했다. 전국 최초로 멀티비전 유세차를 만들었다. 그러고는 줄창 장 총장이 탄광 막장까지 들어가서 채탄 일을 하던 ‘체험 삶의 현장’ 영상을 틀었다.

원덕 장날에는 사건이 터졌다. 유세차 팀이 사고를 냈다. 높은 유세차가 터널을 지나다 상단 멀티비전을 그대로 들이받아 박살이 난 것이다. 현수막은 찢어지고 차는 너덜너덜해졌다. 총장은 “선거 안 한다!”며 짐을 쌌지만, 나는 오히려 이를 기회로 삼을 수 있다고 만류했다.

박살 난 차를 끌고 장터에 나타나 동정 여론을 자극했다. 일종의 ‘술책’이었지만, 그날 원덕에서 민심이 뒤집히는 걸 느낄 수 있었다. 여기에다 장 총장의 “삼척 사람이라고 총리 못 하고 대통령 못 하냐”는 ‘큰 인물론’까지 합세해 승기를 잡을 수 있었다.

나는 목포의 선거 전략가 엄창록의 수법에 대해서도 흥미롭게 연구했다. 힘으로 싸우지 않고 상대의 힘을 역이용하는 방식이다. 선관위원장 앞에서 대놓고 불법 유세를 하는 신한국당 후보 옆에서 귓속말로 감정을 건드리는 말을 해서 평정심을 잃게 하거나, 우리 현수막을 훔쳐 달아난 동네 건달 무리에게 “청와대에 보고해 당장 구속하겠다”는 엄포로 무릎 꿇린 에피소드는 당시 선거판이 얼마나 야생적이었는지를 보여준다.

개인적으로는 4월 15일경, 태백산 준령인 하장면으로 올라가던 길을 잊지 못한다. 4월인데도 함박눈이 쏟아졌다. 유세차 앰프는 나

     사랑한다면 반응하라

사가 빠져 커브를 돌 때마다 무너지려 했다. 나는 그 앰프를 온몸으로 붙들고 눈보라를 맞으며 산길을 올랐다. '내가 지금 여기서 뭐 하고 있나' 싶어 울음이 쏟아질 정도였다. 하지만 처마 밑에서 눈을 피하던 영감님들 앞에서 "삼척의 자존심!"을 외치던 총장님의 연설을 들으며, 나는 정치가 결국 저 낮은 곳의 사람들을 향한 처절한 몸부림이라는 것을 다시금 새겼다. 오로지 몸뚱어리로 만든 기적 같은 승리였다.

총장이 아니고 이젠 장을병 의원의 비서관이 된 내 첫 출근지는 국회의사당의 웅장한 본청도, 의원회관의 분주한 사무실도 아니었다. 발령 직후 내가 전달받은 행선지는 병원이었다. 장 총장님이 당시 통합민주당 대표직을 수행하며 쌓인 극심한 스트레스와 살을 말리는 선거, 지병이 겹쳐 입원을 하신 것이다. 의원실 막내였던 내게 주어진 첫 번째 특명은 '총장님 24시간 밀착 수행', 즉 병간호였다.

정치는 모름지기 정책을 기획하고 법안을 기초하며 세상을 바꾸는 거창한 담론인 줄로만 알았다. 그러나 나의 20대 후반, 여의도에서의 첫 기억은 정무적 수사가 아닌 병실의 눅눅한 공기와 코끝을 찌르는 약 냄새로 채워졌다. 나는 병실 간이침대에 몸을 뉘이며 총장님의 수발을 들기 시작했다. 기력이 쇠하신 총장님 곁에서 부축하며 몸을 닦아 드리고, 링거 줄이 꼬이지 않았는지 살피는 것이 내 일과의 전부였다.

세간에는 '서슬 퍼런 학자 출신의 총장'으로 알려진 분이었지만, 병상 위에서는 한 명의 무력하고 고단한 노정객일 뿐이었다. 나는 그분의 가장 낮은 곳을 지키며 오히려 인간 장을병이라는 한 존재의 깊은 속살을 들여다볼 수 있었다. 총장님은 그 고통스러운 투병 중에도 결코 흐트러진 모습을 보이지 않으려 애쓰셨다. 정신이 맑아질 때면 비서실에서 가져온 당무 보고서를 꼼꼼히 훑으셨고, 나라의 앞날을 걱정하며 혼잣말처럼 정세에 대한 고민을 내뱉곤 하셨다.

어느 날 밤이었을 것이다. 잠을 이루지 못하던 총장님은 곁을 지키던 나에게 당신의 정치적 소신을 툭 던지듯 말씀하셨다. "정치는 결국 사람이 사람을 대하는 예의에서 시작되는 거다." 그 말씀은 병실 바닥에서 새우잠을 자던 초보 비서관의 가슴에 깊이 박혔다. 내가 그분의 병실을 지켰던 시간은 단순히 몸을 돌보는 노동이 아니었다. 그것은 정치가 가져야 할 가장 근본적인 태도, 즉 타인의 가장 비루한 고통까지도 껴안아야 한다는 무언의 가르침이었다. 나중에 기력을 회복해 국회로 돌아간 뒤, 총장님은 사람들에게 나를 소개할 때마다 늘 이렇게 말씀하시곤 했다. "이놈이 그래도 의리가 있어." 그 투박하고도 직설적인 한마디에는 그 어떤 화려한 추천서보다 진한 신뢰와 애정이 담겨 있었다.

병원 냄새 자욱한 곳에서 시작된 그 '병간호 수련'은, 역설적으로 내가 장을병이라는 거산巨山의 가장 깊숙한 정무적 신뢰 안으로 진입하는 가장 정직하고도 단단한 통과의례가 되었다. 여의도의 화려한 조명보다 먼저 병실의 그림자를 보았던 그 시절이, 훗날 내가 행정을 하며 시민의 아픔을 대하는 가장 밑바닥의 정서가 되었음을 부정할 수 없다.

1996년 9월, 고향 강릉 앞바다는 차가운 공포에 휩싸였다. 북한

잠수함이 안인진리 해안에 좌초되면서 무장공비들이 태백산맥의 험준한 산속으로 스며든 것이다. 온 나라가 비상계엄에 준하는 긴장감에 얼어붙었고, 국방위원회는 연일 군 당국의 보고와 질의로 전쟁터나 다름없었다. 당시 나는 국방위원이던 장을병 의원을 보좌하며, 고향 산천이 우리 군의 수색 작전과 총성으로 얼룩지는 과정을 참담한 심정으로 지켜보고 있었다.

군 당국은 포획된 공비 이광수의 진술을 토대로 침투 인원을 총 25명으로 공식화하려 했다. 이미 사살되거나 자폭한 인원들을 제외하면 남은 잔당 소탕에만 집중하면 된다는 계산이었다. 그러나 장 의원의 생각은 달랐다. 그는 학자 특유의 치밀함과 정무적 촉을 발동해 군의 발표 이면을 파고들었다. 그는 나에게 지시했다.

"이광수의 진술 기록을 토대로 조별 인원 편성을 다시 한번 정밀하게 복기해라. 숫자가 안 맞는다."

나는 밤을 새워 가며 심문 기록의 행간을 뒤졌다. 장 의원은 이광수의 진술 중에서 '전투조'와 '안내조'의 구성, 그리고 그들이 잠수함에서 내려 산으로 이동할 때의 조 편성 체계를 주목했다. 당시 군은 발견된 시신과 포획된 인원을 산술적으로 합쳐 25명이라 결론지었지만, 장 의원은 이광수가 무심결에 뱉은 조별 인원의 합계와 전체 인원 사이에 미묘한 공백이 있음을 포착해 냈다. 장 의원은 국방위 현안 질의에서 "이광수의 진술대로라면 침투조는 25명이 아니라 27명이어야 한다"고 날카롭게 몰아붙였고, 이는 나중에 실제 추가 침투조의 존재가 확인되며 사실로 드러났다.

그러나 이 사건의 진짜 백미는 침투 인원 파악 그 너머에 있었다. 장 의원님과 우리 의원실이 주목한 것은 잠수함 내부에서 발견된 정체불명의 장비들이었다. 군 당국이 단순히 파손된 부품 정도로 치부하던 것들을 정밀 분석한 결과, 그것은 놀랍게도 방사포(다연장 로켓) 분해물이었다.

우리는 이 장비들의 타격 범위와 예상 경로를 정교하게 추적했다. 그리고 도달한 결론은 소름 끼치는 것이었다. 그들이 겨냥한 곳은 바로 울진 원자력발전소였다. 무장공비들의 침투 목적이 단순한 정보 수집이나 교란을 넘어, 국가의 심장부인 원전을 파괴하여 대재앙을 일으키려 했다는 사실을 우리가 밝혀낸 것이다.

국방위 질의를 통해 이 사실이 폭로되자 국방부와 안보 라인은 발칵 뒤집혔다. 군이 놓치고 있던 침투의 진짜 목적을 야당 의원실에서 팩트로 입증해 낸 순간이었다. 고향 강릉의 산자락이 피로 물들던 그 가을, 나는 여의도 의원회관 사무실에서 정무적 분석이 어떻게 국가적 위기를 직시하고 진실을 견인하는지 똑똑히 목격했다.

장을병 총장에게 고향 삼척은 단순한 표밭이 아니라 지켜내야 할 자존심이자 뿌리였다. 1990년대 후반, 그는 이미 일본의 사회 변화 추세를 분석하며 '주 5일제'와 '레저 시대'의 도래를 예견하고 있었다. 이름도 없던 작은 포구인 장호항을 바라보며 "이곳을 아시아의 베니스로 만들어야 한다"고 입버릇처럼 말했던 이유다.

그는 장호항을 '어촌 체험 마을'로 지정하기 위해 중앙 부처 공무원들과 끊임없이 씨름했다. 한번은 국고 예산 확보가 난항에 부딪

 사랑한다면 반응하라

힌 적이 있었다. 그때 장 총장은 담당 사무관의 부친상 소식을 듣고는 나를 불렀다.

"지금 당장 경남 밀양으로 내려가서 조문하고 오너라. 우리 진심을 전해야 한다."

나는 그 길로 멀리 밀양까지 내려가 상가를 지켰다. 국회의원의 비서관이 먼 길을 마다않고 달려온 정성에 감복한 사무관은 이후 적극적으로 도왔고, 결국 20억 원의 예산이 내려왔다. 오늘날 전국적인 관광 명소가 된 장호항의 시초는 그렇게 발로 뛴 정성과 시대적 선구안이 결합된 결과였다.

가장 극적인 사건은 삼척 원자력발전소 백지화였다. 당시 정부는 삼척에 원전을 지으려 했고, 장 총장은 이를 막기 위해 정치적 생명을 걸었다. 그는 당시 김중권 청와대 비서실장을 찾아가 국회의원 배지를 책상 위에 풀어놓으며 선언했다. "내 고향 삼척에 원전이 들어온다면 나는 의원직을 사퇴하겠다." 일개 야당 의원이 국가 정책을 뒤집는 것은 불가능에 가까운 일이었으나, 그는 멈추지 않았다. 그는 인동 장씨 종친이기도 했던 장영식 한전 사장을 직접 만나 인간적 신뢰를 바탕으로 끈질긴 담판을 벌였다. 결국 기적적으로 원전 건설 백지화를 이끌어냈다.

그러나 정치의 세계는 비정했다. 정작 지역 선거가 다가오자 민심은 싸늘했다. "원전이 들어와야 보상금이라도 몇 억씩 받을 텐데, 왜 그걸 취소해서 우리 앞길을 막느냐"는 원망 섞인 비난이 쏟아졌다. 고향을 위해 직을 걸고 싸웠지만, 당장의 이익 앞에 외면당하는 현실. 나는 장 의원 곁에서 정치라는 것이 때로는 얼마나 고독하고 역설적인 길인가를 뼈저리게 배웠다. 장호항의 푸른 바다와 원전 부지를 바라보며 느꼈던 그 복잡한 감정들은 훗날 내가 정치를 대하는 가장 단단한 마음의 근육이 되었다.

15대 총선에서 기적적으로 생환한 장을병 총장이 국회 입성 후 가장 먼저 던진 화두는 '양김청산론(양김교체론)'이었다. 김대중(DJ)과 김영삼(YS), 두 거산이 지배하던 한국 정치의 낡은 틀을 깨지 않고서는 새로운 시대가 열릴 수 없다는 확신이었다. 그것은 학자 출신 정객이 던진 가장 도발적인 선전포고였다.

이 주장은 즉각 정치권에 거대한 파문을 일으켰다. 특히 호남을 기반으로 한 동교동계의 반발은 서슬이 퍼렜다. 어느 날 의원실로 전화 한 통이 걸려 왔다. 수화기 너머로 들려온 목소리는 동교동계의 핵심, 김옥두 의원이었다.

"나 김옥두요. 장 교수한테 전하시오. 어떻게 우리 김대중 선생을 YS와 같은 반열에 놓고 비교할 수 있단 말이오? 정말 실망이오!"

DJ를 향한 일편단심으로 뭉친 그들에게 양김청산론은 신성모독과도 같았을 것이다. 하지만 나는 물러서지 않았다. 장 총장의 지조를 지키는 것이 보좌관의 본분이라 믿었기에 나 역시 거칠게 쏘아붙였다.

"당신이 뭔데 우리 총장님께 그런 헛소리를 하는 거요!"

전화를 끊고 나서도 분이 풀리지 않았지만, 한편으론 거대 권력의 핵심과 맞섰다는 묘한 긴장감이 의원실을 감돌았다. 훗날 장 의원

　　　　　　　　　　　　　　　　　　　사랑한다면 반응하라

이 소속된 국민신당과 새정치국민회의가 합당한 후, 첫 의총에서 장 의원의 어깨를 감싸쥐며 반겨 하던 김옥두 의원의 표정이 아직도 눈에 선하다. 통합민주당과 새정치국민회의가 합당한 후 열린 첫 의원 총회에서 내 바로 뒷자리에 앉은 김옥두 의원을 마주했을 때의 그 기분은 참으로 묘했다. 정치는 그렇게 어제의 적과 오늘의 동료가 뒤섞이는 비정한 현장이었다.

그러나 화려한 정치적 수사 뒤에 숨겨진 인간 장을병의 모습은 한없이 고독했다. 당선 후 총장님은 위천공 수술을 받으며 생사의 고비를 넘겼다. 중환자실에서 산소호흡기를 쓴 채 왜 아무도 오지 않느냐며 눈물을 흘리던 총장님의 모습은 내가 알던 '강단 있는 거산'이 아니었다.

양김이라는 거대한 벽을 넘어서고 싶었던 야망, 하지만 현실 정치의 높은 담벼락 앞에서 느끼는 무력감, 그리고 가장 가까운 가족에게조차 위로받지 못하는 외로움. 장 총장은 DJ를 비판하면서도 내면에는 그에 대한 깊은 애증과, 스스로 그를 대체할 대안이 되고 싶은 욕망이 공존했던 외로운 거목이었다.

재선을 향한 길목에서 우리는 거대한 자연재해와 마주했다. 2000년 4월 총선을 불과 며칠 앞두고, 동해와 삼척을 집어삼킨 사상 최대의 산불이 발생한 것이다. 온 시내가 그을음과 매연으로 뒤덮였고, 삶의 터전을 잃은 주민들의 민심은 흉흉하기 이를 데 없었다. 투표 독려는커녕 당장 불을 끄고 이재민을 돌보는 것이 급선무인 비상사태였다.

나는 긴박하게 돌아가는 현장 상황과 여론조사의 열세를 확인하고 장 총장에게 건의했다.

"총장님, 이건 정상적인 선거가 불가능한 상황입니다. 청와대에 특별재난구역 선포를 강력히 요청하고, 선거 연기를 건의해야 합니다. 지금 민심으로는 정면 돌파가 어렵습니다."

하지만 돌아온 것은 장 총장의 불호령이었다. "이놈의 새끼들이 다 이긴 선거라고 자만하더니, 이제 와서 무슨 꼼수를 쓰자는 거냐!" 그는 끝내 정공법을 택했다. 비겁하게 재난을 핑계로 선거를 늦추는 것은 학자의 양심이 허락하지 않는다는 고집이었다.

그러나 낙선의 원인이 오직 산불에만 있었던 것은 아니었다. 장 총장은 평소 '상갓집 정치'를 경멸했다. 정치인은 정책과 담론으로 승부해야지 경조사를 쫓아다니며 눈도장을 찍는 것은 구태라고 믿었다. 하지만 현장의 정서는 달랐다. 인맥과 지연을 집요하게 파고든 상대 후보의 바닥 조직은 산불이라는 혼란을 틈타 더욱 견고하게 민심을 파고들었다. "장 총장은 구름 위에서 노는 학자고, 우리 동네 아픔을 아는 건 이 사람뿐이다"라는 프레임이 작동하기 시작했다.

결과는 참담했다. 고향을 위해 직을 걸고 원전까지 막아냈지만, 정작 "원전 보상금이라도 받아야 했다"는 실리적 욕망과 산불로 인한 민심 이반을 넘어서지 못했다. 낙선이 확정된 날, 장 총장은 아무 말 없이 짐을 싸서 상경했다.

서울의 단골 술집에서 우리는 말없이 잔을 채웠다. 누군가 촛불이 꺼진 일화를 들려주며 분위기를 띄우려 하자, 총장님은 "술이나

 사랑한다면 반응하라

퍼먹자"며 껄껄 웃어넘겼다. 하지만 나는 보았다. 그 웃음 뒤에 가려진, 학자 출신 정치인이 현실 정치의 거친 벽 앞에서 느꼈을 깊은 회한과 고독을 말이다.

냉정과 열정 사이

장을병 총장의 낙선은 내게도 큰 충격이었다. 평생을 지조 있는 선비로 살며 고향 삼척을 위해 직까지 걸었던 거목이 쓰러지는 것을 보며 정치의 비정함을 뼈저리게 느꼈다. 갈 곳을 잃은 나를 위해 총장님은 강원도의 모 의원실로 다리를 놓아 주려 애썼지만, 운명의 장난인지 그 자리는 다른 이에게 돌아갔다. 그때 얘기가 들어온 곳이 비례대표 이미경 의원실이었다.

총장님의 전화 한 통으로 성사된 면접은 단 15분 만에 끝났다. 그렇게 나는 내 정치 인생의 두 번째 막을 이미경 의원실에서 열게 되었다. 하지만 그것은 새로운 기회라기보다 지독한 가시밭길의 시작이었다.

장을병 총장이 굵직한 방향과 정무적 결단에 집중하는 '선비형 정치'였다면, 여성운동가 출신인 이미경 의원은 지독할 정도로 팩트와 디테일에 집착하는 '실전형 정치'였다. 대정부 질문 하나를 준비하기 위해 일주일을 꼬박 밤을 새우며 모든 현안을 밑바닥부터 훑어내는 치밀함은 상상을 초월했다. 질문지 하나를 올리면 빨간 펜으로 가득 채워진 수정본이 돌아왔고, 근거 데이터가 조금이라도 부실하면 불호령이 떨어졌다.

장 의원 시절의 대범한 스타일에 익숙했던 나는 매일같이 사직서를 가슴에 품고 살았다. "오늘은 정말 관둬야지"라고 하루에도 수백 번 결심했다. 하지만 그 결심은 매번 퇴근길에 무너졌다. 자정을 넘긴 시각, 녹초가 되어 퇴근했다가 잊은 물건이 있어 다시 의원실로 돌아가 보면, 이미경 의원은 여전히 스탠드 하나만 켠 채 서류 더미 속에 파묻혀 있었다.

그 지독한 성실함, 자신에게만큼은 한 치의 타협도 허용하지 않는 그 처절한 태도를 보며 나는 차마 발길을 돌릴 수 없었다. '이 사람의 성실함이 세상을 조금씩 바꾸고 있구나'라는 사실을 몸소 확인하며, 나는 사직서 대신 다시 펜을 들었다.

그렇게 나는 여의도의 두 번째 사부로부터 팩트의 엄중함과 현장의 치밀함을 배웠다. 사직서를 품고 버텼던 그 고통스러운 시간들이, 훗날 내가 행정을 맡아 정책의 빈틈을 메울 때 가장 정교한 칼날이 되었음은 물론이다.

이미경 의원실에서의 시간은 나에게 '성性에 대한 관점'을 완전히 새로 고치는 일종의 거대한 재교육 과정이었다. 당시 여성계의 최대 숙원은 60여 년간 가부장제의 근간을 유지해 온 '호주제'를 폐지하는 것이었다. 민법 제778조, '가족의 우두머리'를 규정한 이 독소조항을 걷어내는 일은 단순한 법 개정이 아니라 한국 사회의 낡은 뼈대를 교체하는 대수술이었다.

이미경 의원은 이 싸움의 선봉에 서 있었다. 보좌관인 나의 임무는 호주제 폐지가 왜 단순히 여성만의 문제가 아닌, 현대 가족 공동체의 회복을 위한 필수 과제인지를 논리적으로 뒷받침하는 것이었다. 나는 국회도서관과 여성단체들을 오가며 수십 년간 쌓인 호주제 피해 사례들을 수집했다. 아버지가 없다는 이유로, 혹은 이혼 후 아이의 성姓을 바꾸지 못해 고통받는 수많은 가족의 눈물을 팩트로 치환해 나갔다.

작업은 순탄치 않았다. 유림을 비롯한 보수 진영의 반발은 거셌고, 국회 내에서도 "전통을 파괴한다"는 비난이 쏟아졌다. 나는 이미경 의원을 보좌하며 여야 의원들을 일일이 찾아다녔다. 단순히 감정에 호소하는 것이 아니라, 변화하는 인구 구조와 가족 형태에 대한 통계 자료를 들이밀며 설득했다.

특히 기억에 남는 것은 '호주제 폐지' 이후의 대안인 '가족관계등록법'의 기틀을 닦는 과정이었다. 기존의 호적 등본이 개인의 모든 사생활을 노출시켰다면, 새로운 시스템은 개인의 존엄을 지키면서도 행정 효율을 높여야 했다. 나는 여성계 전문가들과 밤샘 토론을 거치며 입법 실무의 디테일을 채워 나갔다. 이 과정에서 나는 '성인지 Gender Sensitivity 정치'라는 것이 단순히 여성을 우대하는 것이 아니라, 정책의 설계 단계부터 소외된 이가 없는지 살피는 '정교한 행정'의 영역임을 깨달았다.

2005년 3월, 마침내 국회 본회의에서 호주제 폐지안이 통과되던 날, 의원실은 환호 대신 깊은 안도의 한숨으로 가득 찼다. 이미경 의원이 쏟았던 그 지독한 성실함과 보좌진이 발로 뛰며 모은 팩트들이 모여 거대한 시대의 벽을 허문 순간이었다.

호주제 폐지 실무를 담당하며 익힌 이 '성인지적 관점'은 훗날 은평구청장으로서 행정을 펼칠 때 큰 밑거름이 되었다. 정책을 집행할 때 성별, 연령, 계층에 따라 그 수혜가 어떻게 달라지는지 미시적으로 분석하는 습관은 바로 이 여의도 가시밭길에서 길러진 것이었다. 거시적인 정무를 가르쳐 준 장을병 의원과 미시적인 정책의 끝을 보여준 이미경 의원. 두 사부 밑에서 다져진 근육은 이제 나를 점점 진짜 행정의 현장으로 이끌 준비를 마쳐 가고 있었다.

이미경 의원실의 혹독한 훈련에 적응해 갈 무렵, 내 정치 인생의 첫 번째 진검승부라 할 만한 사건이 찾아왔다.

당시 국내 보수 언론들은 정부의 언론 개혁 시도를 '언론 탄압'으로 규정하며, 국제언론인협회IPI를 방패막이로 내세워 거세게 저항했다. IPI라는 이름은 마치 범접할 수 없는 신성불가침의 국제적 권위처럼 통용되었고, 그들이 한국을 감시 대상국으로 지정하려 한다는 소식에 정부와 여당은 잔뜩 위축되어 있었다.

하지만 이미경 의원의 생각은 달랐다. "저들이 말하는 국제적 권위의 실체가 뭔지 직접 확인해 봐"라는 특명이 떨어졌다.

그날부터 나의 'IPI 추적기'가 시작되었다. 당시만 해도 인터넷으로 모든 정보를 찾을 수 있던 시절이 아니었다. 나는 국회도서관 지하 서고에 틀어박혀 먼지 앉은 외국 언론 잡지와 국제기구 보고서들을 낱낱이 뒤지기 시작했다.

문제는 언어의 장벽이었다. 전문 용어로 가득 찬 영문 자료들을 정확히 해석해 내야 했다. 나는 영문 번역에 능통한 친구들에게 염치 불구하고 연락을 돌려 도움을 청했다. 밤늦게까지 자료를 팩스로 주고받고, 단어 하나하나의 뉘앙스를 따져 가며 IPI의 연혁과 지배 구조, 자금의 흐름을 분석했다. 그 과정은 마치 거대한 퍼즐을 맞추는 것 같았다.

몇 날 며칠의 고군분투 끝에 마침내 결정적인 단서를 포착했다. IPI는 중립적인 국제 언론 기구가 아니라, 전 세계 보수 사주들의 이익을 대변하는 '글로벌 사주 친목 단체'에 불과했다. 특히 국내 특정 보수 언론사가 IPI 내에서 막대한 영향력을 행사하며, 자신들의 기득권을 지키기 위해 국제 여론을 사실상 '셀프 조작'하고 있다는 실체가 눈앞에 드러났다.

이미경 의원은 내가 밤새 정리한 이 팩트 뭉치를 들고 국회 상임 위장에 나섰다. 보수 언론이 신성시하던 IPI의 실체가 '족벌 언론의 방패'였음이 낱낱이 공개되자 장내는 술렁였고, 보수 언론의 논리는 순식간에 동력을 잃었다. 아무리 견고해 보이는 권위라도 집요하게 파고들면 반드시 틈이 보인다는 것, 그리고 보좌관의 치열한 '공부' 가 때로는 수만 명의 함성보다 더 큰 균열을 낼 수 있다는 것을 그때 배웠다. 사직서를 품고 버텼던 시간들이 마침내 날카로운 창이 되어 성벽을 뚫은 순간이었다.

2006년, 대한민국은 거대한 도박판이었다. 판돈은 수십, 수백 조에 달했고, 전 국민이 그 판에 뛰어들어 대박을 꿈꾸었다. 나는 당시 이미경 의원실의 보좌관이자 열린우리당 부동산특위 실무 간사로서 그 판의 설계도를 들여다보는 위치에 있었다.

어느 날, 영화 〈타짜〉를 보며 나는 무릎을 쳤다. 현실의 부동산 시장이 영화 속 도박판과 소름 돋게 닮아 있었기 때문이다. 내 눈에 비친 은행은 판돈을 빌려주는 '하우스 주인'이었고, LTV(주택담보대출비율)와 DTI(총부채상환비율)는 그 판에 들어올 자격을 제한하는 '문턱'이었다. 그리고 사람들의 저항이 가장 컸던 종부세는 사실 판이 끝난 뒤 승자가 패자에게 던져 주는 '개평'에 불과했다. 본질은 세금이 아니라 '금융'이라는 거대한 설계였다.

당시 관료들의 저항은 교묘하고 집요했다. 그들은 정책의 본질을 흐리기 위해 기득권의 언어를 무기로 사용했다. 한 고위 관료는 정회 중에 의원들에게 은근한 목소리로 겁박하듯 말했다.

"청약 가점제나 분양가 상한제를 강하게 도입하면 의원님들도 결국 손해를 보실 텐데, 정말 괜찮겠어요?"

그들의 논리는 명확했다. 정치인과 고위 공무원들 역시 유주택자라는 약점을 파고들어 개혁의 칼날을 무디게 하려는 속셈이었다. 하지만 그들은 사람을 잘못 봤다. 당시 나는 집 한 채 거래해 본 적 없는, 서울 하늘 아래 내 몸 뉘일 방 한 칸이 절실한 '무주택 보좌관'이었다. 잃을 사적 이익이 없었기에 나의 용기는 거침없었고 칼날은 누구보다 날카로웠다.

나는 의원실 책상 위에 수만 페이지의 금융 데이터를 쌓아놓고 LTV, DTI 규제와 분양가 상한제의 초안을 짰다. 대출의 수도꼭지를 조이지 않고서는 투기의 광풍을 막을 수 없다는 확신 때문이었다. 관료들이 내놓는 복잡한 수식 뒤에 숨겨진 '타짜의 설계'를 하나하나 해체하며, 서민들이 집이라는 희망을 포기하지 않아도 되는 제도적 뼈대를 구축해 나갔다.

밤샘 토론과 관료들과의 기싸움 끝에, 오늘날 대한민국 부동산 정책의 근간이 된 핵심 제도들이 세상에 나왔다. 집을 '사는Buy 것'이 아닌 '사는Live 곳'으로 바꾸고 싶었던 청년 보좌관의 고군분투. 그때 마주했던 부동산 시장의 민낯은 훗날 내가 행정을 하며 주거 정의와 서민의 삶을 최우선으로 두게 된 가장 강력한 정무적 경험이 되었다.

이미경 의원실에서의 보좌관 생활 중 가장 가슴 벅찼던 순간을 꼽으라면 단연 '김영옥 대령'과의 만남, 그리고 그에게 대한민국 최고의 무공훈장을 안겨 드렸던 과정일 것이다. 김영옥. 그는 제2차 세계대전과 한국전쟁에서 전설적인 전공을 세운 전쟁 영웅이었지만, 정작 조국인 대한민국에서는 철저히 잊힌 이름이었다.

김영옥 대령은 재미교포 2세로, 제2차 세계대전 당시 이탈리아와 프랑스 전선에서 일본계 미국인 부대(제100대대)를 이끌며 전설적인 승리를 일궈낸 인물이다. 프랑스 정부로부터 십자공로훈장을 두 번이나 받았고, 이탈리아 성 베네딕토 훈장까지 수여받은 그는 명실상부한 '글로벌 영웅'이었다. 한국전쟁이 발발하자 그는 "부모님의 나라가 위기에 처했는데 가만있을 수 없다"며 다시 자원입대해 중부전선에서 혁혁한 공을 세웠다. 하지만 그는 한국인이면서도 미군 소속이라는 이유로, 또 스스로 공을 내세우지 않는 결벽에 가까운 겸손

함 때문에 우리 역사책 어디에도 기록되지 못했다.

이 위대한 이름을 우리에게 처음 알린 이는 재미 언론인 한우성 기자였다. 한 기자가 발굴한 김영옥의 삶은 그 자체로 한 편의 대서 사시였다. 이미경 의원과 나는 한 기자가 가져온 자료를 검토하며 전 율을 느꼈다. "이런 영웅을 우리가 모르고 있었다니, 이것은 국가의 직무유기다." 이미경 의원의 단호한 한마디와 함께 '김영옥 대령 서 훈 추진'이라는 대장정이 시작되었다.

나는 곧바로 국회 차원의 서훈 촉구 결의안 기초 작업에 착수했 다. 하지만 과정은 순탄치 않았다. 한국 정부는 "미군 소속 장교에게 우리 국방부가 훈장을 준 전례가 드물다"며 난색을 표했고, 미 국방 부 역시 행정적 절차를 이유로 미온적이었다. 나는 다시 한번 '집요 함'이라는 무기를 꺼내 들었다. 미 국방부의 펜타곤 기록을 추적하고, 당시 김영옥 대령과 함께 전선을 누볐던 생존 전우들의 증언을 확보 하기 위해 동분서주했다.

특히 영문으로 된 미군 작전 기록을 샅샅이 뒤져, 그가 한국전쟁 당시 휴전선을 북쪽으로 끌어올리는 데 결정적인 역할을 했던 지점 들을 지도 위에 그려냈다. 이 자료들은 나중에 우리 국방부를 설득하 는 강력한 팩트가 되었다. 이미경 의원은 나의 정밀한 뒷받침을 토대 로 여야 의원들을 일일이 설득해 결의안 서명을 받아냈고, 한·미 양 국 정부를 상대로 강력한 입법 로비를 펼쳤다.

마침내 2005년, 김영옥 대령에게 대한민국 무공훈장 중 최고 등 급인 '태극무공훈장' 수여가 결정되었다. 서훈식이 거행되던 날, 이미 병석에 누워 계셨던 노병의 눈가에 맺힌 이슬을 보며 나는 정치가 해야 할 고귀한 의무가 무엇인지 깨달았다. 그것은 단순히 법을 만드는 것이 아니라, 국가를 위해 헌신했으나 잊힌 자들의 명예를 되찾아 주고 그 가치를 역사에 아로새기는 일이었다.

김영옥 대령은 훈장을 받은 직후 세상을 떠나셨다. 마치 조국의 인정을 기다렸다는 듯한 그분의 마지막 뒷모습은 내 가슴에 깊은 낙인을 남겼다.

이미경 의원이 비례대표를 마치고 서울 은평 갑에 출마했을 때, 현장 분위기는 냉담을 넘어 적대적이었다. "명성 있는 여성운동가가 왜 연고도 없는 변두리 은평에 오느냐"는 시선이었다. 상대는 지역 토착 세력과 단단히 결탁한 보수 후보였다. 이미경 의원의 '지독한 팩트 집착'과 '깐깐한 이미지'는 바닥 민심을 훑어야 하는 지역구 선거에서 오히려 독이 될 수도 있었다.

나는 전략의 판을 새로 짰다. 이미경의 깐깐함을 '피곤한 성격'이 아니라 '은평의 숙원을 해결할 정교한 칼날'로 브랜딩하는 것이 내 노하우의 핵심이었다.

첫째, 나는 이미경 의원의 '빨간 펜'을 지역 현안으로 가져왔다. 은평의 고질적인 교통 문제와 주거 낙후 지역을 돌며, 단순히 "고치겠다"는 구호 대신 이미경 의원이 직접 분석한 수치와 법적 근거가 담긴 '현장 보고서'를 주민들 손에 쥐여 주었다. 주민들은 처음엔 그녀의 차가운 인상에 거리감을 뒀지만, "내 집 앞 문제를 국회의원 지망생이 이렇게까지 정확하게 알고 있나"라며 동요하기 시작했다. 이미경의 '지독함'이 신뢰로 바뀌는 지점이었다.

둘째, 나는 지역 내 보수적 조직의 틈새를 정무적으로 공략했다. 당시 은평은 전통적인 보수 성향의 직능 단체들이 강세인 곳이었다. 나는 이미경 의원을 모시고 무작정 그들을 찾아가는 대신, 그들이 가진 '민원' 중 행정적으로 꼬여 있는 지점들을 먼저 파헤쳤다. 그리고 장을병 의원실 시절 익힌 '입법조사처를 활용한 팩트 체크'와 이미경 의원의 '정밀한 법안 검토' 능력을 합쳐, 지역 유지들이 해결하지 못한 숙원 사업의 법적 해법을 제시했다.

셋째, 선거 막판 '김우영식 타깃팅'이 빛을 발했다. 나는 이미경 의원이 밤샘을 하며 뽑아낸 정책 자료들을 토대로, 은평 갑 지역의 세부 거주 형태별로 맞춤형 공약지를 제작했다. 아파트 단지에는 보육과 교육 팩트를, 다세대 밀집 지역에는 범죄 예방과 주거 환경 개선 데이터를 집중 투여했다. 상대 후보가 "이 동네 사람도 아닌데 뭘 아느냐"고 공격할 때마다, 나는 이미경 의원의 입을 통해 "이 동네 사람보다 더 정확하게 은평의 미래를 설계하고 있다"는 팩트 폭격으로 응수했다.

개표 당일, 엎치락뒤치락하던 숫자가 마침내 이미경 의원의 승리로 굳어지던 순간, 나는 안도의 한숨보다 전율을 느꼈다. 그것은 단순히 선거에서 이긴 것이 아니었다. 팩트에 목숨 거는 '사부' 이미경 의원을 모시며 매일 사직서를 품고 버텼던 내 그 지독한 공부가, 은평이라는 거친 땅에 '정치의 실력'으로 뿌리 내린 결과였기 때문이다.

4

북한산 큰 숲, 은평

영원한 소수파가 되거라
한 줌 흙 속의 씨앗과 같은 희망
쟁기는 부딪힐수록 단련된다

자네는 여기 남게

스승의 날을 기념해서 장을병 선생에게 내가 술을 샀다. 선생이 돌아가시던 해니까 2009년 5월이겠다. 술을 좀 드시더니 물으셨다.

"너 앞으로 어떻게 살 거냐?"

"보좌관을 좀 더 하려고 합니다."

"너 나이가 몇이냐?"

"마흔한 살입니다."

"네 나이가 어린 나이가 아니다. 젊었을 때 도전해라."

대답 대신 그저 애꿎은 손만 만지작거렸다. 그러고 한 달쯤 뒤에 돌아가셨다. 그런데 그분의 말이 계속 잊히지 않았다. 진관사에서 49재를 지내러 갔는데, 처음 보는 커다랗고 까만 나비가 날아가다가 나뭇가지에 앉았다.

집에 와서 꿈을 꿨는데 은평문화예술회관에 내가 그분을 모시고 들어갔는데 갑자기 그냥 나오셨다. 워낙 성격이 급하고 겉과 속이 똑같은 분이라 또 무슨 화가 나셨나 해서 어르신한테 "왜 그러십니까?" "무슨 화가 나셨습니까?" 그랬더니 내 어깨에 손을 얹고는

     사랑한다면 반응하라

"난 갈 데가 있네. 자넨 여기 남게" 하신다. 그게 내게는 출마를 하라
는 암시였다.

그때 나는 이미경 의원 보좌관이었는데, 의원한테 꿈 얘기를
하고 "출마하면 어떻겠습니까?" 하니 너무 어려서 되겠냐며 썩 좋은
반응은 아니었다. 진관사에서 본 검은 나비와 "너는 여기 남으라"던
선생의 목소리가 머릿속에 오래 남았다.

혼자서 여론조사도 해보고 주변 사람들과 상의도 해보니 월등
한 것도 아니지만 크게 나쁠 것 같지도 않았다. 내가 출마할 눈치가
보이니까 오래된 지역 당원들이 의원을 압박해서 주저앉히려는 시도
도 끝이 없었다. 출마조차 쉽지 않아 보였다. 익히 알겠지만 나는 누
가 하지 말라면 더 하고 싶은 사람이다. 하더라도 이겨야 되는 사람
이다. 그런데 이런 분위기라면 경선은 장담키 어려웠다.

당시 정세균 대표가 혁신 공천 방안으로 내놓은 '시민배심원제'
가 내게 유일한 돌파구였다. 기득권 조직이 없는 정치 초년생에게 배
심원제는 공정한 심판대였기 때문이다. 나는 당 지도부를 설득해 은
평을 배심원제 도입 지역으로 확정시켰다.

경선 과정은 전쟁터였다. 강력한 경쟁자였던 후보는 전략공천
을 요구하며 배수진을 쳤고, 또 다른 후보는 배심원 명단을 내가 가
로챘다는 허위 사실을 유포하며 난동을 피웠다. 경선 당일, 전국에
서 모인 배심원들 앞에서 고함과 쌍욕이 오가는 아수라장이 펼쳐졌
지만 나는 흔들리지 않았다. 아니, 이런 소동이 내게는 전혀 나빠 보
이지 않았다.

두 시간가량 지연된 끝에 시작된 토론에서 나는 '말'과 '비전'으로 배심원들의 마음을 사로잡았다. 결과는 65대 35, 압도적 승리였다.

본선 무대에 오르자 더 큰 파도가 몰아쳤다. '천안함 사건'으로 세상은 순식간에 안보 정국으로 얼어붙었고, 여론조사 결과는 15% 차이로 지고 있는 참혹한 상황이었다. 상대는 몇십억을 쓴다는 소문이 돌 만큼 자금력이 막강했지만, 내 주머니는 텅 비어 선거운동원조차 제대로 쓰지 못하는 형편이었다. 나는 참모들에게 "돈 쓰지 마라. 대신 내 체력을 싹 소진하겠다. 할 말은 다 하고 가겠다"며 배수진을 쳤다.

나는 이명박 정부의 안보 무능을 정면으로 공격하는 역발상을 택했다. "작전에 실패한 병사는 용서해도 경계에 실패한 병사는 용서할 수 없다. 군대 안 간 대통령이 벙커에 들어간다고 안보가 지켜지느냐"는 나의 유세에 지나가던 차량들이 경적을 울리며 호응하기 시작했다.

마지막 승부수는 '벽치기'였다. 은평 뉴타운 아파트 단지의 높은 외벽을 향해 "은평을 책 읽는 마을로 만들겠다"는 목소리를 쏘아 올렸다. 거창한 구호가 아닌 삶의 질을 바꾸겠다는 진심이 고요한 밤공기를 타고 아파트 창틈으로 스며들자, 하나둘 창문이 열리고 주민들이 손을 흔들며 응답했다.

투표함이 열리자 기적이 일어났다. 15%를 지고 시작했던 선거가 도리어 15% 차이의 압승으로 끝났다. 조직도 돈도 없던 정치 초년

　　　　　사랑한다면 반응하라

생이 거센 풍랑을 뚫고 은평의 대표 일꾼이 된 순간이었다.

당선 후 나는 경선 당시 난동을 피우던 당원의 딸을 비서실에 채용하며 탕평을 실천했다. 전쟁은 끝났고, 이제는 평화가 만발하는 은평을 만들 시간이었기 때문이다. 그 선거에서 구청장 중 가장 나이 어린 최연소 구청장이라는 타이틀도 달았다. 그래서 어떤 사람들은 나를 '최 구청장'이라고 부르는 우스운 일도 있었다.

살림을 구민에게

구청장에 취임한 후 내가 가장 먼저 직면한 장벽은 외부가 아닌 내부의 '예산편성권'이었다. 수천억 원에 달하는 예산을 어떻게 배분할지는 전통적으로 예산 부서와 소수 고위 관료들의 전유물이었다. 그들은 그것을 행정의 전문성이라는 이름으로 포장했지만, 실상은 주민의 삶보다는 행정 편의와 관행에 의해 숫자가 결정되는 견고한 성벽과 같았다.

나는 이 예산편성권을 주민들에게 돌려주겠다고 선언했다. 관료 조직의 반발은 즉각적이고 은밀했다. "주민들이 예산의 메커니즘을 어떻게 아느냐", "인기투표식으로 예산이 쓰이면 행정의 일관성이 무너진다"는 논리가 내 앞을 가로막았다. 보좌관 시절 부동산 정책을 짜며 관료들의 언어를 경험했던 나에게, 그들의 우려는 개혁을 거부하는 명분으로 읽혔다.

나는 관료들을 설득하기보다 시스템을 먼저 구축하는 정공법을 택했다. "예산은 관료의 것이 아니라 세금을 낸 주민의 것"이라는 원칙을 명확히 하고, 예산 담당 부서가 아닌 주민들과 직접 소통할 수 있는 조직을 신설했다. 관료들이 숫자로 성벽을 쌓을 때, 나는 그 성벽 너머 주민들의 목소리를 직접 예산서에 박아 넣기 위한 설계에 착수했다. 그것은 은평의 행정이 관료의 독점에서 시민의 참여로 이동하는 거대한 패러다임 전환의 시작이었다.

예산권을 돌려주겠다는 선언 이후, 나는 이를 뒷받침할 구체적인 제도를 구축하는 데 집중했다. 2010년 당시 대한민국에서 주민이 예산 편성 과정에 직접 참여해 표를 던지는 모델은 전례가 없었다. 나는 '주민참여예산 조례'를 전면 개정하며 행정의 문턱을 낮추는 작업부터 시작했다.

설계의 핵심은 두 가지였다. 첫째는 '주민참여위원회'의 구성이고, 둘째는 '모바일 투표'를 통한 결정권의 확보였다. 나는 전문가나 관변단체가 아닌, 공모를 통해 선발된 평범한 시민들이 예산 심의의 주체가 되도록 설계했다. 관료들은 "비전문가들이 수천억 예산을 다루는 것은 위험하다"고 경고했지만, 나는 오히려 주민들의 현장 감각이 예산 낭비를 막는 가장 강력한 필터가 될 것이라 확신했다.

은평구 전역을 돌며 참여예산 학교를 열었다. 주민들에게 예산서 읽는 법을 가르치고, 우리 동네에 필요한 사업이 무엇인지 스스로 제안하게 했다. 단순히 민원을 듣는 수준이 아니었다. 주민들이 제안한 사업을 부서별로 검토하게 하고, 타당성이 입증된 사업들을 모

 사랑한다면 반응하라

아 주민들이 직접 투표하게 했다. 이 과정에서 '주민참여예산방'이라는 상설 공간을 만들어 행정과 시민이 상시적으로 머리를 맞대게 했다. 이러한 설계는 훗날 은평구가 대한민국 최초로 주민참여예산제를 본격 가동하고, 행정안전부의 전국 모델로 확산되는 기틀이 되었다. 관료의 책상 위에서 굴러가던 숫자들이 주민들의 토론장으로 내려온 순간, 은평은 대한민국 직접민주주의의 가장 뜨거운 실험실로 변모하고 있었다.

참여예산제가 궤도에 오르자 은평구청 강당과 동주민센터는 주민들의 토론장으로 변했다. 과거에는 구청장이 지시하거나 관료들이 필요하다고 판단한 곳에 예산이 배정되었지만, 이제는 주민들이 직접 제안한 수백 건의 사업이 도마 위에 올랐다.

투표 현장은 뜨거웠다. 주민들은 자신이 제안한 사업의 필요성을 알리기 위해 직접 마이크를 잡았다. "우리 아이들이 다니는 길에 가로등이 너무 어둡습니다", "이 골목은 비만 오면 물이 고여 노인들이 걷기 위험합니다"와 같은 절박한 목소리들이 쏟아졌다. 책상 위 데이터만 보던 관료들은 주민들이 쏟아내는 구체적인 현장의 정보 앞에서 입을 다물지 못했다.

가장 혁신적이었던 장면은 모바일 투표와 현장 투표의 결합이었다. 수만 명의 은평 주민들이 스마트폰을 이용해 사업의 우선순위를 정했고, 투표 결과가 실시간으로 집계되어 대형 스크린에 뜰 때마다 환호와 탄식이 교차했다. 이는 단순한 예산 배분이 아니라, 내가 낸 세금이 내가 원하는 곳에 쓰인다는 정당한 주권을 행사하는 축제였다.

　주민들은 스스로 예산을 깎기도 하고, 더 시급한 옆 동네 사업에 표를 던지기도 했다. 갈등은 대화로 조정되었고, 이 과정을 거치며 주민들은 '나'의 이익이 아닌 '우리 마을'의 공익을 고민하는 시민으로 성장했다. 은평의 참여예산 투표 현장은 직접민주주의가 행정이라는 그릇 안에서 어떻게 작동할 수 있는지를 보여주는 가장 선명한 증거였다.

　참여예산제가 가져온 가장 큰 변화는 행정의 '우선순위'가 바뀐 것이다. 과거의 예산이 관행적으로 낡은 보도블록을 교체하거나 눈에 보이는 대형 토목 사업에 투입되었다면, 주민들이 결정한 예산은 삶의 질을 개선하는 '미세 혈관'으로 흘러들어갔다.

　가장 대표적인 변화는 골목길의 안전과 편의였다. 주민들은 어두운 골목에 범죄 예방을 위한 CCTV와 LED 보안등을 설치하자고 제안했고, 불광천 화장실, 소형 제설차량 등 주민의 직접적인 생활밀착형 요구들이 반영되었다. 동네의 분위기가 바뀌었다. 이는 관료들이 놓치기 쉬운 생활밀착형 요구들이 예산에 반영된 결과였다.

　또한 교육과 문화에 대한 주민들의 갈망은 마을 곳곳에 작은 도서관과 커뮤니티 공간을 만드는 동력이 되었다. "우리 아이들이 집 근처에서 책을 읽을 수 있게 해달라"는 평범한 부모들의 목소리가 참여예산을 통해 정책화되었고, 이는 은평이 '교육 특구'로 나아가는 중요한 밑거름이 되었다.

　주민들은 예산을 제안하는 데 그치지 않고, 사업이 계획대로 집

　　　　　　　　　　　　　　　　　　사랑한다면 반응하라

행되는지 감시하는 파수꾼 역할도 자처했다. 예산 집행 과정에 주민 참여가 더해지자 사업의 투명성이 높아졌고, 예산 낭비 요소는 자연스럽게 걸러졌다. 주민의 손으로 보도블록의 방향을 바꾸고 마을도서관의 벽돌을 쌓아 올린 경험은, 은평 시민들에게 "정치가 내 삶을 바꿀 수 있다"는 강력한 효능감을 선사했다.

은평의 이 뜨거운 실험은 담장을 넘어 전국으로 확산되었다. 초기에는 "주민들이 예산을 어떻게 짜느냐"며 회의적이었던 중앙정부와 다른 지자체들도 은평의 성과를 주목하기 시작했다. 행정안전부는 은평구의 사례를 전국 주민참여예산제의 표준 모델로 삼아 보급했고, 은평은 매년 전국 자치단체장들의 필수 견학 코스가 되었다.

서울시 역시 은평의 참여예산 시스템을 벤치마킹하여 시 단위의 참여예산제를 대대적으로 도입했다. 은평에서 검증된 모바일 투표 시스템과 주민참여위원회 운영 노하우는 대한민국 지방자치 행정의 새로운 '글로벌 스탠다드'가 되었다.

은평의 참여예산제는 단순히 예산을 나누는 기술이 아니라, 주권자인 국민이 행정의 주인으로 거듭나는 민주주의 회복 과정이었다. 은평에서 쏘아 올린 이 작은 공은 대한민국 행정사에 '참여'라는 지울 수 없는 이정표를 남겼다.

서울 속 마을

　구청장에 취임하며 목격한 은평은 거대한 아파트 단지와 낙후된 다세대 주택이 공존하는 단절된 공간이었다. 나는 질문을 던졌다. "집은 깨끗해졌는데, 왜 사람들은 더 외로워졌는가?" 행정이 도로를 닦고 건물을 올리는 데만 집중할 때, 정작 그 안을 채우는 사람들의 관계는 아스팔트 아래로 사라지고 있었다.

　나는 '마을 공동체 복원'을 구정의 핵심 가치로 세웠다. 행정이 직접 나서서 이래라저래라 지시하는 것이 아니라, 주민들이 스스로 모여 밥을 해먹고, 아이를 같이 키우고, 동네의 문제를 논의할 수 있는 '멍석'을 깔아 주는 것이 내 역할이라 여겼다. 은평 전역에 마을 공동체 지원 센터를 만들고, 주민들이 단돈 몇십만 원의 예산이라도 스스로 기획하고 집행해 볼 수 있는 '마을 사업'을 공모했다. 관료들은 "이런 소소한 일에 왜 구청이 나서느냐"고 물었지만, 나는 이 작은 연결들이 모여야 도시의 회복 탄력성이 생긴다고 믿었다.

　은평구 신사동 봉산 끝자락에 위치한 '산새마을'은 그 탄생부터가 한국 현대사의 아픔을 간직한 곳이다. 1984년 망원동 대홍수 당시 집과 가산을 모두 잃은 수재민들이 정부의 이주 대책에 따라 이곳 산동네로 옮겨와 터전을 잡았다. 갑작스러운 재난으로 고향을 떠나온 실향민들에게 산새마을은 마지막 보루였으나, 가파른 지형과 낙후된 환경 탓에 생활은 늘 고단했다.

　구청장이 된 후 내가 마주한 산새마을은 오랫동안 개발에서 소외되어 쓰레기 불법 투기가 일상이 된 곳이었다. 나는 이곳을 주민참여예산 제1호 사업지로 선정했다. 행정이 일방적으로 예산을 쏟아붓는 대신, 이주민으로서 서로를 의지해 온 주민들의 자생적 결속력을 믿어 보기로 한 것이다.

가장 상징적인 사건은 마을길 정비 과정에서 일어났다. 구청 관료들은 보기 좋고 매끈한 최신형 보도블록 샘플들을 가져왔지만, 주민들의 선택은 뜻밖에도 표면이 투박하고 거친 블록이었다. 관료들의 의아해하는 질문에 주민들은 명확하게 답했다.

"우리는 예쁜 길이 아니라 안 미끄러지는 길이 필요합니다. 이주해 온 노인들이 겨울철이나 비 오는 날에 넘어지지 않고 다닐 수 있는 거친 블록이라야 합니다."

그것은 30년 넘게 가파른 산동네를 오르내리며 몸으로 익힌 '생존의 감각'이었다. 행정의 미관보다 주민의 안전이 우선이라는 이 '거친 선택'은 주민참여예산제가 왜 필요한지를 보여주는 가장 선명한 사례가 되었다.

주민들은 이 보도블록을 시작으로 쓰레기 더미를 치워 공동 텃밭을 일궜고, 함께 밥을 해먹는 공동 부엌을 세웠다. 망원동 수재 이주민이라는 공통의 상처를 가진 주민들이 이제는 마을의 주인이 되어 스스로 안전을 설계하고 공동체를 복원해 낸 것이다. 산새마을의 기적은 단순히 환경이 바뀐 것이 아니라, 가장 낮은 곳에서 주민의 목소리를 행정의 최우선 순위로 두었을 때 시작된 변화였다.

뉴타운 광풍이 서울 전역을 휩쓸던 시절, 은평 역시 예외가 아니었다. 건설 자본과 결탁한 전면 철거 방식의 재개발은 낡은 집뿐만 아니라 그곳에 수십 년간 켜켜이 쌓인 주민들의 관계망까지 통째로 지워 버리고 있었다. 나는 질문을 던졌다.

"왜 새 집을 짓기 위해 사람이 쫓겨나야 하는가?"

그 질문에 대한 은평의 답이 바로 '두꺼비 하우징'이었다. "헌 집 줄게 새 집 다오"라는 전래동요 가사에서 이름을 따온 이 사업은, 마을을 통째로 허물지 않고 낡은 집을 고쳐 쓰며 주민들이 살던 곳에 그대로 머물 수 있게 하는 공공 주도의 주거 재생 모델이었다.

나는 먼저 지자체 최초로 '두꺼비 하우징'이라는 사회적 기업을 설립했다. 민간 건설사에만 맡겨 두면 이윤이 나지 않는 노후 주택 보수 사업을 공공이 관리하고 지원하기 위해서였다. 관료들과 건설 업계는 "경제성이 없다", "누가 낡은 집을 고쳐 살겠느냐"며 비아냥 거렸지만, 나는 전면 철거가 가져오는 사회적 비용과 공동체 파괴의 손실이 더 크다고 믿었다.

두꺼비 하우징의 핵심은 '공공 관리자' 모델이다. 집수리 비용의 일부를 저리로 융자해 주고, 공사 과정을 투명하게 관리하며, 골목길 정비나 보안등 설치 같은 기반시설 개선을 구청이 함께 추진했다. 산새마을에서 '거친 보도블록'을 선택했던 주민들의 의사결정 방식은 두꺼비 하우징 사업 전반에도 그대로 적용되었다.

이 시도는 당시 국토교통부와 서울시의 정책 기조를 흔드는 파격적인 실험이었다. 거대 자본이 주도하는 재개발 사업에 맞서

     사랑한다면 반응하라

'작고 정교한 행정'의 힘을 보여준 것이다. 비록 모든 낙후 지역을 이 방식으로 바꿀 수는 없었지만, 두꺼비 하우징은 "집은 투기의 대상이 아니라 삶의 터전"이라는 명제 아래 사람이 주인 되는 주거 정책의 가능성을 증명했다. 1984년 망원동 수재 이주민들이 정착했던 산새마을이 그랬듯, 은평의 주거 재생은 언제나 '쫓겨나지 않는 삶'을 향해 있었다.

구청장 취임 당시 은평의 교육 현실은 냉혹했다. 교육 지표는 서울 시내 자치구 중 최하위권을 맴돌았고, 부모들 사이에서는 "아이들이 초등학교만 졸업하면 교육을 위해 은평을 떠나야 한다"는 말이 공공연한 상식처럼 통용되었다. 교육은 교육청의 소관이라며 뒷짐 지고 있기에는 주민들의 상실감과 도시의 공동화 현상이 너무도 심각했다.

나는 교육을 단순한 학교의 문제가 아닌, 도시의 생존과 정체성의 문제로 규정했다. 행정이 예산만 지원하고 생색내는 방식으로는 이 거대한 흐름을 바꿀 수 없었다. 나는 서울시 교육청을 설득해 '서울형 혁신교육지구' 지정을 추진했다. 이는 지자체가 학교 담장을 넘어 교육의 주체로 참여하는 거대한 실험의 시작이었다.

우리는 '마을과 학교가 함께 만드는 은평'이라는 기치를 내걸었다. 학교 안에서만 이루어지던 배움을 마을 전체로 확장했다. 마을의 전문가들이 학교 수업의 보조교사로 들어가고, 방과 후에는 마을 곳곳의 거점이 아이들의 배움터가 되는 구조를 설계했다.

관성적인 반대도 있었다. "지자체가 왜 학교 일에 간섭하느냐"

는 시각과 "예산 낭비"라는 비판이 따랐다. 하지만 나는 교육 환경의 개선 없이는 은평의 미래도 없다는 신념으로 밀어붙였다. 혁신교육지구 지정을 통해 확보된 예산과 행정력은 고스란히 아이들의 다양한 체험학습과 마을학교 운영에 투입되었다.

은평의 혁신교육은 단순히 성적을 올리는 것이 목적이 아니었다. 아이들이 자기가 사는 동네를 사랑하고, 마을 어른들과 소통하며 건강한 시민으로 자라게 하는 교육 공동체의 복원이 본질이었다. 꼴찌 은평이 교육의 대안을 제시하는 혁신지로 탈바꿈하기 시작한 것은, 행정이 교육이라는 성역에 주민과 마을의 손을 잡게 한 그 결단에서 비롯되었다.

은평구 구산동에는 세계 어디에서도 보기 힘든 독특한 외관의 도서관이 있다. 노후 주택 8채를 헐지 않고 그대로 살려 복도로 연결해 지은 '구산동도서관마을'이다. 이 건물이 특별한 것은 건축적 아름다움 이전에, 그 벽돌 한 장 한 장에 주민들의 10년 넘는 투쟁과 기다림이 배어 있기 때문이다.

시작은 2000년대 초반, 도서관 하나 없던 구산동 주민들의 간절함이었다. 주민들은 십시일반 힘을 모아 서명운동을 시작했다. 한 장 한 장 쌓인 서명지가 만 장을 넘어가고, 그 기간이 10년을 훌쩍 넘길 때까지 주민들은 포기하지 않았다. 내가 구청장에 취임했을 때 마주한 것은 바로 그 끈질긴 자치自治의 역사였다.

나는 주민들의 열망에 단순히 건물로 답하는 대신, 그들의 삶과 기억이 담긴 '마을의 연장선'으로서의 도서관을 기획했다. 전면 철거

후 거창한 랜드마크를 짓는 관행을 버렸다. 주민들이 오가던 익숙한 골목길의 풍경을 보존하기 위해, 기존의 노후 주택들을 최대한 살리면서 그 사이사이를 연결하는 설계를 택했다. 덕분에 도서관 내부는 방과 방 사이를 오가는 것처럼 정겨운 구조를 갖게 되었고, 주민들은 마치 자신의 거실처럼 편안하게 도서관을 드나들기 시작했다. 설계 단계부터 운영까지 주민의 손길이 닿지 않은 곳이 없었다. 주민들은 '도서관 운영위원회'를 구성해 어떤 책을 채울지, 어떤 프로그램을 운영할지를 스스로 결정했다. 관官이 지어 준 도서관이 아니라, 주민들이 서명으로 짓고 운영으로 완성한 '시민의 집'이 탄생한 것이다.

구산동도서관마을은 이후 대한민국 공공건축상 대상을 받으며 전국적인 명소가 되었다. 하지만 나에게 가장 소중한 칭찬은 건축 전문가들의 평가가 아니라, "우리 동네에 이런 곳이 생겨서 이제 이사 갈 필요가 없다"는 주민들의 한마디였다. 10년간의 서명으로 지은 이 집은, 주민의 간절함에 행정이 창의적으로 응답할 때 민주주의가 어떤 공간을 만들어낼 수 있는지 보여주는 가장 아름다운 증거다.

초고령 사회를 앞둔 도시 행정의 가장 큰 고민은 어르신들의 '주거'와 '외로움'이다. 특히 홀로 사시는 어르신들은 가파르게 오르는 월세 부담에 밀려나거나, 문 하나를 사이에 두고 이웃과 단절된 채 고립되기 일쑤였다. 나는 은평의 어르신들이 자신이 살던 동네에서 쫓겨나지 않고, 존엄한 노후를 보낼 수 있는 새로운 모델이 필요하다고 판단했다. 그렇게 탄생한 것이 전국 최초의 어르신 전용 공공임대주택인 '은빛주택'이다.

은빛주택은 단순히 저렴한 방을 제공하는 건물이 아니었다. 설계의 핵심은 '따로 또 같이'에 있었다. 각 세대의 독립된 주거 공간은 철저히 보장하되, 1층이나 옥상 등 공용 공간에는 어르신들이 모여 소통할 수 있는 커뮤니티 공간을 배치했다. 혼자 밥을 먹는 '혼밥'의 외로움을 마을 공동체가 함께하는 '식구食口'의 온기로 치유하고자 한 설계였다.

이 사업을 추진할 때도 관행과의 싸움은 계속되었다. 공공임대주택이라고 하면 흔히 대규모 단지를 떠올리지만, 은빛주택은 마을 골목 안에 스며드는 소규모 주택 형태를 지향했다. 어르신들이 평소 다니던 시장, 익숙한 병원, 정든 이웃들 곁을 떠나지 않게 하기 위함이었다. 행정적으로는 관리의 어려움이 따랐으나, 나는 노인 복지의 본질이 '익숙한 삶의 연속성'에 있다고 믿었다.

입주 첫날, 짐을 풀며 "이제 죽을 때까지 이사 안 다녀도 되느냐"고 묻던 한 할머니의 젖은 눈망울을 기억한다. 은빛주택은 단순한 복지시설을 넘어, 국가와 지자체가 어르신들의 삶을 끝까지 책임지겠다는 약속의 공간이었다. 고립된 단칸방에서 나와 이웃과 안부를 묻고 함께 텃밭을 가꾸는 어르신들의 모습은, 우리가 지향해야 할 주거 복지의 미래가 어디에 있는지를 선명하게 보여주었다.

전통적인 복지 행정은 '신청주의'에 기반해 있었다. 도움이 필요한 주민이 직접 동주민센터를 찾아와 복잡한 서류를 작성하고 자격을 증명해야만 혜택이 주어지는 구조였다. 하지만 정작 가장 절박한 위기에 처한 사람들은 행정의 문턱조차 넘기 힘든 경우가 많았다. 나

　　　　　　　　　　　　　　　　사랑한다면 반응하라

는 "행정은 기다리는 것이 아니라 찾아가는 것"이라는 원칙을 세우고, 복지의 패러다임을 완전히 바꾸기로 했다.

우리는 복지 공무원과 방문 간호사가 한 팀이 되어 직접 주민의 집 문을 두드리는 밀착형 복지 시스템을 설계했다. 단순히 쌀이나 보조금을 전달하는 것을 넘어, 빈곤과 질병, 고립이 얽힌 복합적인 문제를 현장에서 발견하고 즉각적으로 대응하는 것이 핵심이었다. 이를 위해 주민센터의 기능을 민원 행정 중심에서 복지 전문 거점으로 개편했다.

이 과정에서 가장 큰 자산은 '사람'이었다. 공무원뿐만 아니라 통장과 지역 주민들이 참여하는 '복지동장'과 '마을 복지위원' 제도를 활성화했다. 골목 구석구석을 잘 아는 이웃들이 사각지대에 놓인 위기 가구를 제보하면, 행정이 즉시 개입하는 촘촘한 그물망을 짠 것이다.

은평의 이 선구적인 시도는 이후 박원순 시장의 서울시 행정에 영감을 주었고, 서울시 전역으로 확산된 '찾아가는 동주민센터(찾동)' 사업의 실질적인 모태가 되었다. 주민이 오기를 기다리지 않고 공무원이 먼저 현장으로 나갈 때, 비로소 숫자로만 존재하던 복지는 사람의 온기를 담은 생존의 안전망이 된다. 은평에서 시작된 이 작은 발걸음은 대한민국 복지 행정의 표준을 바꾸는 거대한 변화의 서막이었다.

기자촌의 추억

은평은 오랫동안 '의료 서비스의 불모지'였다. 인구 50만 명이 거주하는 거대 자치구였지만, 응급 상황 발생 시 골든타임을 지켜 줄 대형 대학병원이 전무했다. 주민들은 아픈 몸을 이끌고 다른 구로 원정 진료를 떠나야 했다. 나는 구청장으로서 주민의 생명권과 직결된 대학병원 유치를 최우선 과제로 삼았다.

유치의 핵심은 '부지 확보'와 '미래 가치'였다. 단순히 동네 병원 하나를 들이는 것이 아니라, 서북권 의료의 중심이자 다가올 통일 시대를 대비한 거점 병원을 설계해야 했다. 나는 가톨릭중앙의료원 측에 통일로라는 지리적 이점을 강조하며, 북한과의 의료 교류와 접경 지역 의료 지원까지 감당할 수 있는 대규모 병상을 제안했다. 초기 계획보다 베드 수(병상)를 대폭 늘려 800병상 이상의 규모를 확보하도록 독려한 것은, 은평이 향후 통일 시대의 '의료 관문' 역할을 해야 한다는 나의 확신 때문이었다.

가장 큰 난관은 병원이 들어설 부지를 온전히 확보하는 일이었다. 당시 병원 예정 부지 옆에는 소방학교(현재의 서울소방행정타운)가 자리 잡고 있었다. 병원 규모를 키우고 진입로를 제대로 확보하기 위해서는 소방학교 부지 일부를 포함한 토지 이용 계획의 전면적인 재조정이 필수적이었다.

나는 서울시와 소방재난본부를 상대로 끈질긴 협상에 들어갔다. 관료들은 부지 분할에 따른 행정 절차와 시설 이전의 어려움을

    사랑한다면 반응하라

들어 난색을 표했다. 나는 "대학병원은 은평 주민뿐 아니라 서북권 전체의 공공재이며, 소방학교와의 물리적 결합은 향후 재난 의료 시스템 구축에도 시너지를 낼 것"이라며 정무적 논리로 설득했다. 여러 차례의 현장 점검과 관계 기관 회의 끝에, 소방학교 부지 일부를 병원 부지로 편입하는 결단을 이끌어낼 수 있었다.

2019년 마침내 은평성모병원이 문을 열었을 때 나는 그 거대한 건물을 보며 벽돌 하나하나에 담긴 협상의 시간을 떠올렸다. 그것은 단순히 건물을 올린 것이 아니라, 은평 주민의 생명을 지키는 최후의 보루를 세운 것이며, 통일 시대를 향한 은평의 미래 동력을 확보한 사건이었다.

북한산 자락 아래 자리 잡은 진관동 부지는 원래 아파트 숲으로 덮일 수도 있었던 땅이었다. 하지만 나는 은평의 천혜로운 자연 경관과 역사성을 고려했을 때, 삭막한 콘크리트 대신 우리 고유의 '한옥'이 들어서는 것이 은평의 미래를 위한 최고의 선택이라 판단했다. 그렇게 시작된 은평 한옥마을은 이제 전국 최대 규모의 도심형 한옥마을이자 서울의 대표적인 관광 명소로 자리 잡았다.

나는 이곳을 단순히 보는 한옥이 아니라, 실제로 사람이 살며 문화를 누리는 생동감 있는 공간으로 만들고자 했다. 이를 위해 마을 곳곳에 은평의 정체성을 담은 문화 시설들을 전략적으로 배치했다. 그 중심에 있는 것이 은평역사한옥박물관이다. 이곳은 은평의 역사와 한옥의 변천사를 한눈에 볼 수 있는 거점으로, 한옥마을의 철학을 주민과 방문객들에게 전달하는 교육의 장이 되었다. 또한 이외수·중광·천상병의 셋이서문학관, 금암미술관 등이 어우러져 마을 전체가 하나의 조화로운 문화 향유 구역으로 변모했다. 특히 한옥마을 내에 자리한 진관사와 연계된 템플스테이, 그리고 마을 곳곳의 작은 미술관과 갤러리들은 한옥마을을 단순한 주거지가 아닌 예술이 흐르는 공간으로 만들었다. 주민들은 한옥의 정취 속에서 삶을 영위하고, 방문객들은 골목마다 숨겨진 미술관과 전시관을 발견하며 은평만의 깊은 멋을 체험한다.

은평 한옥마을의 성공은 전통을 박제하는 것이 아니라, 현대인의 삶 속에 어떻게 이식할 것인가에 대한 행정의 답이었다. 웅장한 북한산을 배경으로 낮게 깔린 한옥의 곡선, 그리고 그 사이를 채운 미술관과 박물관의 향기는 '은평다움'이라는 브랜드가 무엇인지 전 세계에 알리는 강력한 콘텐츠가 되었다.

나는 왜 그토록 국립한국문학관을 은평에 세우고 싶었는가. 그것은 은평이 단순히 '살기 좋은 동네'를 넘어, 대한민국 근현대 문학의 고향이라는 사실을 증명하고 싶었기 때문이다. 은평의 북한산 자락, 특히 진관동 기자촌 터는 한국 문학의 거장들이 시대의 아픔을 원고지에 쏟아내던 거대한 서재와 같았다.

한국 시의 성인詩聖이라 불리는 정지용 선생이 녹번리에 초당을 짓고 자연을 노래했으며, 『광장』의 작가 최인훈 선생이 은평의 숲을 거닐며 지식인의 고뇌를 삭였다. 무엇보다 분단문학의 상징인 이호철 선생은 은평에 뿌리를 내리고 평생을 통일과 평화를 위해 펜을 들

   사랑한다면 반응하라

었다. 이들뿐만이 아니다. 기자촌은 이름 그대로 펜으로 세상을 깨우던 이들의 집결지였고, 그들 중 다수가 시인이자 소설가였다.

당시 국회 문화체육관광위원회의 도종환 의원이 문학진흥법을 발의하며 국립한국문학관의 후보지로 기자촌 일대가 어떻겠느냐는 제안을 먼저 한 적이 있다. 기자촌이 서울시 소유의 공원인지라 박원순 시장으로부터 문학관 부지로 사용해도 좋다는 허락을 받고, 문학관 유치추진위원회(이호철 위원장)를 구성하여 유치 활동을 본격적으로 전개했다.

그런데 대구·강릉·장흥 등 전국적으로 국립문학관 유치를 희망하는 지역이 스무 곳가량에 이를 정도로 경쟁이 격화되었다. 특히 대구는 보수의 심장이자 박정희의 고향으로서 박근혜 대통령에게 대구시장이 직접 문학관 유치 요청을 하면서 급격하게 대구로 분위기가 기울고 있었다. 이대로 물러설 수 없는 노릇이라 이어령 전 장관을 찾아가 도움을 요청하고, 박근혜 대통령과 가까운 안병훈 전 조선일보 부사장을 만나기 위해 조선일보사를 방문하기도 했다. 안병훈 씨와의 대화는 원래 10분 정도로 예정되어 있었는데 거의 한 시간 가까이 이어졌다. 그도 기자촌에서 거주하며 딸도 거기서 자랐다고 했다.

나는 박정희 때 조성된 기자촌에 그의 딸인 박근혜 대통령이 문학관을 설립하면 대를 이어 의미 있는 일을 하는 사례를 만들지 않겠냐며 박 대통령에게 꼭 그 의미를 전달해 달라고 요청했고, 그는 알았노라며 같이 노력해 보자고 답을 하였다.

그 노력이 성과가 있었는지 박근혜 정권하에서 문학관 부지 선정은 유예되고 다음 정권으로 연기되었다.

　그리고 촛불혁명으로 문재인 정권이 들어서고 초대 문체부 장관으로 도종환 장관이 임명된다. 너무도 다행스러운 일이라고, 이제 기자촌의 꿈은 이루어진다고 확신한 순간, 도 장관은 나의 면담 요청을 3개월 가까이 끌며 갑자기 태도를 바꾸었다. 지역 간 경쟁이 너무 치열하다는 이유로 용산국립공원 부지로 변경된다는 얘기였다. 이럴 수가 있을까? 뒤통수를 망치로 얻어맞은 기분이 들었다. 나는 홍보과장을 불러 현수막을 녹번동 산골고개 생태다리에 설치하라고 지시했다.

　문구는 "흔들리지 않고 피는 꽃이 어디 있으랴? 여기 있다 이 양반아!" 정말 그 현수막을 꼭 걸고 싶었다. 그러나 허공에 남긴 넋두리에 만족하기로 했다.

　　　　　　　　　　　　　　　　　사랑한다면 반응하라

5

한 사람도 소중히

영원한 소수파가 되거라
한 줌 흙 속의 씨앗과 같은 희망
쟁기는 부딪힐수록 단련된다

희망과 절망은 같이 있다

2014년 8월, 광화문 광장에서 사선을 넘나들던 세월호 유가족 김영오 씨의 단식은 우리 정치의 무능을 보여주고 있었다. 나는 당시 야당의 유력한 리더였던 문재인 의원에게 만남을 청해 구기동의 한 복어집에서 만났다.

"무릇 한 사람을 구하지 못하면 대한민국을 구할 수 없는 법입니다. 지금 저기 누워 있는 김영오라는 사람은 후보님께 표를 주었던 48%의 국민을 대표할 뿐만 아니라, 앞으로 책임져야 할 대한민국 전체를 상징합니다. 그 한 사람을 구하지 못한다면, 후보님은 다음 대한민국의 대통령이 되기 어렵습니다. 그러니 후보님이 직접 단식을 하시고, 그분을 설득해 병원으로 이송시키면 좋겠습니다."

문재인이라는 사람은 원래 감정을 격하게 드러내거나 즉각적인 반응을 보이는 이가 아니다. 그는 나의 다소 뜻밖의 발언을 그저 묵묵히 경청할 뿐이었다. 하지만 그 침묵이 무엇을 의미하는지는 그의 성정으로 보아 말하지 않아도 알 듯했다.

그 이튿날로 기억하는데, 그는 아무런 예고도, 어떤 브리핑도 없이 조용히 광화문 광장에 나타나서는 쑥스러운 표정으로 김영오 씨 곁에 자리 잡았다. 그러고는 열흘 가까운 시간 동안 함께 단식을 하는 고통을 견디면서도, 자신의 행동을 정치적 명분이나 화려한 논리로 포장하지 않았다. 그저 타인의 고통 곁에 머물며 묵묵히 들어줄 뿐이었다.

자신의 결단을 '위대한 결단'이라 치켜세우며 마이크를 잡는 정치인들과 그는 근본이 달랐다. 쑥스러워하면서도 인간적으로 타인의 아픔에 응답하는 그 뒷모습을 보며 나는 처음으로 확신했다.

'아, 저 사람 정도라면 내 보스요 주군으로, 잘 되도록 뒷받침해도 좋겠구나.'

이것이 나와 문재인 대통령 사이의 인연의 시작이라면 시작이었다.

그 후 나를 비롯하여 김영배, 김성환, 차성수, 이해식,이창우, 염태영, 민형배, 복기왕 등 기초단체장들이 문재인 의원의 든든한 우군이 되어 지역의 현장에 자주 모셔서 그의 국정 수행 경험을 키우도록 지원했다.

우리는 몇 달에 한 번씩 노량진 수산시장의 미자식당이라는 곳에서 만났는데, 문재인 의원은 노무현 대통령 벽시계가 걸려 있는 곳 아래 앉으셨고, 우리 단체장들과 시국 토론을 자주 했다. 주로 그는 많이 듣는 편이었다.

2016년 11월 만남 땐 이런 일도 있었다. 트럼프와 힐러리의 세기의 대결에 관심이 높아진 상황이어서 나는 누가 이길지 내기를 하자고 제안했다. CNN에서 힐러리 승률 85%를 예측했던 터라 대부분은 힐러리가 이길 것이라 했지만, 나와 채인석 화성시장 둘만 트럼프 승에 걸었다. 문재인 의원은 내기에 참여하진 않았지만, 왜 트럼프가 이길지 장광설을 늘어놓는 내 의견을 호기심을 가지고 들었다.

당시 트럼프는 과거 한 방송국에서 여성 앵커를 두고 심각한 성희롱 발언을 한 녹음 파일이 공개되어 패색이 짙었다. 그런데 TV 토론에서 반전이 일어났다. 힐러리의 공격에 트럼프는 남자들끼리의 라커룸 토크였다고 변명하고는 오히려 남편 클린턴의 성비위 사건을 변론한 힐러리야말로 더 문제가 아니냐, 자신은 토크에 불과했지만 클린턴은 실제 액션을 했고, 그 피해자들이 여기 나와 있다고 역공을 펼쳤다. 나는 그 장면을 매우 인상적으로 봤고, 거기서 승부가 갈렸다고 분석했다.

그 후 촛불 정국과 박근혜 탄핵, 조기 대선으로 상전벽해와 같은 변화가 일어났다. 그 변화의 한가운데서 문재인 의원의 보이지 않는 전략 지원 역할을 한 우리 단체장들이 있었기에 문재인 정부가 들어설 수 있었다고 여기면 너무 과장된 것일까? 그저 벽돌 한 장씩 쌓는 마음으로 우리는 최선을 다했고 승리한 것에 만족할 따름이다.

2017년 조기 대선은 문재인과 안철수의 싸움이었다. 탄핵 후 대선은 승부가 뻔할 것이라는 예측과 달리 안철수는 4월 초 여론조사에서 3% 차이로 따라왔다. 캠프에 비상이 걸렸다. 그때 우리 단체장들의 역할이 컸다. 카이스트 정재승 교수의 무당층 대상의 뇌과학 실험 자료를 참고했다. 그 실험의 결과는 문재인 45 : 안철수 15였다. 이른바 '크로스보팅'을 하는 부동층에서 우리 후보가 압도적이기 때문에 안철수의 상승은 갈 곳 없는 보수층의 일시적 이동에 불과하다고 분석했다. 나는 캠프에 보수와 안철수를 분리시키는 전략을 쓰면 된다고 조언했다. 마침 안철수의 멘토 역할을 하던 박지원 의원이 목포 유세에서 자신이 초대 평양 대사로 임명될 것이라는 발언을 하는 바람에 보수 유권자들이 대거 안철수에서 빠져나와 홍준표로 이동했다.

대선 승리의 감격은 컸다. 촛불혁명의 위대함을 함께했다는 기쁨으로 세상이 다 내 것 같은 충만함이 가득한 그해 5월이었다.

5월 23일 노무현 대통령의 기일이라 이창우·김영배 등과 하루 전에 봉하로 내려갔다. 거기엔 대선 경선에 패배한 성남시장 이재명도 함께했다. 권양숙 여사가 이재명 시장에게 수고 많았다며 반갑게 맞았다. 우리는 제사를 같이 지내고 진영 읍내로 나와 맥주 한 잔을 했다.

차에서 내려 호프집을 향해 걸어가는데 이재명 시장을 향해 몇 분의 시민이 달려와서는 사인을 요청했다. 그는 다소 쑥스런 표정으로 사인을 해주고는 다시 걸었다. 나는 분위기를 좀 바꿔 보려고 "형은 이제 어디 가서 헛짓거리도 못 하시겠네"라고 헛한 농담을 했던 기억이 난다.

호프집에서 이재명 시장은 "자신은 진짜로 1등을 하려던 것이 아니었다. 분위기를 좀 띄워 보려고 쎄게 했는데 그게 오해를 샀다"며 연신 자신을 낮추고 조용히 다른 사람들의 이야기를 경청했다.

다음날 문재인 대통령이 봉하 관저로 오셨다. 다들 관저 대문에서부터 줄을 서서 대통령과 악수를 하려고 기다렸다. 대통령이 저만큼 오시는데 갑자기 이재명 시장이 보이지 않았다. 그래서 살펴봤더니 저 뒤편에서 담벼락을 보고 서 있는 게 아닌가. 그래서 내가 왜 여기 계시냐며 등을 밀어 대통령과 악수를 하도록 했다. 그때 다소 무표정하게 보였던 문재인 대통령 얼굴과 어색했던 이재명 시장의 뒷모습이 오래도록 기억에 남는다.

그렇게 문재인 시대가 열렸고, 임종석 비서실장이 임명되었다. 임 실장은 박원순 시장 때 정무부시장을 하다 2016년 총선 때 은평을 지역에 도전장을 냈다가 경선에서 강병원에게 4표 차로 패한 전력이 있었다. 그 뒤 문재인 캠프에 합류했다가 비서실장이 된 것이다. 임 실장이 어느 날 전화를 해서는 대통령께서 자네들이 청와대로 들어왔으면 한다고 했다. 그 후 나는 은평구청 직원 조례에서 3선에 도전하지 않겠다고 선언했다.

은평구청장 재선 기간에 쉼없이 일하고 연구하고 뛰어다녔다. 일하는 재미, 내가 생각해서 실천하여 성과를 만들어내는 효능감은 정말 좋았다. 그러나 하루에도 예닐곱 번씩 해야 하는 국기에 대한 경례, 표창장 수여식, 사진찍기와 같은 의전적 행사들은 사람을 지치게 했다. 또 공무원들은 오직 인사권자의 눈빛 하나에 의지하여 언행을 하기 때문에 어떤 때에는 숨이 막혀 오기도 했다. 8년이면 족하다. '박수 칠 때 떠나라'는 영화 제목도 있지 않는가.

구청장 임기 마지막 해인 2018년 초 어느 날 밤에 문재인 대통령 꿈을 꾸었다. 아침에 출근하면서 비서관에게 로또 복권 10장을 사오라고 해서 비서실 직원끼리 나눠 가졌다. 그날 오후 인천 부평구의 홍미영 구청장의 출판기념회에 참석하고 있었는데, 대통령께서 전화를 해오셨다. 간밤의 꿈이 예지몽이었던 것이다. 문 대통령은 내가 이재오 의원과 친하게 지낸다고 알고 계셔서 이 의원을 통해 이명박 전 대통령이 평창 동계올림픽 개막식에 꼭 참석해 달라는 메시지를 전달해 달라는 말씀이었다.

당시 검찰은 이명박의 다스 실소유주 의혹을 수사하고 있었는데, 이를 놓고 이명박은 노무현 대통령의 서거를 언급하며 그에 따른 정치보복이라는 성명을 발표했고, 문 대통령은 이명박 전 대통령에 대해 "분노한다"고 직격을 하기에 이른 사건이 있었다.

문재인 대통령은 전화 통화에서 본인이 '분노한다'는 표현을 쓴 것은 노무현 대통령의 죽음을 언급했기 때문이지 다른 오해는 없으면 한다, 검찰 수사에 관여할 수는 없지만 개인적으로 이명박 대통령께서 국가 원로로서 편안히 지내시기를 진심으로 바란다는 말씀을 하셨다.

나는 이 말씀을 바로 메모지에 옮겨 적고 구산동의 이재오 의원 연구실로 가서 그 뜻을 전했다. 이명박 전 대통령은 여러 차례 수용과 거부를 오가다가 최종적으로 문 대통령이 본인의 앉은 자리에 오셔서 알은체해 주면 참석하겠다고 하여 개막식 날 현직 대통령이 전직 대통령의 자리에 잠시 가서 악수를 하는 장면이 연출되기에 이른다.

그 후 이명박은 다스 사건의 주범이 되어 구속되었는데, 법원에

보석 신청을 해놓고는 이재오 의원을 통해 대통령께 보고를 해달라 여러 차례 간청이 왔다. 법원의 결정 사항을 어찌 대통령이 관여할 수 있느냐며 아예 보고하지 않았지만, 한때 대통령을 지낸 사람이 어찌 저리 처량한 행동을 할까 한숨만 나왔다.

구청장 임기를 마무리하는 6월 내 마지막 일정은 '꿈나무마을' 아이들과의 약속을 지키는 행사였다. 은평구에는 백련산 자락에 '꿈나무마을'이라는 고아원이 있다. 마리아수녀회 정말지 수녀님이 원장이셨다. 아이들은 많이 방황했다. 수녀님들은 말썽쟁이들이 아예 매주 파출소 순회를 하고 다닌다고 한숨을 쉬셨다. 그래서 나는 그 친구들을 구청장실로 불러서는 "너희들이 말썽 피우지 않고 목공 교실, 건축 교실 열심히 다니면 구청에서 산티아고 순례길을 보내주겠다"고 약속을 했던 터였다. 그랬더니 진짜로 파출소 대신 실습 교실에 열심히 다니고 수사님과 함께 북한산 둘레길을 걷는 훈련을 하면서 산티아고 순례길을 떠날 채비를 다 갖추어 놓은 상태가 되었다. 나는 아이들과 산티아고 순례단 출범식 현수막을 배경으로 사진을 찍으며 구청장 임기 마지막을 보냈다.

2018년 8월, 비서관 임명 첫날의 점심식사 자리를 나는 잊을 수 없다. 당시 대한민국은 기록적인 폭염에 시달리고 있던 터라, 국민의 최대 관심사는 단연 전기요금이었다. 식사 도중 문재인 대통령은 고지서 발행 시점에 따라 누진세 적용이 달라지는 이른바 '복불복 고지서' 문제에 대해 우려 섞인 언급을 하셨다.

나는 대통령의 말씀이 다 끝나기도 전에 의견을 보태며 끼어들

 사랑한다면 반응하라

었다. 현장에서 주민들과 부대끼며 느꼈던 행정의 불합리에 대한 의견이 본능적으로 튀어나온 것이다.

"대통령님, 그 문제는 단순히 발행 시점의 문제가 아닙니다. 근본적인 제도 설계의 맹점을 살펴야 합니다."

내 말이 시작되자 식탁 주변에 서늘한 정적이 감돌았다. 그때는 눈치채지도 못했다. 곁에 있던 강문대 사회조정비서관은 몇 달이 지난 후 나에게 "놀랐어요. 어떻게 감히 대통령이 말씀하시는 중인데 중간에 말을 자를 수 있어요?"라며 그날밤 잠을 못 잘 정도로 충격을 받았다고 고백했다.

강 비서관은 민변 출신 변호사로 남들 다 퇴근해 집에 갈 밤 9시에 민주노총·전교조 등을 찾아다니며 해직자 복직 문제 등을 도맡아 해결한, 정말 성실한 일꾼이었다. 그런 그에게 아주 무례한 놈이라는 첫인상을 남겼으니 나의 자유분방함이 때로는 사람들에게 불편한 기분을 들게 한다는 것을 깨달았다.

그날의 일은 그 후 1년간 청와대 근무를 하면서 겪게 되는 감정의 희비 곡선을 마치 예고나 한 듯한 사건이 아닌가 싶다.

나의 비서관으로서의 첫 업무는 대통령을 수행해서 용산국립공원 부지를 헬기로 돌아보는 것이었다. 언뜻 이해가 안 가서 왜 내가 이 업무를 맡냐고 비서실장에게 물었더니 미군기지를 국립공원으로 전환하는 것은 제도개선 업무에 속하기 때문에 내 담당이라는 거였다. 용산으로 문학관 부지를 뺏겨 황망한 상태였는데, 이런 기막힌 우연이 있을까. 헬기를 통해 내려다본 용산공원은 예상했던 것보다 훨씬 넓고, 미군기지로 있었던 것이 오히려 개발을 억제해 산림 보전이 되는 역설적인 효과가 있지 않았나 싶었다. 그러나 문체부·국토부·여가부 등 각 부처 소유 부지에 건물을 세우기 시작하면 국립공원으로서의 가치 훼손 등 문제가 생길 것은 자명한 사실이어서 대통령에게 국립문학관 부지로의 허용은 불가하다고 보고하여 한국문학관의 용산 유치는 없던 일이 되었다.

그리고 얼마 뒤 서울역사 부지, 파주, 은평 간 치열한 재경합 끝에 기자촌 부지가 최종 선정되었다. 누군가가 "청와대 비서관으로서 공적 업무를 사적 이해 관철에 활용한 것 아닌가"라고 묻는다면 "원래 정해진 순리에 따른 결과이고 정의를 회복한 것"이라고 당당하게 말할 수 있다.

또한 나는 정부혁신위원회를 출범시키고 문재인 정부의 정부 혁신안 마련에 치중했다. 특히 주력한 분야는 정부 조직 진단을 혁신안에 포함시키는 것이었다. 내심 기획재정부의 과도한 권한 행사를 자제시키고 부처 간 균형을 도모하려는 의도였지만, 5년마다 실시하는 정기 진단으로 의미를 축소하여 보고서를 작성했다. 기재부의 반발을 피해 가기 위한 고육책이었으나, 결국 정부 혁신안은 유야무야되고 말았다. 문재인 정부가 재조산하再造山河의 의지로 출범했으나 첫 문턱에서부터 기득권의 장벽을 넘어서지 못한 것이다. 담당 비서관으로서 매우 좌절감을 느꼈고 능력의 한계를 절감했다.

문재인 정부는 엄청난 희망으로 시작했다. 특히 트럼프발 위기를 기회로 전환시키는 문재인 대통령의 절제된 태도, 보수적 접근

자세가 트럼프의 비이성적 충동을 자제시키고 한반도의 새로운 전환점으로 작동하게 했다.

트럼프가 한국에 처음 방문했을 때, 사석에서 트럼프는 문 대통령에게 "사람들이 자신을 전쟁광이라고 그러는데, 실은 자신은 단 한 사람도 다치게 하거나 죽게 한 적이 없는 사람"이라고 지극히 평화적인 인간이라고 하소연했다고 한다. 그러면서 자신의 그 전쟁광 이미지가 당신네 나라 문제를 해결하는 데 도움이 될 수 있을 것이라 언질했다고 한다.

이 대화를 통해 문 대통령과 청와대는 종전 선언과 북·미 수교라는 한반도 평화 로드맵을 진척시킬 수 있을 거라 확신하고, 북한 김정은 정권을 설득하기 위해 총력을 쏟아부었다. 2월 평창 동계올림픽 개막식을 통한 북·미 접촉으로 시작한 남북 관계가 9월 문재인 대통령이 급기야 능라도 경기장에서 북한 15만 인민들을 상대로 연설을 하는 장면이 전 세계에 중계되기에 이르렀다.

은평구에서 실향민으로 살며 맨날 "문재인 빨갱이"라고 말하던 한 노인이 그날 전화를 해서 울먹이며 "각하께서 통일을 만들어 내고 있다"며 "꼭 통일시켜 북의 고향에 가게 해달라"고 하던 일이 결코 잊히지 않는다. 또 '자본은 국경을 넘는다'는 말처럼 저 극적인 남북 화해의 순간에도 기가 막힌 사업계획서를 A4 용지 한 장에 연필로 메모를 해서 "꼭 대통령께 전달해 달라"던 은평의 한 환경처리업체 사장님의 글씨체도 또렷이 기억에 남아 있다. 남한의 소각장 등 골칫거리인 환경처리시설을 북한에 지어 해결하는 대신 우리가 북한에 전기·상하수도·도로 등을 건설해 준다면 누이 좋고 매부 좋은 것 아니냐는 아이디어였다.

그해 가을 문 대통령의 지지율은 80%에 이르러 청와대는 역사를 바꾸고 있다는 열정과 기대감으로 충만했던 시간이다.

그러나 그 긍정적 미래에 대한 확신 이면에 미국 조야에서의 진단은 결코 한반도 문제가 쉽게 풀리지 않을 것이라는 예측이 주를 이루었다. 특히 재미 언론인 한우성 씨는 청와대가 너무 낙관적인 기대만으로 달려가는 것 아닌가 하는 아쉬움을 내게 토로한 적이 있다. 나는 한우성 씨에게 청와대는 그리 어리석은 바람 하나에 기대고 있지 않고 반드시 결실을 맺을 것이라고 말했던 것 같다.

2019년 새해를 맞아 청와대는 임종석 비서실장 체제에서 노영민 실장 체제로 전환했다. 나도 강기정 정무수석 소속의 자치발전비서관으로 새로 발령이 났다.

강 수석은 국회의원 시절 강골 기질로 정평이 나 있었지만 정무수석이 되어서는 대야 관계에서 타협과 대화를 우선하는 편이었다. 나경원 자유한국당 원내대표와 소통하며 여야정협의체 가동을 위해 최선을 다한 것으로 기억한다.

2월 하노이 북·미 정상회담이 있던 날도 나경원 원내대표를 만나러 갔었다. 수행차 같이 갔다가 청와대로 복귀하던 중 하노이 노딜 소식을 라디오로 들었다. 믿기지가 않았다. 이렇게 허무하게 협상이 결렬되다니, 한반도 평화 체제로의 전환은 실로 이루기 어려운 꿈인가 한숨이 절로 나왔다.

문재인 정부의 동력이 급격히 떨어진 변곡점은 명확하다. 기대했던 북미 수교의 결렬, 끝없이 발목을 잡는 자유한국당의 훼방, 슬슬 고개를 들고 반격을 노리는 기득권의 사슬, 특히 부동산 투기 세력의 시장 교란과 관료들의 미온적 태도 등 원래 불행은 한꺼번에 몰려 온다고 하지 않던가.

나는 자치발전비서관으로서 대통령의 지방 발전 의지를 실천하기 위해 동분서주했다. 기억에 남는 일은 한전 에너지 공대 추진이었다. 대통령 선거 핵심 공약으로 신재생에너지로의 전환을 위한 인재 양성에 꼭 필요한 사업이었는데, 산업자원부와 한전은 서로 적당히 책임을 미루면서 규정 탓 예산 탓을 하고 있었다. 한전은 45억을 들여 용역 보고서를 만들었는데, 내용을 보니 외국 사례를 나열한 수준에 불과했다. 구청장 시절 같았으면 4,500만 원이면 충분히 만들 수 있는 용역 보고서였다.

한전의 대학 설립 지원을 가능케 하는 전기사업법 규칙 개정을 하여 겨우겨우 부처 간 합의를 통해 사업 추진이 공식 확정된 것은 그나마 다행스런 일이다.

국가균형발전위원회 업무도 나의 소관이었다. 균발위는 지역 산업 진흥을 통한 혁신 성장을 도모하기 위해 지역혁신국을 신설하기로 했다. 문재인 정부 출범과 함께 제조업 르네상스 계획을 입안하는 데 참여한 정승일 박사를 국장으로 영입하기로 하고 인사 발령을 요청했지만, 균발위 내부 승인이 늦어져 비서관 업무를 종료하게 되는 8월 무렵까지도 진척이 없었다. 청와대를 나온 이후 알고 보니 중

소벤처부 소속 공무원에게 그 자리가 돌아갔다고 한다.

외피는 민주당, 속내는 관료공화국. 이 부조화가 문재인 정부의 불행을 가져온 주요 요인인 것을 나중에서야 깨닫고는 얼마나 후회막심했던지 만일 다시 그 시절로 돌아간다면 그런 실수를 반복하지 않으리라 이를 악물곤 했다.

어느 순간부터 복도에 흐르는 공기가 달라지기 시작했다. 실체가 잡히지 않는 기분 나쁜 속삭임, 이른바 '복도 통신'이 내 주변을 맴돌았다. 비서실장이 바뀌고 청와대 내 주류 세력이 재편되던 시점과 묘하게 맞물려 있었다. 은평에서 다져 온 나의 정치적 기반이 누군가에게는 든든한 자산이 아니라, 반드시 치워 버려야 할 부담스러운 존재감으로 읽히고 있다는 신호였다.

"은평은 어차피 우리가 이길 곳 아닌가? 김 비서관처럼 역량 있는 사람은 고향인 강원도로 가서 기여해야 문재인 정부의 전국 정당화가 완성되지."

나의 의사와 무관하게 만들어진 복도통신의 그럴듯한 논리였다.

한번은 노영민 비서실장이 공관으로 불렀다. 민어탕을 끓여 주어서 맛있게 먹고 있는데, "대통령께서 2024 청소년동계올림픽을 강릉에 유치하기로 결심하셨다"며 나에게 제일 먼저 그 소식을 알려 준다고 했다. 내 고향이 강릉이니 알고나 있으라는 뜻은 분명 아닐 것이고 다른 함의가 있음을 눈치채지 못할 나이도 아니었지만, 나는 애써 모른 체하며 이 기쁜 소식을 도지사에게 알려 드려야겠다며 휴대폰을 들고 공관 마당으로 나와 버렸다.

 사랑한다면 반응하라

그때 만약 내가 강릉에 출마하겠다고 마음을 먹었다면 어떠했을까? 2020년 총선에서 권성동 의원은 당에서 공천을 받지 못해 무소속으로 출마했고 보수 후보가 난립했기 때문에 승리할 수도 있었을 것이다.

그러나 자의에 따른 선택이 아닌, 특히 나와 경쟁 관계인 특정 의원의 집요한 요구에 따른 선택은 나의 자존심을 무너뜨리는 일이어서 결코 받아들일 수 없었다.

나를 포함한 자치단체장 출신 비서관들은 다음 총선 출마를 위해 8월 말 사표를 냈다. 청와대를 나오는 날 대통령이 상춘재로 불러 점심을 함께하고 사진도 찍는 등 그동안의 노고에 대해 각듯이 위로와 격려를 해주셨다.

창릉천의 고라니

나는 은평 마을로 돌아와 운동화 끈을 다시 매고 골목으로 운동장으로 시장통으로 뛰어다니기 시작했다. 현역 의원과의 경쟁이었기에 그 어느 때보다 정말 열심히 했다. 어떤 때는 내가 철인 5종 경기를 하고 있다는 생각도 했다. 자전거를 타고 등산하고 축구를 하고 배드민턴을 치고 호프집에서 맥주를 마셨다.

한눈팔지 않고 오직 지역 유권자에게 최선을 다한다는 생각. 나중에 보니 참 어리석은 전략이었다. 선거는 최선을 다한다고 되는 게 아니다. 이겨 놓고 싸워야 하는 법이다. 막연히 문재인 대통령의 비서관이었고, 구청장으로 8년이나 현장을 누빈 나를 누가 감히 대적할쏘냐, 이런 자만심이 문제였다. 경쟁자는 치밀한 전략으로 문재인 대통령의 해외사절단에 이름을 올리며 친문 대 친문이라는 구도를 만들었고, 당에서 강릉에 나가라 했는데 명을 어기고 이기심으로 후배의 지역을 빼앗으려 한다는 논리를 퍼뜨렸다.

경선 결과는 참패였다. 개표 참관인으로 갔던 친구는 결과 수치를 보고 너무 놀라 쓰러졌다고 했다. 나 역시 믿기지 않은 결과에 억소리 하나 내지 못했다. 지금도 그 결과가 믿기지 않는다. 그러나 패자는 말이 없어야 한다.

매일 밤 9시 불광천에서 행주산성을 거쳐 창릉천으로 이어지는 자전거 코스를 페달질을 하며 고함을 지르고 자책하며 분루를 삼켰다. 밤 11시 넘어 행주산성 근처에서 뛰어다니는 고라니를 만난 일은 참으로 낯설고 새로운 경험이었다.

9개월의 고투

경선 참패 후 와신상담하던 중 박원순 시장으로부터 정무부시장직을 제안받았다. 박 시장과는 2011년 그가 보궐선거를 통해 시장에 당선된 이래 주민참여제, 마을공동체, 도시재생, 사회적 경제, 분권 등 다양한 분야에서 협력을 주고받은 관계였다. 특히 은평에 시장 공관을 둘 정도로 아주 가깝게 지냈다. 다만 촛불혁명으로 치러진 조기 대선에서 내가 문재인 후보를 지지하면서 정치적으로 미안한 관계가 되었다.

2018년 지방선거를 앞두고는 불현듯 박 시장이 서울시장이 아니라 경남지사로 나가면 어떨까 하는 생각이 떠올라 박 시장을 만나 설득에 나선 적도 있다. 당시 내 구상을 들은 모 구청장은 머리에 전기가 통하는 느낌이라고 했고, 김경수 의원도 좋은 생각이라고 서로 협조해서 잘 되게 해보자고 했다.

나는 박 시장에게 경남지사가 되면 1석5조의 효과가 있을 것이라고 설명했다. 첫째, 기득권을 내려놓고 고향을 위해 봉사한다는 스토리, 둘째 봉하가 있기에 친노 적통성 확보, 셋째 논두렁에 밀짚모자가 어울리는 이미지, 넷째 경남도정 혁신으로 성과를 낼 수 있고, 다섯째 문 대통령이 적극 지원할 것이다,

이런 나의 제안에 박 시장은 일단 좋은 아이디어라며 공감했고, 그 후 김경수 의원도 박 시장을 만나 경남도민의 바람이기도 하고 꼭 그리 되기를 희망한다고 의견을 전달했다.

그러나 주위 측근들의 만류로 박 시장은 그대로 서울시장 3선에 나서 당선되었다. 그때 박 시장이 새로운 도전에 나섰더라면 어땠을까 아주 아쉬운 기억으로 남아 있다.

청와대 비서관 근무 중 코엑스 확장 사업, 광화문 광장 조성 사업 등에서 박 시장의 애로사항을 듣기도 하고 정부 부처와의 갈등이 생기면 중재에 나서기도 했다. 그러다가 내가 총선 경쟁에서 탈락하

자 박 시장이 나에게 손을 내민 것이다.

7월 1일 서울시 정무부시장으로 근무를 하기 시작했다. 그런데 왠지 박 시장의 얼굴이 어두웠다. 지지율이 낮아서 그런 것으로만 짐작했다. 일주일 동안 시청 각 부서를 순회하면서 직원들과 인사를 나누고 현안인 주택 공급 방안, 코로나19 방역 시스템 점검, 또 그 무엇보다 박 시장의 정치적 지지율 제고라는 과제에 온갖 신경을 곤두세우고 있었다.

7월 9일 그날도 바쁘게 하루가 시작되었다. 오전 7시에 정동포럼 모임이 있었는데, 시장님이 컨디션이 좋지 않아 공관에 계신다고 했다. 고한석 비서실장이 공관으로 갔다. 9시 무렵 김현미 국토부 장관이 전화를 해서는 박 시장에게 서울시 부동산 대책을 국토부와 같이 발표하자는 제안을 해왔다. 고 실장에게 시장님의 의중을 여쭤달라고 전화를 했다.

고 실장을 통해 박 시장은 시청 기자실에서 발표하는 조건으로 국토부의 요청을 수락한다고 답을 하셔서 김현미 장관에게 그리 통보했다. 오전 11시쯤 보훈단체 행사에 시장을 대신해서 축사를 하고 점심 약속 장소로 이동하려는데 고 실장으로부터 전화가 왔다. 비서실로 급히 오라는 것이다. 달려갔더니 박 시장이 혼자 산에 올라갔는데 뭔가 심상치 않은 문제가 있는 것 같다고 했다.

그렇게 박 시장은 저세상으로 가셨다. 나는 그날을 기억하지 않으려 애쓴다. 산다는 것은 짐승 같은 수모를 견디는 일이라고 누군가 말했다.

 사랑한다면 반응하라

박 시장 유고 이후 나는 더 이상 서울시에서 일할 의욕을 잃어 사표를 내려 했다. 그러나 코로나19 방역을 해야 하니 그 자리에 있어야 한다는 대통령의 뜻을 거역할 수 없어 9개월간 부시장직을 이어갔다.

매일 오전 8시 방역대책회의를 열었다. 방역본부 실무 공무원들은 맡은 바 임무에 최선을 다하긴 했지만, 고위 간부들 사이에서는 묘한 이상 기류가 감지되었다.

경기도가 마스크 쓰기 의무화를 서울시보다 먼저 발표한 것이 논란이 되었다. 서울시 간부들은 마스크 쓰기 의무화는 법적 근거가 불명확하다는 이유로 반대 의사를 표명했다. 아무리 설득해도 요지부동이었다. 그래서 나는 "당신들 행정1부시장 옷을 벗기려고 작정한 것 아니냐. 지금 서울 확진자가 경기도보다 두 배 많은데 앞으로 더 기하급수적으로 늘어날 것 아닌가. 마스크 쓰기 의무화를 안 해서 방역이 무너진다고 공격받을 텐데 어떻게 감당할 것인가?"

두 시간가량 1 : 20의 토론 끝에 겨우 간부들을 설득하여 서울시도 마스크 쓰기 의무화에 동참하게 되었다.

그다음 위기는 전광훈 목사의 8·15 집회로 야기되었다. 집합금지 명령을 어기고 대규모 거리 집회를 강행한 것이다. 그 사건으로 확진자가 크게 늘어나며 방역에 중대한 위기가 발생했다. 방역법 위반으로 전광훈 목사를 고발하고 사랑제일교회에 대한 역학조사에 나섰다. 그리고 전광훈 목사 일당으로 인한 서울시의 피해를 조사하여 구상권 청구에 나서도록 지시했다.

매일매일이 위기이고 고비였다. 서울시, 청와대 국정상황실, 그리고 경기도가 손발을 맞춰 대응했기 때문에 K-방역의 성과를 남긴 것이 다행이라면 다행이다. 이재명 지사와 자주 소통하며 그의 선제적 위기 대응 감각을 배울 수 있었던 것도 큰 소득이었다.

그러나 박 시장 유고 이후 별정직 공무원들 모두 자동 퇴사되어 나만 혼자 떡하니 남아 9개월간 고투를 벌인 그 시간은 외로운 전쟁 같은 시간이었다.

가끔 주말 퇴근길은 혼자 구기동에서 의상봉을 거쳐 진관사로 내려오는 산행길을 택하여 걷고 또 걸었다. 걷는 것은 마음을 내려놓는 일이라는 것을 그때 깨달았다.

 사랑한다면 반응하라

6

바닥을 치면
떠오른다

영원한 소수파가 되거라
한 줌 흙 속의 씨앗과 같은 희망
쟁기는 부딪힐수록 단련된다

나라를 잃은 패배

서울시 부시장직을 관둔 이후 이재명 지사와 더 자주 소통하며 그의 대선 출마 의향을 묻고 시대적 책임을 다해야 한다고 촉구했다. 나는 문재인 대통령과 이재명 지사의 관계가 걱정되었다. 겉으론 이재명 지사의 속도감 있는 행정에 대해 대통령이 공개적으로 칭찬하는 등 분위기가 나쁘지 않았지만 오래된 앙금은 쉬이 사라지지 않는 법.

먼저 이재명 지사에게 문재인 대통령에 대한 솔직한 감정을 말해 달라고 요청했다. 나는 아예 메모지를 준비해서 그의 말을 기록했다. 간단한 답이었다.

1. 나도 사람인지라 감정이 없을 수가 있겠나.
2. 그러나 감정으로 일을 그르치는 것은 바보나 하는 일이다.
3. LH 사건에서 보듯 부동산 문제 하나 해결하는 것도 힘에 벅찬데 왜 우리끼리 쓸데없는 일에 에너지를 낭비하나.

만약 그가 위와 같은 솔직하고 단순한 방식의 답이 아니라 정말 자신은 과거의 일을 후회하고 있고 대통령에 대해 진심으로 존경해 마지않으며 더욱 충성을 다짐한다고 말했다면 그것은 진심이 아닐 것이라고 판단했을 것이다.

이 메모지를 가지고 나는 대통령 최측근 인사를 만났다. 문재인 대통령이 정권을 재창출하기 위해서는 플랜 A만 가지고는 쉽지 않다. 대통령의 계획 속에 그를 포함시키도록 설득해 달라 내가 그를 여러 방식으로 테스트해 봤는데 정치보복을 할 것 같지는 않다. 그 인사는 나의 의견을 깊이 듣고는 이재명 지사가 민주당의 공식 후보가 된다면 당인으로서 그를 밀어야 하는 것은 의무가 아니겠냐는 간략한 답을 주었다.

2021년 5월 나, 김영배, 민형배는 이재명 지사와 오랜만에 만나 저녁식사 겸 약주 한 잔을 했다. 김영배 의원의 최고위원 당선 축하 겸 향후 이 지사의 대선 출마를 놓고 늦은 밤까지 진지한 이야기를 나누었다.

나는 이 지사에게 "당신이 생각하는 시대정신을 한마디로 말한다면 무엇인가요?"라고 물었고, 그의 답은 "이익"이었다.

내가 "레이코프의 프레임 이론에 따르면 유권자는 가치와 명분을 우선시하고 이익은 부차적인 것으로 여긴다는데요?"라고 반문하자, 그는 "요즘 같은 불경기에 서민들에겐 이익이 곧 가치가 아닐까요?"라고 답을 했다.

그가 기본소득론을 줄기차게 주장해 온 이유가 바로 저것이었구나. 나중에 레이코프의 책을 다시 보니 전쟁과 불황 같은 상황에서는 "이익의 가치화" 현상이 발생한다고 되어 있었다.

가치, 신념, 명분을 우선시하는 기존의 민주당 스타일과 전혀 다른 문법. 이익, 실리, 효능성 중심의 실천가 이재명을 재발견한 순간이었다.

그날 늦은 밤 공관에서 헤어지면서 그는 나에게 나지막하게 "강원도로 안 가시겠소? 나를 돕고 도지사에 도전해 보시오"라고 말했고, 나는 짧게 "그리 하겠다"고 답했다.

대선 경선이 시작되었다. 나는 이재명의 정무특보로, 또 강원도 선대위원장으로 동에 번쩍, 서에 번쩍 뛰어다녔다.

그때 내 옆엔 데이터 분석에 밝은 두 명의 참모가 있었다. 여론조사만으로는 민심을 제대로 측정할 수 없어서 유튜브·포털 등에서의 댓글 분석이 매우 중요한 과제였는데, 이 두 친구가 큰 도움을 주었다. 이른바 '크롤링(웹 페이지를 그대로 가져와서 거기서 데이터를 추출해 내는 것)' 방식을 도입하여 선거에 활용한 것이다.

나는 매일 정무 분석 보고서를 후보에게 텔레그램으로 전달했다. 페이스북을 통해서도 치열한 논리 싸움을 전개했다.

아쉽게 생각하는 부분은 이재명 후보 특유의 색깔을 부각시키기보다는 무난하게 안정성 추구로 나아간 부분이다. 특히 그의 트레이드 마크라 할 수 있는 기본소득 정책을 후순위 과제로 미룬 것은 매우 아쉬운 대목이다. 노무현 후보가 행정수도 이전과 같은 파격적 공약으로 주도권을 쥔 것처럼, 이재명 후보도 자신만의 강력한 공약

 사랑한다면 반응하라

으로 유권자를 설득할 필요가 있었다고 본다. 이재명 후보는 보다 광범위한 지지를 얻기 위한 전략적 후퇴라고 설명한 것으로 기억한다.

당내 경선 막바지에 이낙연 후보가 그간의 추세와 정반대로 60% 이상의 득표를 한 것은 큰 이변이었다. 신천지 등 교란 세력의 음모라고 확신한 나는 당 차원에서 선거인 등록 시 IP를 추적하면 그들의 실체를 확인할 수 있을 것이라는 전문가의 조언을 당 사무총장에게 전달했지만, 그냥 유야무야 넘어가고 말았다.

이재명 후보는 민주당의 공식 후보로서 문재인 대통령과의 면담을 요청하여 청와대를 방문했다. 그 직전에 이 후보는 문 대통령을 만나 무엇을 말할지 나의 의견을 물어 왔다. 즉 과거 경선 때의 앙금 문제를 거론해야 하느냐 마느냐를 물은 것이다. 나는 문 대통령의 속내를 잘 아는 모 인사에게 전화하여 그의 의견을 물었다. 그도 나와 생각이 같았다. 공당의 후보가 공적으로 할 얘기를 하면 되는 거지, 옛일을 뭐 하러 꺼내느냐였다.

이 후보는 방역 조치로 인한 자영업자의 손실 보상 및 전 국민 재난지원금 집행이 선거의 승패를 좌우한다고 봤고, 이재명 정부의 청사진을 미리 보여주는 차원에서 꼭 필요한 과제라고 여겼다.

그러나 문재인 대통령과의 면담 30분은 허무하게 아무 성과도 없이 끝나 버렸다. 이 후보는 과거 경선 때 심하게 해서 미안하다고 했고, 대통령은 그땐 심했다고 응답을 주고받은 것으로 신문에 나왔다.

나는 두 분 간의 앙금이 정권재창출과 국민 구제보다 더 중요한 일인지 지금도 이해할 수가 없다. 정치적 공방은 예나 지금이나 피할 수 없는 일 아닌가? 시간이 지나면 잊고 넘어가면 그만이지 뭐 그딴게 대수라고. 민주당 역사에서 가장 부끄러운 흑역사 중 하나로 기록될 면담이었다.

그 후 이재명 후보는 그 흔한 여당 프리미엄은커녕 "대장동을 엄정 수사하라"는 대통령의 지시로 인해 여당 후보로서의 공신력에 중대한 타격을 입었다. 남보다 못한 취급을 받는 것도 모자라 범죄자 이미지까지 덮어쓴 채로 외로운 싸움을 해야 하는 그를 보고 있자니 한숨이 깊어 땅이 꺼질 지경에 이르겠다 싶었다.

해는 저물어 2022년으로 넘어갔다. 윤석열이 모 신문과의 인터뷰에서 한동훈을 검찰총장으로 임명하고 문재인 정권의 적폐도 수사할 수 있다는 발언을 했다. 문재인 대통령은 이에 대해 "분노한다"고 입장을 표명했다. 그 후 윤석열은 "우리 문 대통령님"이라는 표현을 쓰면서 "자신의 사전에 정치보복은 없다"고 해명했다.

문재인 대통령은 '분노한다'는 표현을 정말 극히 분노하지 않고서는 쓰지 않는다. 2018년 초 이명박에 대해 분노한다는 표현 이후 거의 유일한 경우가 아니었나 싶다.

나는 정치에서 공적 분노는 지극히 중요한 요소라고 여긴다. 불의에 분노하지 않고서 어떻게 정의를 말할 수 있겠는가?

대통령의 그 분노가 하루이틀 뒤 윤석열의 오해였다는 몇 마디 해명으로 가라앉고 말 분노였다니, 참으로 수수께끼 같은 언어의 장난이 아니고 무엇이라 말할 수 있을까.

홍남기, 그는 문재인 정권 초 국무조정실장이었다. 용산국립공원 추진 점검회의에서 내 옆자리에 앉아 땀 뻘뻘 흘려 가며 대통령의 말씀을 메모할 때가 기억난다. 그는 대통령에게 충직한 신하의 모습이었다. 그런 그가 정권의 실세 기재부 장관이 되어 윤석열에게 정권을 헌납하는 희대의 사기꾼 역할을 할지 그 누가 알았을까?

2월 민주당 송영길 대표와 이재명 후보는 자영업자들의 생존 위기를 구제하기 위해 추경을 통한 재난지원금 집행을 강력히 촉구했다. 그러자 홍남기는 재정 고갈 위기라며 "차라리 사표를 내겠다"고 버텼다.

나는 페이스북에 "홍남기는 일국의 장관인가 사채업자인가? 대통령은 왜 침묵하는가? 마지막까지 국민을 보살펴야 할 책임을 왜 방기하시는가?"라며 성토 글을 올렸다. 그러나 모든 노력은 수포로 돌아갔다. 윤석열이 집권하자 홍남기는 초과 세수 60조를 그의 승전 기념품으로 헌납하는 대사기극의 끝판을 보여주었다.

여당 프리미엄은 1도 없이 풍찬노숙한 이재명은 끝까지 포기하지 않았다. 최종 승부수로 2030 여성층을 겨냥한 득표 전략에 집중했다. 나는 여론조사 응답률을 분석한 결과 2030 여성의 응답이 남성의 절반에 불과하다는 것에 착목하고, 젊은 여성층의 참여를 불러일으키면 지지율 격차를 따라잡을 수 있을 것으로 확신했다.

박지현 영입과 막판 젊은 여성 표의 결집은 갤럽 조사 8%의 간극을 일거에 타파하는 회오리바람이 될 수도 있었지만, 마지막 한 끝을 넘지 못해 결국 0.7%의 차이로 패배하고 만다. 나와 함께했던 데이터 분석팀은 최종 보고에 ±0.6%로 예측했다.

꿈같던 고향

대선 패배 후 강릉에 머물렀다. 동해는 공기가 다르다. 고등학교 친구들과 낮술을 마셨다. 취할 만하면 깨고 잠시 졸다 깨면 또 한 잔 하는 식이었다. 내가 선거에 졌다는 이유 때문에 좌절한 건 아니었다. 그 무엇보다 믿었던 대통령에 대한 원망. 도저히 이해할 수 없는 공당 후보에 대한 차별…. 참 감당하기 힘든 시간을 그래도 대관령의 서늘한 바람과 동해 바다의 신선한 공기가 달래 주었다.

그러던 어느 날 고향 옥계에 산불이 났다. 윤호중 비대위원장 등 당 지도부가 현장 방문을 하러 왔다가 나에게 강릉시장 후보로 나가 보라는 권유를 했다. 대선에서 승리하면 강원도지사에 나가려는 의지는 있었지만 패배한 마당인 데다 강릉시장은 한 번도 생각해 보질 않았다. 이광재 의원은 국민의힘 후보가 분열되어 삼파전이 되면 승산이 있다며 한번 해보자고 여러 차례 설득했다. '이광재 의원은 의원직을 내놓고 도지사에 도전하는데 나도 뭔가 해야 하는 것 아닐까.' 고민이 깊어졌다.

그때 이재명 후보에게 전화를 걸었다. 대뜸 "뭐 하러 기초단체장을 또 나가나" 하셨다. 나는 "우리가 전국에서 24만 표를 졌는데 그중 강원도에서만 12만 표를 졌다. 다음에 이기려면 강원도에서 표차를 좁혀야 하지 않겠냐"고 했다. 그랬더니 "그러면 말이 되네" 하셨다.

그리고는 자리를 박차고 일어나서 출마 선언을 했다. 강릉의 고인 물을 바꾸겠다, 땅을 갈아엎어야 농사가 잘 되지 않느냐.

이제는 굳어 버린 강릉의 토양을 갈아엎어서 숨 쉴 수 있는 땅으로 만들겠다고 이 골목 저 골목 목이 터져라 외치고 다녔다.

이광재 의원의 예측대로 국힘 후보가 둘로 갈라져 3파전이 되었다. 나는 35%를 득표하면 이길 수 있다고 보았다. 처음 14%에 불과했던 여론조사 지지율이 하루하루 가파르게 오르고 있음을 느꼈다.

그런데 선거 막판 홍남기가 팔아넘긴 초과 세수 60조를 가지고 윤석열은 손실보상금으로 가게당 600만 원을 집행했다. 막판 젊은 이들이 많이 모이는 교통택지 상가를 순회하는데 엊그제까지만 해도 손을 흔들어 주던 상인들이 고개를 돌리는 걸 보면서 '아! 졌구나' 하는 느낌이 왔다. 결국 최종 득표 약 30%에 머물면서 한 달간의 벼락치기 선거는 막을 내렸다.

패배했지만 다음을 기약하는 선거였다. 단오제 행사 중에 "다음엔 더 잘하겠습니다"라는 피켓을 들고 고향분들에게 감사의 인사를 했다. 멀리서 그 모습을 보고 숨죽여 울었다는 친구도 있었다. 많이들 위로해 주었다.

강릉 이곳저곳을 돌아다니다 수십 년 동안 만나지 못했던 인연들을 다시 만난 것이 참 고마웠다. 초등학교 담임이었던 서만보 선생님, 고등학교 수학 선생님이었던 손창화 선생님, 베토벤으로 불렸던 음악 선생님. 친구 여동생, 친구 어머니, 아버지 친구, 삼척 김씨 종친, 18전투비행단 군무원 등등등. 강릉의 정치는 여전히 차가웠지만 강릉의 사람들은 따뜻했다.

조금만 더 일찍 할걸. 그래도 우리 아버지 어머니 할머니 할아버지 숨결이 느껴지는 곳에서 좌충우돌하며 보낸 한 달가량의 시간은 내 인생에서 가장 소중한 기억으로 남을 것이다.

6월 하순경 이해찬 총리가 이번 지방선거에 나갔다 떨어진 나와 최민희 전 의원을 위로한다고 여의도의 한 음식점으로 오라 해서 갔더니 김현 선배와 김남국도 와 있고 정성호 의원과 계양구 보궐선거로 당선된 이재명 의원이 함께 자리했다.

8월 전당대회 이슈가 자연스럽게 거론되었다. 당 일각에서 당 지도 체제를 집단지도 체제로 하자는 안에 대해 이 총리는 DJ가 영국으로 간 후에 집단지도 체제로 당을 운영해 봤는데, 배가 산으로 가는 격이고 당직자 임명에 6개월이 걸리더라며 절대 안 될 일이라고 했다. 이 의원은 당대표 출마 문제에 대해 이 총리의 의중을 알고 싶어 하는 것 같았는데 쉽사리 말을 꺼내지는 않았다. 대신 현역 의원들의 여론 같은 것에 민감해하는 눈치였다. 이때 이 총리의 부인인 김정옥 여사가 "후보님 뒤에는 1,600만 표가 있어요. 사람이 왜 그렇게 마음이 약합니까? 이보다 더 어려울 때도 했어요! 국민을 믿고 나가세요"라고 다소 강한 톤으로 말했다.

모임을 끝내고 국회에 주차된 내 카니발 차 안에서 이 대표와 한두 시간 더 대화를 나누었다. 주로 그가 물었고 나는 답을 했다. 그는 당대표에 나가면 당을 방탄 도구로 이용하는 것 아니냐는 우려를 말했다. 나는 그 무엇이든 생존이 먼저다, 명분이고 체면이 뭔 소용이냐, 윤석열은 약세를 보이면 죽인다, 죽기살기로 싸워야 한다, 당은 우리의 대표를 지켜야 할 책무가 있다. 방패가 돼야 할 때는 방패가 되고 창이 돼야 할 때는 창이 되어야 한다고 말했다.

초여름 밤이 깊어 가도록 나누었던 대화를 통해 나는 그가 위기에 처했을 때 극도의 신중함을 견지하며 마지막 순간까지 점검하고 또 점검하는 유비무환의 리더라는 점을 다시금 확인할 수 있었다.

그리고 한 달 뒤 그는 당대표 후보 자격으로 강릉을 방문했다. 나는 조선 최고의 개혁 사상가인 허균의 생가로 그를 안내했다.

나는 당시 지지자들과의 대화에서 이렇게 말했다.

"허균의 호는 교산이다. 교산은 '이무기를 닮은 산'이라는 뜻이다. 허균은 용이 아니라 이무기들이 주인인 세상을 꿈꾸다 능지처참을 당했고, 실록에 천지간의 한 괴물로 묘사되었다.

지금 이 시대의 허균은 누구인가? 대동세상의 꿈을 실천했다 하여 검찰독재로부터 괴물로 인식되고 수구 언론에 의해 능지처참의 고통을 겪고 있는 바로 우리의 이재명이다. 조선의 허균은 허망하게 죽임을 당했지만 우리의 이재명은 깨어 있는 주권자의 조직된 힘으로 반드시 이 위기의 강을 건너 승리의 길로 나아갈 것이다."

당시 이재명 후보는 허균의 생애를 듣는 것을 다소 힘들어하는 것으로 보였다. 대선 패배 후 그에게 가해지는 검찰권력의 칼날이 너무도 쓰라렸기에 고통을 이기자는 말조차도 듣기 힘들었던 게 아닌가 싶어 괜히 허균 생가로 모신 것 같아 잠시 후회가 되기도 했다.

10월 29일 이태원 참사로 159명의 안타까운 죽음이 있었다. 광주항쟁 때 공식 사망자가 165명이다. 무슨 총격이 있었던 것도 아니고 그냥 축제에 놀러갔다가 목숨을 잃은 것이다.

이 기가 막힌 비극은 대통령이라는 자가 제때 출근해 현안 점검 회의를 통해 보고되는 그날의 주요 행사와 일정을 단 몇 분이라도 체크하고 관련 부처에 '안전조치 요망'이라는 몇 글자만 하달했어도 막을 수 있는 사건이었다는 점에서 대통령 그 자체가 재난이라는 말 빼곤 달리 설명할 길이 없는 일이었다.

서울시재난대책본부장 오세훈! 나는 그의 잘못이 제일 크다고 여긴다. 할로윈 축제는 서울시에서 열리는 축제 중 가장 집합 규모가 크고 세계인들에게도 널리 알려진 축제다. 당연히 서울시장은 그 축제가 원만히 치러질 수 있도록 안전관리와 질서유지 의무를 다해야 했다.

그리고 국민 애도 기간이 끝날 즈음 평산마을에서 풍산개를 파양한다는 소식이 포털 메인에 올라왔다.

또 실시간 접속자 최대를 자랑하는 한 유튜브 방송에서 이태원 참사 전후의 여론조사 수치를 언급하며 특유의 키득키득대는 어투로 방송하는 걸 목격하고는 피가 거꾸로 솟는 듯한 분노를 느꼈다.

2014년 세월호 참사 때 박근혜 정권의 무책임, 참사 현장에 온 고위 공무원들의 작태, 인권 감수성을 망각한 일부 언론의 보도 태도가 생각났다. 그런 일들에 분노하며 우리는 절대 그러지 말자고 다짐했던 순간들을 망각하고 모두 다같이 한통속의 괴물이 되어 가는 시대를 살고 있는 게 아닌가 하는 짙은 회한이 몰려온 시간이었다.

당시 페북에 쓴 글이다.

'호랑이는 죽어서 가죽을 남기고
사람은 죽어서 이름을 남긴다'고 하지 않았나요
이름을 남기지 못하는 죽음은 무명이라고 하지요
전쟁으로 이름표를 잃은 용사를 무명용사라고 합니다
10·29참사 희생자들이 무명이 되어야 할 이유가 무엇입니까?
전쟁으로 국가가 사라졌나요? 대통령이 없나요 장관이 없나요 시장이
없나요
이 안타까운 희생자 분들이 대한민국 시민으로서 어떤 부끄러운 일이라
도 했었나요?
세계 10대 경제강국에 코로나 방역으로 세계 최고 수준의 위기관리 능력
을 입증받은, 자랑스런 Korea 아니었나요
이 자유롭고 위대한 대한민국에서 친구들과 축제 길을 걷다가
어느날 선무당 같은 대통령 하나 잘못 뽑아 가지고 별안간 국가 행정의
기능부전으로 숨쉴 권리를 잃고 죽음으로 내던져진 희생자들에게
이름표 하나 없이, 영정도 위패도 없이 추모받을 권리조차도 보장받지
못하도록 하다니요.
이건 권력이나 정치의 문제를 떠나 사람으로서 이러면 안 되는 거 아닙
니까?
모든 죽어가는 걸 사랑해야 하는 것이 인간 된 자의 도리이고
특히 국가의 잘못으로 인한 희생은
특별법 제정, 위령탑과 추모 공간의 설치 등을 통해
최선의 예우로 그 죽음을 애도하여
이 같은 일들이 재발되지 않도록 해야 할 책무가 있지 않겠습니까?
그런데 천만번 사죄의 무릎을 꿇어도 용서받지 못할 자들이
죽음의 정치 악용 프레임을 만들어 오히려 국민과 언론에게 성을 내는,
적반하장의 극치를 보여주다니요
그리하여 저 부재한 국가를 대신하여

한 언론단체가 희생자분들의 이름을 공개하였습니다
윤 정권측은 죽음의 정치화를 기도한다고 비난을 퍼붓고 있습니다
유족의 동의를 구하는 절차를 생략한 점은 비판받아 마땅합니다
번거롭고 어렵더라도 끝까지 유족의 뜻을 물어야 했습니다
지금부터라도 동의의 절차를 밟아 가기를 희망합니다
그러나 국가 책임 방기의 최대 잘못을 저지른 윤 정권측은 조아린 머리
를 치켜들 자격이 없습니다
그대들은 누구를 무엇으로 공격하고 휘몰아치더라도
역사와 국민들 앞에 대역죄를 진 것을 용서받지 못할 것입니다
분노한 자들의 처분을 기다리십시오
책임의 크기는 권한의 크기와 비례합니다
윤석열 대리인은 최고권력자들인 국민의 처분을 달게 받길 바랍니다

그 무렵 세월호 유가족들을 만날 기회가 있었다. 순범 엄마, 호성 엄마로부터 충격적인 얘기를 들었다. 문 대통령께서 유가족들을 청와대로 초청해서 간담회를 가진 적이 있는데, 그 자리에서 추모공원사업의 진척이 늦다고 하소연하는 유가족에게 "안산 시민 하나 설득을 못 하시면서"라고 말씀하셨다는 것이다. 그 말씀을 들은 한 엄마가 잘못 들은 게 아닌가 싶어 다른 엄마에게 "진짜 대통령께서 그런 말씀을 한 게 맞냐"고 여러 차례 확인을 했다고 한다. 당시 문 대통령에 대한 기대가 무척 컸던 때라 애써 그 말을 옮기지 않았는데, 그 후로 대통령이 유가족 면담 요청에 응하지도 진상 규명을 위한 약속 이행도 하지 않아 원망감만 깊어졌다고 했다.

나는 문 대통령께서 2014년도에 유민 아빠를 살리기 위해 단식

사랑한다면 반응하라

도 하시고, 항상 약자들을 지극정성으로 보듬어 온 분이 그럴 리가 있겠냐고 반문했지만, 그 엄마들의 깊은 상처는 내 어찌할 도리가 없는 영역이었다.

이태원 참사로 윤석열 정권의 국정 수행 능력에 심각한 의문이 제기되자, 여의도 정가에서는 윤 정권이 검찰권을 이용하여 이재명 대표는 사법 처리로 정치적 생명을 끊어 버리고 검찰의 캐비닛에 약점 잡혀 있는 민주당 의원들을 회유하여 새로운 정계개편을 시도할 수도 있다는 소문이 돌고 있었다.

"검찰권을 남용하여 정치보복 하면 그게 깡패지 검사냐" 했던 윤석열이 진짜 깡패 짓을 노골적으로 하고 있었고, 민주당 의원 대부분이 강 건너 불구경하듯 하고 있는 형국에 가만히 손 놓고 있을 수 없다는 울분이 여기저기서 터져 나왔다.

대선 때 캠프에서 일했던 실무자 중심으로 텔레방을 만들고 매주 줌회의를 통해 대책을 논의했다. 그 결과 이 대표를 검찰독재로부터 지켜낼 길은 평당원 중심의 강력한 투쟁 기구를 만들어 죽기살기로 싸우는 방법밖에 없다는 결론에 이르렀다.

강위원·윤종군 등은 선출직 단체장 출신이자 현직 도당위원장인 내가 중심 역할을 해주길 바랐다. 대장동 사건으로 구속된 정진상 정무실장의 빈자리를 누군가는 채워야 했다. 나는 강릉·춘천·서울을 오가며 소위 길 위의 인생을 살아갈 수밖에 없었다.

2023년 2월 27일 국회에서는 이재명 대표 체포동의안 표결이 있었다. 당시 한동훈 법무장관은 체포 동의 이유를 설명하면서 야당

대표의 비리가 아니라 성남시 토착 비리 혐의라고 의미를 축소·왜곡했다. 표결 결과 가까스로 부결되었지만 민주당 내 동조자가 최소 31명이나 된다는 사실에 모두 깜짝 놀랐다.

그날 밤 이재명 대표와 통화를 했다. 이 대표는 이탈표가 예상보다 많이 나와서 당황스럽다고 했다. 나는 "아니요. 거꾸로입니다. 저쪽에서는 예상보다 적게 나왔다고 하던데요"라고 했더니 "아이구 설마 그렇겠어" 하셨다. 이탈표는 전00이 주도하고 있고 원래는 50표 이상 나올 것으로 확신했는데 20명이나 줄어들어 전00이 당황했다고 부가 설명을 하고, "저희가 대표님 사수를 위한 조직을 만들어서 대중 투쟁에 나서겠다"고 말했다.

가끔 이 대표를 보면 생각보다 순진하다는 생각이 들었다. 상대방은 자신을 진짜 죽이려 드는데 "설마 그렇겠어? 그렇게까지 볼 것 있나?" 이렇게 답을 하곤 했다.

한바탕 태풍이 휩쓸고 지나가면 언제 그랬냐는 듯 일상은 다시 돌아오고, 뒤에서 칼을 겨누던 자들도 면전에선 사람 좋은 웃음을 보이는 곳이 여의도 아니겠는가?

4월 경포대 인근에서 큰불이 났다. 워낙 바람이 세서 순식간에 몇 킬로미터나 불이 날아다녔다. 강릉고 야구 응원버스에 탑승해서 대관령을 올라가는데 엄청난 구름이 솟아오르는 것을 보았다. 평창 휴게소에서 내려 도당 사무차장인 박정호에게 다시 강릉으로 돌아가야 하니 차를 가지고 오라고 했다. 잠시 후 다시 박 차장의 전화가 왔는데, 자기 부모님 집도 불탔다고 했다.

다음날 이 대표와 당직자들이 재난 현장을 방문했다. 이 대표를 수행해서 같이 이동하는데 줄곧 전화기를 잡고서는 "오늘 강릉 화재 때문에 약속이 취소되어 미안하다, 다음 기회에 만나자"는 양해 말씀을 하시는 것이다. "아니 비서실에서 연락을 드리면 되지 일일이 전화를 하시냐" 했더니 "의원들이 자신을 무서워해서 이렇게 자주 통화를 하면 더 나아지지 않겠냐"고 하셨다. 체포동의안 1차 표결 이후 일일이 의원들을 만나 자신에 대한 선입견을 개선하여 좋은 관계로 만들려는 노력을 기울이는 중이었던 것이다. 지성이면 감천이라는데 좋은 결실이 있겠지 했지만, 글쎄 연극형 인간이 즐비한 여의도에서 마냥 선의만 가지고 그게 될까 하는 걱정도 들었다.

헤어지며 인사를 나누는데 "서울로 올라와야 하는 게 아닐까?" 하길래 "중대 사건이 없는 한 못 올라갑니다"라고 간단히 답변을 드렸다.

이 대표를 지키기 위한 평당원 조직 결성도 속도를 내고 있었다. 조직의 이름을 정하자고 하여 '희망의 발걸음'으로 제안했다가 무슨 걷기 단체냐는 핀잔을 들었다. 공모로 선정된 '더민주전국혁신회의'는 우리의 희망 이재명을 지키는 위대한 발걸음이 되어야 했다.

6월 4일 당사 당원존에서 100여 명의 운영위원이 모여 혁신회의 출범을 선포했다. 나는 상임운영위원장으로 선출되었고, 강위원이 사무총장을 맡았다.

그날 짧은 연설을 했던 기억이 난다. "나뭇가지를 쳐낼수록 더 많은 나뭇가지가 올라온다. 밟을수록 더 강해지는 것이 잡초다. 바리

케이드가 높을수록 혁명의 불길은 더욱 타오른다. 평정심을 가지고 평지풍파를 일으키자.”

혁신회의 출범 당일, 이 대표가 또 전화를 했다. “뭔 단체를 만들었다는데?” “예, 더민주혁신회의입니다.” “현역 의원들의 불만 전화가 엄청 오더라구. 자기 경쟁자들이 그 단체에 속했다고 난리던데.” “그게 막는다고 막아지는 게 아닙니다.”

그는 항상 그런 식이다. 자기를 지키기 위한 조직인 줄 알면서 먼저 걱정부터 한다. 큰 명분이나 비전을 말하지 않는다. 오늘의 문제를 치밀하게 들여다보고 해결 방안을 찾는다. 나는 치밀하진 못하다. 대세를 읽고 바람 가는 대로 몸을 맡긴다.

혁신회의를 출범시켰지만 여의도 정가에서는 “멤버들의 수준이 떨어진다. 다 차기 총선을 노리는 뜨내기들이다. 김우영은 그렇게 안 봤는데 왜 저런 단체에 얼굴을 내미는지 이유를 모르겠다.” 그런 세평이 돌아다니고 있었다. 대학 시절부터 가까이 지낸 몇몇 의원들로부터 걱정된다는 연락도 있었다. 어쩌겠는가? 무모하지만 이미 시작된 발걸음인걸.

그 직후 이 대표가 국회교섭단체 대표 연설에서 불체포특권 포기를 선언했다. 7월부턴 비대위 체제가 거론되며 총리를 지낸 몇몇 인사의 이름이 오르내렸다. 나는 강릉에서 논두렁 밭두렁 천막 당사를 운영하며 후쿠시마 오염수 반대 서명을 받고 다녔다. 어느 날 강릉농고를 나온 원마트 사장님과 설렁탕을 먹는데, 그 양반 말씀이 “요즘 송영길밖에 안 보이는 것 같다. 송영길은 검찰청 앞에서 나와

　　　　　　　　　　　　　　　　　　　사랑한다면 반응하라

라 이놈들 하며 싸우기라도 하는데 이재명은 뭐 하나? 검찰에 탄압 받는다는데 왜 안 싸우냐"고 했다. 시골에서 마트 사장 한다고 우습 게 볼 위인이 아니었다. 강릉에서 아마 매출이 가장 많은 대형 마켓 중 하나일 텐데, 이분의 정치적 식견이 장난이 아니었다.

8월 7일 이 대표가 원외위원장 몇몇과 점심을 하자고 하여 여 의도의 한 양갈비집에 갔다. 나, 김현정, 남영희, 그리고 곽상언이었 다. 대표는 여전히 착 가라앉은 목소리로 각자의 지역구 사정 등을 물어 보았다. 곽상언 위원장에겐 선거 준비를 어떻게 하고 있느냐? 명함은 대로에서 뿌리지 마라, 골목에서 주면 반응이 좋다, 빈 가게 를 찾아 명함과 작은 쪽지에다 다녀간다고 메모를 남겨라 하셨다. 참 디테일하시다.

나는 대표에게 작심하고 원마트 사장이 한 얘기를 전했다. 그랬 더니 "뭔 방법이 좋겠어요?" 물었다. 나는 대하드라마 〈이순신〉의 백 의종군 장면을 얘기했다. 이순신이 흰 옷에 산발을 하고 목에 칼을 차 고 수레에 실려 어디론가로 끌려가는데 백성들은 같이 따라가며 울 고. 이런 감정이입 드라마가 필요하다고. 그는 또 질문했다. "그래서 방법이 뭐가 있냐고요?" 과거 DJ가 당사에서 단식을 하던 장면을 유 튜브에서 본 얘기를 꺼냈다. 바닥에 거적을 깔고 흰 저고리를 입고. 그랬더니 "흰 저고리를 입어야 하나?" 하길래 "요즘은 흰 와이셔츠 를 입으면 되지요" 했다.

그러곤 화제가 바뀌어서 다른 이야기들을 하고는 그날의 일을 잊고 지냈다.

8월 31일인가 아침 최고위원회 라이브 중계를 보고 있는데, 이 대표가 사즉생의 각오로 민주주의 파괴를 막겠다고 단식 투쟁을 선언하는 것이 아닌가? 아이고 탄식 소리가 절로 나왔다.

나는 그 길로 짐을 꾸려 서울로 올라와 지지 단식 투쟁을 조직했다. 단식 3일째 잠시 그의 옆에 앉아 "배 안 고파요?" 했더니 "지나가는 아줌마의 검은 봉다리만 봐도 저 안에 빵이 있나 하는 생각이 든다"고 했다. 미안하고 짠한 마음에 속으로 울었다.

그와 다소 거리가 있던 현역 의원들도 그의 옆자리에서 피켓을 들고 셀카를 찍었다. 많은 지지자들이 "대표님 힘내세요" 하며 격려 방문을 왔다.

9월 17일 2차 체포동의안 표결이 예고되었다. 당사 2층 당원존에서 혁신회의 주최로 당원 토론을 열었다. 당원들은 울분과 원망, 특히 문재인 전 대통령이 왜 같이 안 싸우느냐는 불만을 쏟아냈다. 나는 체포동의안 표결이 있는 날 국회 앞에서 당원 총회를 열자고 제안했다. "우리는 저 악어 같은 검찰 늪에 대표가 빠져드는 걸 보고 있을 수만은 없다. 남 원망도 하지 마라. 다 나약한 존재들이다. 우리가 같이 싸우고 행동해야 한다. 우리 힘으로 대표를 검찰의 올가미로부터 구출해 오자"고 호소했다.

표결 하루 전 여의도 한 호텔에서 묵고 있는데 이 대표가 전화를 하셨다. 단식 17일 차였으니 목소리에 힘이 없어 거의 들리지 않았다. 한쪽 귀를 막고 모기처럼 들려오는 그의 목소리에 집중했다. "강위원 동지가 가결표 던지는 의원들 정치적 목숨을 끊어 버리겠다

　　　　　　　　　　　　　　사랑한다면 반응하라

고 해서 몇몇 의원들이 이쪽으로 오려다가 안 오는 것 같아요. 강위원에게 해명글을 내도록 해주세요.”

곧바로 강위원에게 전화를 해서 페북에 사과글을 올리라고 부탁했다.

표결 당일 국회 앞에는 수만의 당원 지지자들이 모여들었다. 라이브로 모든 순간을 지켜보았다. 김진표 의장이 가결을 선포하는 순간, 피가 거꾸로 솟는 듯한 울분을 느꼈다. 연단에 올라 뭔가를 말하려는데 연단 아래 흐느끼는 지지자들을 보고 차마 말을 잇지 못했던 그 기억이 지금도 애간장에 남아 마음을 먹먹하게 만든다.

“한 줌 흙속의 씨앗과 같은 것이 희망이다”라는 네루다의 시구절처럼 희망은 보이지 않는 곳에 아주 작은 씨앗처럼 존재하다 누군가의 마음 깊은 곳에서 울려 나오는 눈물 한 방울로 싹이 트고 희망이 자라나는 것 아닐까?

1차 표결 이후 2차 표결까지 근 7개월 동안 이 대표는 수많은 의원들과 만났고, 사무총장을 비롯한 당직자들도 의원들의 마음을 돌려세우기 위해 밤낮없이 노력했지만 그 결과는 단 한 명도 설득하지 못했다는 것이다.

대신 어중이떠중이들이 모여 있는 것으로 악평이 난 혁신회의는 대표의 영장 기각 탄원 서명을 받기 위해 동분서주하여 38만 명의 서명을 받았다. 민주당 차원에서 40만 명을 받았으니 출범한 지 얼마 안 되는 평당원 단체치고는 엄청난 활동력을 보여준 것이다.

9월 26일 비가 종일 내리던 날 구속영장 실질심사가 열렸다.

새벽 2시 23분 '기각' 소식이 전해졌다. 하늘도 무심치 않으시구나. 가슴을 쓸어내리며 뒤돌아 나와 오랜만에 단잠을 잤다.

추석 성묘를 다녀온 다음날 강릉 일송아파트 집에 있는데, 이 대표가 전화를 하셨다. 목소리가 약해 전화기를 귀에 바짝 붙여 말씀을 초집중해서 들었다.

본인이 2월 말 체포동의안 표결을 앞두고 민주주의 4.0 모임에 참석했더니 당신 지역구의 강모 의원이 마태복음을 낭송하더란다. 엘리 엘리 라마 사박다니(나의 하나님, 나의 하나님,나의 하나님, 어찌하여 나를 버리셨나이까).

나는 처음 사박다니를 사박다리로 잘못 들었다. '골고다 언덕에 그런 다리가 있나?' 해서 네이버를 검색하니 나오지도 않았다. 나중에서야 그게 '오 신이시여! 왜 나를 버리나이까' 그런 뜻인 줄 알게 되었다.

의도하든 그렇지 않든 나의 권유로 24일간 단식하고, 또 동료들의 배신으로 체포되어 심사받고 겨우 사지에서 살아 돌아온 대표의 그날 말씀은 그냥 듣고 지나갈 일이 아니라고 봤다. 4월 경포 산불 때 대표가 "서울 올라와야 하는 것 아니냐" 하셨고, 6월엔 이해찬 총리도 "대표 옆에 있어야 하지 않겠냐"는 말씀도 있었지만 그때만 해도 고향을 선택한 마음을 쉬이 바꿀 수는 없다는 입장이 확고했다.

그러나 목숨을 건 투쟁에서 살아 돌아온 이 대표의 이번 말씀은 '상황이 바뀌면 생각도 바꿔야 한다'는 강력한 메시지로 해석해야 했다.

1 어린 시절의 형과 나 2 친구들과 신나게 놀고 있는 모습
3 작은아버지 결혼식에서. 신랑 왼쪽이 할아버지와 할머니이고,
  바로 위가 아버지 어머니, 맨 아래 체크 점퍼 입은 아이가 나

1 누나 결혼식에서의
  아버지와 어머니
2 중학교 졸업식 때
  어머니·형과 함께
3 현내 집에서
  큰누나와 나
4 왼쪽부터 작은누나,
  큰누나, 어머니, 나

1 초당동에서 고등학교 친구들과 함께 공을 차고 나서
2 대학 시절 선후배들과 MT 갔을 때
3 강릉 18전투비행단 근무 시절
4 대학 졸업식 때 어머니, 형과 성대 금잔디 광장에서

1

2

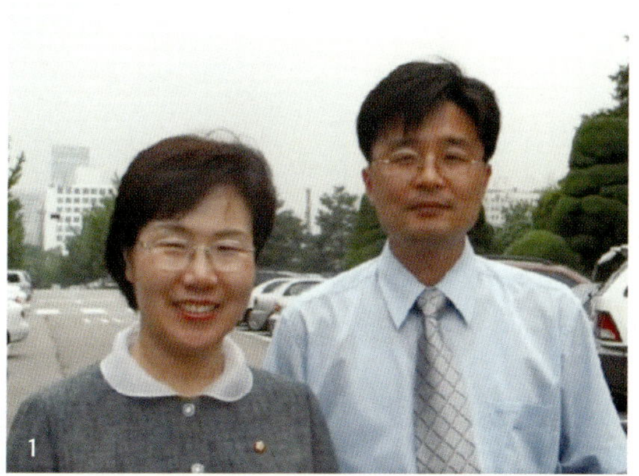

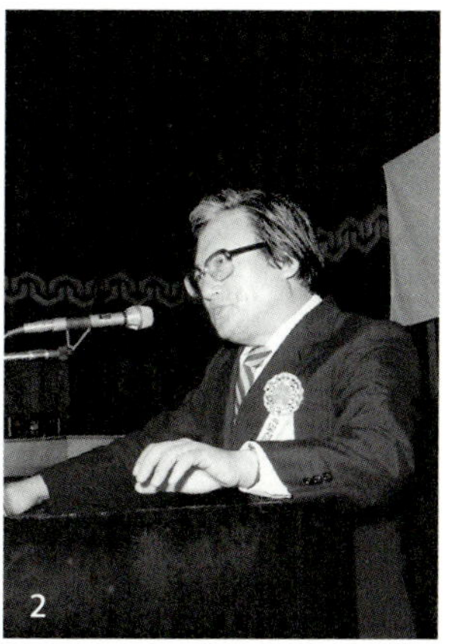

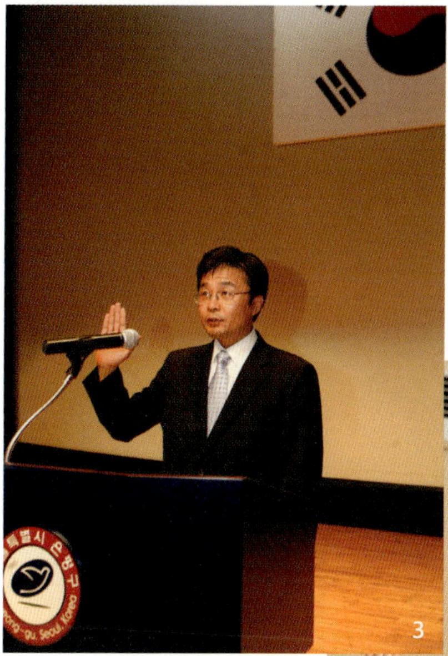

3

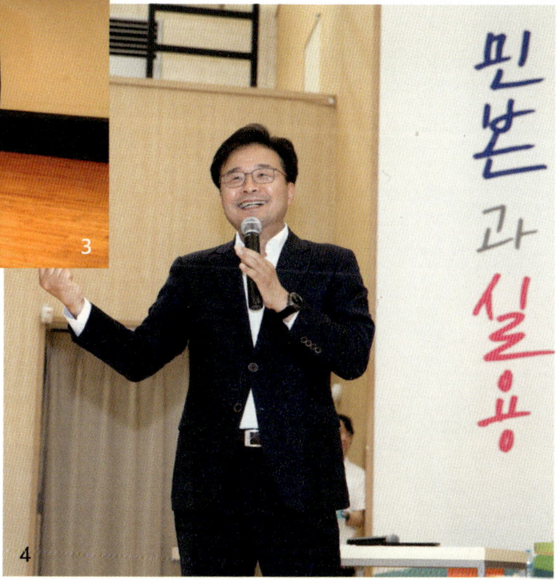

4

1 이미경 의원 보좌관 시절
2 영원한 스승 장을병 총장님
3 제18대 은평구청장 취임식에서 선서하는 모습
4 구청장 취임 후 민본과 실용 강조

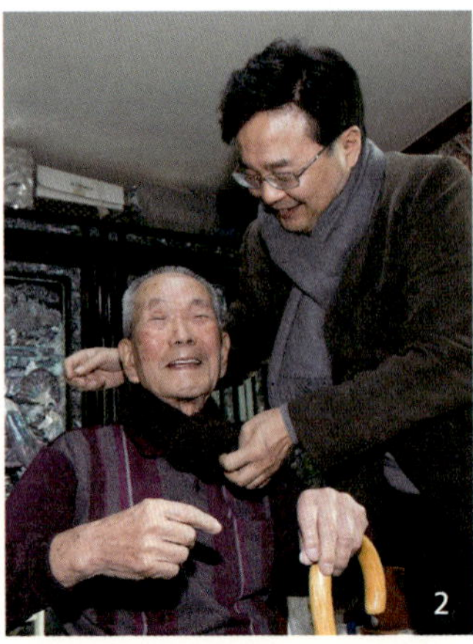

1 경로당에서 어르신들과의
   즐거운 한때
2 2017년 은평구 생존 유일한
   독립운동가 이종렬 옹(92)에게
   세배 갔을 때
3 어린이집에서 아이들과
   신나게 놀고 있다
4 구립도서관에서 아이들에게
   전래동화를 읽어 주고 있다

1 박원순 전 서울시장과
   산새마을 주민들과의
   뒤풀이
2 구산동도서관마을
3 구산동도서관마을
   개관을 기뻐하는 모습
4 북한산 아래 조성한
   은평 한옥마을

1 기자촌 옛터 표지석 제막식
2 국립한국문학관 유치 부지
  현황 브리핑
3 1948년부터 1950년까지
  은평구 녹번리에 거주했던
  시인 정지용 초당 터 표지판
  제막식
4 은평구 신사동 숭실고등학교
  에서 개최된 윤동주 탄생
  100주년 기념 콘서트
5 제1회 이호철통일로문학상
  수상자로 선정된 『화산도』의
  저자 김석범 선생님과

1 2017년 은평문화재단
   출범식에서
2 2017 참여예산
   청소년 총회
3 총회에 참석해
   투표권을 행사하는
   청소년과 구청장
4 2027 참여예산
   총회에서 주민들과
   함께 화이팅!

1   2014년 12월 3일 지역의 숙원이었던
    은평성모병원 신축 공사 기공식
2   2018년 '내를 건너서 숲으로 도서관'
    준공식
3   2018년 5월 14일 '제10회 다산목민대상'
    시상식에서 '대통령상'을 수상한 은평구

1 카이스트 미래전략
  대학원 졸업
2 2022년 7월 강릉
  허균 생가를 돌아
  보는 당시 이재명
  당대표 후보
3 옥계 면사무소를
  방문했을 때 옥계면
  종합청사 준공식 사진
  속에서 발견한 아버지.
  첫째 줄 오른쪽에서
  세 번째가 작고한
  아버지

1 강릉 옥계 5일장에서
  만난 어머니 친구분
2 2023년 강원도 산불
  피해 현장 복구 작업 중
3 강릉 김현수 시의원과
  함께 후쿠시마 오염수
  투기 반대 1인 시위를
  하고 있는 모습

1 2022년 8월 강릉도당위원장에 취임
2 2022년 4월 강릉시장 출마 선언
3 2023년 6월 30일 출범한 더민주전국혁신회의 조내 상임위원장으로 발언 중

1 광화문광장에서 열린
  윤석열 탄핵 집회
2 국회 본회의장 앞에서
  진행된 탄핵 집회
3 21대 대선 선거 지원
  유세

1 청와대 영빈관에서
이재명 대통령과의
연찬 후
2 과방위에서 질의하고
있는 모습
3 2025년 7월 수해 복구
현장에서

1 이재명 대통령, 김혜경 여사와 함께 진관사를 방문했을 때
   2009년 진관사 복원 과정에서 발견된 태극기를 보고 있는 모습
2 2026년 2월 제3회 한국현대문학자대회에 참석해 젊은 연구자들을 격려

그때부터 강릉 지역당의 고문, 운영위원, 당원들과 깊은 토론을 하기 시작했다. 매주 함께 버스 타고 상경하여 공공의 적들과 싸우면서 우리는 인식의 일체를 이루다시피 했기에 대부분 지금은 지역이 어디냐가 중요하지 않다, 가장 필요한 곳에 가서 싸워야 한다고 말씀들을 주셨다.

한 원로당원은 "변방에 오랑캐 막으러 왔다가 조정에 변고가 생기면 돌아가서 임금을 지키는 게 장수의 도리 아닌가?"라며 아주 그럴듯한 논리를 제시했다.

2022년 6월 강릉시장 선거 패배 후 왕산에 천렵 가서 꾸구리탕을 해주며 강릉에 남아 권성동이 좀 이겨 보자고 했던 몇몇 고문들도 이번엔 올라가라며 오히려 재촉하는 분위기였다.

투쟁을 통해 형성된 고난 공동체는 웬만해선 막을 수 없는 법. 검찰의 구속 시도는 막아냈으니 이제 다음 순서는 적과 내통하고 있는 밀정들을 격파하고 민주당 DNA를 되찾는 공천 혁명에 나설 때라고 결론을 내리고 나는 그 맨 앞에 서겠다고 결심했다.

이재명 대표는 당무에 복귀하면서 체포동의안 가결과 관련하여 "왈가왈부하지 맙시다"라며 당의 안정을 주문했다. 그는 말로 싸우는 것을 좋아하지 않는다. 실질적 변화만이 중요하다. 가결파를 색출한다 하여 떠들썩해 봤자 빈 깡통만 요란할 것이므로.

그런데 문제는 밀정 짓을 해온 의원들일수록 해당 지역의 조직이 튼튼하고 경력도 화려하여 웬만한 신인들로는 조직과 인지도에서 너무 밀린다는 것이다.

대표는 현역과 경쟁 가능한 인물이 누구누구인지 한번 알아보라고 했다. 대충 강위원 윤종군 김문수 조계원 이재강 양문석 현근택 등을 말했더니 현역 의원 지지율에 반의 반도 안 나온다며 한숨을 내쉬었다.

나는 대표께 이번 가결 파동을 겪으면서 노무현 탄핵 역풍 이래로 가장 바람이 세다고 했더니 본인은 병원에 있어서 그런지 잘 감지를 못하겠더라고 하셨다.

희망의 발걸음

12월 초 나는 공식적으로 서울 은평 출마를 주위에 알리며 이삿짐을 쌌다. 12월 12일 출마 선언도 계획했다. 예상은 했지만 강원도당 위원장이 서울 출마가 웬 말이냐는 항의가 곳곳에서 터져 나왔다. 당 사무총장과 인재영입부위원장 등이 서울로 올라오면 해당 행위로 징계를 하겠다고 했다. 지역구 옮기는 게 불가하다는 당규라도 있느냐고 했더니, 그러면 도당 당무감사라도 해서 처벌하겠다고 하길래 그러라고 했다. 솔직히 화조차 안 났다. 현역 의원들끼리는 아무리 원수 사이라도 국회의원 아닌 자들과 싸울 때는 동업자 의식이 자동 발동된다는 것쯤은 알 만한 사람은 다 아는 상식 아닌가.

12월 12일 나는 출마 선언 대신 우리 안의 비겁함과 싸우겠다는 짧은 소감문을 페이스북에 올렸다. 〈서울의 봄〉 영화의 명대사 "전차

 사랑한다면 반응하라

를 몰고 가서 머리통을 박살 내겠어”와 함께. 그랬더니 또 내가 막말을 했다고 난리가 났다.

2024년 새해가 밝았다. 1월 2일 아침 대표의 부산 방문을 유튜브 라이브로 보던 중 테러를 당하는 모습을 보았다. 다시 돌려 보니 테러범의 체중이 실린 공격이었다. 본능적으로 ‘아, 큰일 났구나’ 싶어 손이 벌벌 떨렸다. 다행히 와이셔츠 깃이 목숨을 살렸다. 충동에 사로잡힌 한 노인의 우발적 행위가 아니라, 고도로 훈련된 테러범이 분명하다고 확신한다. 끝까지 그 진상을 밝혀야 한다.

열흘 남짓 되어서 퇴원한 대표는 “공존과 존중의 정치 회복”을 말했다. 그런데 여론조사는 오히려 국힘에 유리한 결과가 속출했다. 이번에도 대표가 전화를 걸어 왔다. 여론조사가 안 좋게 나오는데 어떻게 보냐는 질문이다. 나는 침묵의 나선 이론을 말씀드렸다. “대표님에 대한 테러 사건이 공포심을 자극하여 우리 지지층이 응답을 안 할 뿐이다. 내면적으로는 윤 정권에 대한 분노가 극도로 응축되어 있다고 본다. 일관성을 잘 유지해야 한다. 개혁 공천 기조를 바꾸면 지지층이 더 움츠러든다.”

최병천을 비롯한 종편 방송의 평론가들은 조용한 공천을 하고 있는 국힘과 시끄러운 민주당 공천을 비교하며 국힘이 170석을 얻을 것이라는 등 연일 헛소리를 해대고 있었다. 나는 최병천이 민주연구원 부원장 경력을 내세워서 연일 바보짓을 하기에 “어디서 굴러 먹다 들어온 뼈다귀인 줄 모르지만”이라고 표현했다가 또 막말 했다고 비난받았다.

김영주 국회부의장은 하위 20%에 속한다는 통보를 받고 탈당
했다. 당에서 사무총장과 국회부의장까지 한 사람이 그런 일로 탈당
을 하다니 기가 막혔다. 그래서 "저 꼬락서니를 보아하니 하위 20%
가 아니라 하위 2%가 맞는 것 같다"고 비꼬았다. 그랬더니 꼬락서니
라고 했다고 또 막말이라고 공격을 했다.

그런 김영주가 평산 마을을 찾아 인사를 하는 대목에서는 아연
실색할 수밖에 없었다. 누가 적이고 아군인가? 이런 뒤죽박죽이 한
국 정치사에 있었나?

임종석 실장의 성동 지역 공천 배제 논란이 당내 갈등의 하이라
이트였다. 기실 나는 임 실장이 남북정상회담 준비위원장을 역임한
통일 전문가로서 강원도 접경 지역인 철원화천양구 지역에 출마하
는 것이 좋겠다는 지론을 갖고 있었다. 여러 차례 그 의견을 전달한
적도 있었다. 서울에서 경쟁하면 386 기득권의 상징이 되는 것이고,
접경 지역에 가서 휴전선을 베고 누워 죽겠다 하면 불가능에 도전하
는 전사가 되는 것이다.

공천 과정에서 배제되거나 탈락한 이름 중 기동민·임종석·송갑
석·박용진 등은 인간적으로 매우 가깝게 형 동생 하며 지낸 분들인
데, 너무 속상해서 위로조차 제대로 하지 못했다.

임 실장이 고뇌 끝에 당명을 따르고 백의종군하겠다며 이 대표
와 악수하는 장면이 중계되면서 여론은 반전되었다. 우리 지지층이
드디어 침묵을 깨고 반응하기 시작했다.

나도 은평을 지역 경선에 들어가서 하루 수백 통씩 당원들과 통

    사랑한다면 반응하라

화하며 일일이 그들의 이야기를 마음에 담고자 했다.

당시 언론과 비명계는 나를 '자객'이라 명명하며 공격의 빌미로 삼았다. 하지만 나는 그 용어를 수용하지 않았다. 그것은 기득권을 지키려는 자들이 혁신에 나선 이를 폄훼하기 위해 만든 악의적 프레임이었기 때문이다. 나는 자객이 아니라, 당이 위기에 처했을 때 사지로 뛰어든 '도전자'였고, 배신 정치를 심판하러 온 '당원의 대리인'이었다. 비명계의 날 선 견제는 역설적으로 내가 은평으로 돌아온 이유가 정당했음을 증명하는 지표였다.

경선 준비 과정에서 내가 주목한 것은 전통적인 시장 방문이 아니었다. 경선의 핵심은 권리당원이었고, 그들은 시장이 아니라 온라인 커뮤니티와 SNS, 그리고 당원들의 자발적인 네트워크 속에 존재했다. 나는 낡은 방식의 대면 접촉에 매몰되는 대신, 전국적인 혁신 세력과 은평 내 권리당원들의 '분노'를 조직화하는 데 주력했다. 배신 정국에 절망했던 당원들은 온라인에서 결집했고, 나의 귀환을 하나의 사건이자 혁명으로 받아들이며 자발적인 홍보 전사가 되어 주었다.

이재명 대표가 단식과 투옥의 위기 속에서 보여준 결기는 당원들을 일깨웠다. 당원들은 침묵하는 기득권 대신, 자신들의 울분을 가장 선명하게 대변할 인물을 찾고 있었다. 경선 결과는 압도적이었다. 현역 의원의 탄탄한 지역 조직론은 깨어 있는 당원들의 자발적인 투표 열풍 앞에 무너졌다. 그것은 김우영이라는 개인의 승리가 아니라, 당을 사지로 몰아넣었던 세력에 대한 당원들의 준엄한 심판이자

'당원 주권 시대'의 실질적인 개막이었다.

은평을 경선에서의 승리는 단순히 한 지역구의 후보가 결정된 사건이 아니었다. 그것은 기득권에 안주하며 당대표를 흔들던 낡은 질서에 대한 준엄한 사망 선고였다. '당원 주권'이라는 낯선 구호가 실질적인 정치 권력으로 확인된 순간, 전국의 선거판이 요동치기 시작했다. 나는 은평의 골목을 누비며 호소했다. "은평의 승리는 이재명의 승리이고, 민주주의의 회복입니다. 배신의 정치를 끝내고 민생을 살리는 효능감 있는 정치를 시작합시다."

본선 현장은 뜨거웠다. 윤석열 정권의 무능과 폭주에 신음하던 시민들은 민주당의 변화에 반응했다. 혁신 경선을 통해 단단해진 민주당은 더 이상 내부 총질에 힘을 쏟지 않았고, 오직 정권 심판이라는 하나의 목표를 향해 진격했다. 은평을의 유권자들은 압도적인 지지로 나를 국회로 보냈고, 이는 전국적인 '정권 심판'의 거대한 물결 중 가장 선명한 줄기의 하나가 되었다. 국회에 입성한 나의 사명은 명확하다. 윤석열이라는 이름 석 자가 재난인 시대를 조기에 끝내는 것!

총선 직후인 4월 하순, 거의 하루도 쉬지 못한 상태에서 나는 당대표 정무조정실장으로 발령을 받고 당사로 출근했다. 이 대표는 윤석열이 영수회담을 제안해 왔다며 철저한 준비를 지시했다. 윤석열은 인편을 통해 총리추천권, 내치와 외치의 분리 등 갖은 당근을 제시하며 이 대표를 회유하려 했다.

그때 개인적으로 오래전부터 알고 지낸 한 보수 법조계 인사가 내게 연락을 해왔다. 요지는 영수회담에서 두 분이 좋은 장면을 연출

　　　　　　　　사랑한다면 반응하라

하면 그게 법원에도 일종의 시그널이 될 것이라며, 이 대표가 사법 리스크를 극복하는 계기로 삼으라는 조언이었다. 대표가 사법 리스크 망령에서 벗어날 수만 있다면? 나는 악마하고도 손을 잡는 망상까지도 해보았다. 그러나 윤석열은 여우 같은 곰이다. 그의 행동 패턴을 복기해 보았다. 목적 달성을 위해서는 감언이설로 회유한다. 일단 목적이 이뤄지면 돌변한다. 그 상대가 거슬리면 수단과 방법 가리지 않고 제거한다. 그렇다. 계략이다. 속아선 안 된다.

나는 대책회의에서 "추락하는 기차에 동반 탑승은 안 되죠. 독대는 절대 응하지 마시고 사진 찍을 때 웃지도 마셔야 합니다" 했더니 박성준 의원은 YS가 노태우를 만나 했다는 "니 내 손에 죽고 싶나?"라는 발언을 상기시키며 이 대표가 배포 있게 대응하길 요청했다.

4월 29일 처음이자 마지막이 되는 이재명·윤석열 간의 영수회담이 개최되었고, 이 대표는 무려 15분간 모두 발언을 통해 정권의 반성과 쇄신을 촉구하는 국민의 목소리를 강력히 전달했다.

22대 국회 임기가 시작되고 얼마 되지 않은 6월 어느 날, 우상호 출판기념회가 국회도서관에서 열려 이 대표를 수행해서 다녀오는 길이었다. 피곤해 보이길래 "많이 피곤해 보이네요" 했더니 "변호사 비용 때문에 힘이 든다"고 하셨다. 그러면서 정진상·김용 얘기를 꺼내는 것이었다. 자신도 변호사 비용 때문에 괴로운데 두 사람은 얼마나 더 힘들겠냐며. 그런데 정진상은 대책 없는 무한긍정이고, 김용도 당신한테 하소연 한번 안 한다고 하셨다.

정진상은 기자들이 제일 궁금해하는 대상 1호다. 내가 아는 정진상은 단 한 번도 자신의 처지를 비관하거나 사소한 고충조차 호소한 적이 없었다. 김용 선배는 그냥 형 그 자체다. 어디서 저 두 사람을 구해 왔을까. 이 대표의 운명, 즉 팔자는 생사의 기로를 오갈 정도로 기구해도 사람복은 있지 않나 생각했다.

이 대표는 곧 2년 대표 임기의 종착점이 가까이 오면서 고민에 빠졌다. 먼저 결론을 내지 않는다. 듣는다. 어떻게 생각해? 이러쿵저러쿵 하는 소리들을 놓치지 않고 듣는다. 듣는 힘이 과거에도 저랬을까? 성남시장 시절 이재명이 경쾌한 직선과 같았다면 지금의 이재명은 고불고불한 곡선이다. 딱 부러질 일이 없다. 지루하지만 나자빠질 위험이 없다.

그는 스스로 말을 삼가며 다수 대중의 여론이 형성될 때까지 기다렸다가 최종 순간에 가서 연임에 도전하는 결정을 내렸다. 같이 파트너로 일할 최고위원 후보군으로는 일찌감치 김민석 의원을 좌장으로 내정한 상태였다.

김민석 외에 정봉주, 전현희, 김병주, 민형배, 이언주, 강선우, 한준호 등이 예비경선을 통과하여 본 경쟁을 시작했다. 역대 가장 치열하고도 흥미진진한 최고위원 경선이었다. 데이터 분석을 해보니 초반 가장 앞서 나간 후보는 정봉주였고, 그다음이 전현희 그리고 김민석은 3~4위권이었다.

김민석 후보가 심기일전하여 초반부터 치고 올라왔다. 간결하고 호소력 있는 연설이 압권이었다.

중반전이 지나면서 사고가 터졌다. 정봉주 후보의 "명팔이 쳐내

 사랑한다면 반응하라

야" 발언으로 판세가 출렁거린 것이다.

워낙 경쟁이 치열하다 보니, 내가 경선판에 개입한다는 소문이 돌았다. A 후보는 직접 나를 찾아와서 전북 익산대회 때 내가 조직을 가동하는 걸 목격한 사람이 있다고 했다. 그래서 "내 핸드폰 통화 기록을 보여 드릴까요?" 했더니 "알겠다"고 물러섰다.

8월 전당대회가 마무리되며 2기 이재명 체제가 가동되기 시작했다. 그즈음 윤석열은 김용현을 국방부장관으로 임명했다. 사실상 내란예비조치 1호가 발령된 것이다.

하나회 이후 최대의 군 사조직인 충암파. 충암고 출신들로 이루어진 반란의 세력. 충암고는 은평구 소재의 사학 명문이다. 바둑과 야구로 잘 알려져 있다. 교장선생은 내 친구다. 1기 총동창회장 차준하 선생님도 잘 안다.

7월 말~8월 초에는 이진숙 방통위원장 임명과 청문회, 탄핵소추로 방송 전쟁을 시작했다. 이진숙은 취임과 동시에 김태규와 단 2인이 방문진 및 KBS 이사 임명을 불법적으로 강행했다. 과방위에서 열린 이진숙 인사청문회는 3일 연속 밤 12시를 넘기는 강행군을 했다. 오뉴월에도 서리 내리는 최민희·김현 체제의 무한 공세에 독하기만 했던 김태규의 눈빛도 길 잃은 송아지 눈빛으로 바뀔 수밖에 없었다. 그때 과방위의 용맹한 싸움으로 MBC를 지켜냈기에 내란전쟁에서 승리할 수 있었다고 본다.

9월 1일 여야 대표 회담이 개최되었다. 한동훈과의 회담은 김건희 특검법을 둘러싼 이재명(입법권)과 윤석열(거부권) 간의 힘의 균형에 파열음을 낼 수도 있는 계기였다. 한동훈은 김건희와의 관계 단절 후 자파 의원들을 결속시켜 독자생존을 모색할 수밖에 없는 상황에서 호구지책으로 이 대표와의 회담을 적극 활용하려는 것이었다.

이 대표는 모두 발언에서 원고에 없던 계엄 가능성을 언급했다. 한동훈은 회담 뒤 허위 선동이라며 근거를 대라고 했다. 그날 두 사람은 양쪽 배석자들이 회담 결과 발표문을 정리하는 40분간 독대했다.

회담을 마치고 대표실로 복귀하셨을 때 "한동훈 어떻던가요?" 물었더니 "귀엽던데?" 하셨다. '두 분이 나눈 얘기는요?'라고 물어 보려다가 "그냥 무덤까지 갖고 가시죠"라고 했더니 "그러마"고 하셨다.

다음날 9월 2일 국회 개원식이 열렸다. 윤석열은 불참했다. 나는 윤석열이 야당 때문에 불참한다는 식으로 말했지만, 실제는 한동훈 때문에 불참한 것으로 이해했다.

10월 국군의 날 퍼레이드를 TV를 통해 보았다. 광화문 일대를 교통통제 했다. 문민시대에 시가행진이라니. 윤석열·김용현의 병정놀이는 그냥 놀이로 끝난 것이 아니라 결국 군사반란으로 이어진다.

10월 1일 국군의 날 시가행진 무력 시위에 이어 10월 2일 김건희 특검법 재의 표결 불발, 10월 7일 국정감사 개시, 10월 16일 보궐선거, 10월 21일 윤석열-한동훈 회담으로 이어지는 10월 정국은 급행열차를 탄 듯 숨쉴 틈 없이 지나갔다.

10월 24일 과방위 국감에서 나는 김태규 부위원장과의 충돌 과정에서 한 "법관 출신 주제에"라는 발언이 문제되어 당직을 사퇴하

        사랑한다면 반응하라

게 되었다. 김태규는 울산지법 판사 출신으로 윤석열의 호법부장을 자처하는 이였다. 나는 속으로 그를 '마른 윤석열'로 여겼다. 그날 그는 국감 정회 중 방문진 직원이 과로로 쓰러져 있는 와중에 욕설과 함께 "사람 다 죽이네 죽여"라며 소란을 피웠다. 노종면 의원이 현장에서 직접 들었고, 방송 카메라에도 관련 음성이 녹화되어 있었다. 이는 국회에 대한 명백한 모욕이어서 민주당 과방위원들은 사과를 요구했다. 그러나 그는 욕한 적 없다고 오히려 큰소리를 쳤다. 그때 그를 질타하면서 나도 모르게 "법관 출신 주제에"라고 내뱉은 것이다. 장동혁이 다음날 국힘 최고위에서 내 발언을 문제 삼고 나오자, 나는 이 대표의 재판을 앞두고 괜한 시비를 했다 싶어 사과글을 게시하고 당직도 사퇴했다.

11월 5일 나는 대구시당에서 당원들을 상대로 시국 강연을 했다. 그때 나는 작금의 시국이 역사적 분기점이 될 것이며, 모든 신호를 연결해 보면 윤석열이 계엄을 통해 정국을 타개하려는 것이 확실시된다고 말했다.

그리고 11월 15일 공직선거법 1심 재판에서 이 대표는 실형을 선고받았다. 나는 그날 너무 속이 상하고 이 대표에게도 미안하여 몸 둘 바를 모르다가 김대중 어록집 『기적은 기적처럼 오지 않는다』를 읽었다. 하늘이 무너져도 솟아날 구멍은 있는 법이다.

11월 25일 위증교사 재판에서 김동현 판사는 이 대표에게 무죄를 선고했다. 이 판결마저 유죄가 나왔더라면? 생각할수록 아찔한 순간이었다. 훗날 노상원 수첩에 오른 김동현이라는 이름은 이날의 판결이 내란 세력에게 얼마나 큰 타격이었는지를 말해 준다.

11월 26일 여야는 12월 4일 검사 탄핵소추안 표결, 12월 10일 김건희 특검법 표결에 합의했다. 나, 이재강, 윤종군 등 초선 의원들은 11월 말부터 국회 로텐더홀 단식 농성에 들어갈 것을 검토했다. 전진숙 의원은 국회 앞 잔디광장에서 1인용 텐트를 준비하여 야영 농성을 하자는 아이디어를 냈다. 그런데 단식 투쟁 제안자인 윤종군 의원이 자기 지역구인 안성에 폭설이 내려 투쟁 계획이 잠시 보류되었다.

사랑한다면 반응하라

영원한 소수파가 되거라
한 줌 흙 속의 씨앗과 같은 희망
쟁기는 부딪힐수록 단련된다

두려움이 없었다

12월 3일 저녁 국회 내 레스토랑에서 나, 송재봉, 임광현, 전진숙이 저녁을 함께 먹었다. 나는 2차로 신촌에서 은평의 청소년육성회원들과 송년모임을 가졌다. 그리고 10시쯤 용산의 한 호프집에서 국민은행 노조 분들과의 번개모임에 참석했다. 맥주 한 잔쯤 했을까 옆의 한 친구가 윤석열의 계엄 선포 장면을 보여주었다. 카카오택시를 불렀다. 5분 만에 국회 정문에 도착했다.

국회경비대가 대열을 정비해 막고 있었다. 나는 국회의원 신분을 밝히고 들어가겠다고 했지만 묵묵부답이었다. 김영환·복기왕 의원이 보였다. 몸으로 뚫고 들어갔다. 안팎으로 사람들이 뒤섞여 몸싸움이 시작되었다. 나는 책임자를 찾았다. 경비대원들은 내 눈을 쳐다보지 않았다. "국회의원을 지켜야 할 국회경비대가 국회의원을 막아?" 소리를 쳤다. 텔을 확인하니 이재명 대표가 '국회로!' 짧고 강한 메시지를 냈다. 잠시 후 나는 우원식 국회의장에게 전화를 드렸다. "의장님, 국회경비대에 국회 정문 봉쇄를 풀라고 지시 내려 주십시오" 했더니 알겠다고 하셨다. 의원들이 속속 달려왔다. 나는 경비대에 막

　　　　　　　　　　　　　　　　사랑한다면 반응하라

혀 못 들어오는 의원들의 손을 잡아끌거나, 막아서는 경비대원들을
발로 걷어차며 당신들이 국법을 어기고 있다고 절대 좌시하지 않을
거라고 경고했다. 바닥에 정준호 의원 신분증이 떨어져 있어 일단 주
워 주머니에 넣었다. 주위에 TV조선 기자도 "이게 말이 되냐"며 연
신 휴대폰으로 사진을 찍었다. 그렇게 한참을 정문 앞에서 실랑이를
하다가 본회의장을 향해 이동하는데, 저 하늘에서 헬기 몇 대가 소
리를 내며 오고 있는 것을 보고는 사진을 찍고 페북에 글을 올렸다.

> 헬기가 떴다
> 전두환 흉내내는 혼군 윤석열
> 어디서 술 처마시고 머리가 도셨나
> 성공하면 혁명
> 실패하면 반역이라
> 모 아니면 도냐
> 지구상에 지 아내 특검 막으려고
> 계엄 때리는 대통령이 있다니
> 미래가 없는 자의 자멸적 도박은 섬멸당하리

헬기가 국회에 가까워질 무렵 국회 본관으로 진입했다. 본회의
장 복도에서 박정훈 의원을 만났다. 짧은 포옹과 함께 "당신 같은 소
수가 위대한 일을 할 수 있다"고 말했다. 김윤덕 사무총장에게 지금
몇 명이 들어왔냐고 물었더니 150명이 넘었다고 했다. 일단 안심이
되었다. 솔직히 헬기가 국회 상공에 나타나기 직전까지는 윤석열이

진짜 술을 마시고 벌이는 소동인 줄 알았다.

내 좌석에 앉았다. 옆에서 전진숙 의원이 뭐라 뭐라 했는데 기억나지 않는다. 그 뒤로도 의원들이 속속 들어왔고, 국힘 쪽을 대략 보니 십수 명 되는 것 같았다. 여기저기서 유튜브 라이브를 보면서 군인들이 들어온다, 빨리 표결하라, 의장님 뭐 하시느냐, 아우성이 들렸다. 나는 애써 유튜브를 보지 않았다. 본회의장으로 저들이 쳐들어오면 육박전을 해야겠다는 생각을 했다.

오전 1시가 갓 넘은 시각에 표결에 들어갔다. 모니터 화면에서 찬성을 눌렀다. 나중에 전진숙 의원이 그때의 장면을 찍은 영상을 뉴스공장에 제공했다. 찬성 190, 반대 0. 장내에 탄식이 울려퍼졌다.

이어 본회의장 안에서 의총이 열렸다. 저들이 계엄 해제를 안할 가능성이 있다, 2차 계엄을 할 수도 있다, 여기서 끝까지 버텨야 한다. 이학영 부의장의 말씀도 기억난다. 저들이 본회의장에 들어와 총 한 발이라도 쐈다면 우리는 다 본회의장 바닥에 엎드렸을 거라고. 그런데 나는 그 순간까지 단 한 순간도 공포스러운 감정을 갖지 않았었다.

그때 CBS 김광일 기자가 생방송 인터뷰를 요청해 왔다. 당시 상황을 나는 이렇게 규정했다.

"대통령이 지켜야 할 헌정질서를 대통령 스스로가 붕괴시킨 것이고 결국은 대통령이 내란 행위를 한 겁니다. 5·18 재판 때 국회가 갖고 있는 헌법적 기능을 군을 동원해서 물리력으로 강제하거나 막을 경우는 그건 헌법 유린 행위로 재판에서 판단했거든요. 그래서 12·12 사태나 5·18 때 신군부가 한 것이 내란 행위였습니다."

   사랑한다면 반응하라

새벽 4시 20분경, 국무회의를 거친 대통령의 계엄 해제 선포가 있었다. 본관을 에워쌌던 계엄군이 철수하기 시작했다. 긴박했던 여섯 시간의 대치도 일단락됐다. 의원들은 상임위별로 조를 짜서 본회의장을 지켰고, 의원회관에서 숙식을 하기 시작했다.

12월 6일 새벽 4시 본회의장 당번인 줄 착각해서 갔다가 허탕을 치고 회관으로 돌아오려는데, 허성무 의원이 잠깐 보자고 해서 이야기를 나눴다. 자신이 모 신문사 간부로부터 제보를 받았는데 오늘 오후 2시를 기해 김선호 국방부 차관이 특전사, 방첩사, 수방사 사령관들을 직위해제할 예정이라고 하는데, 그전에 그들의 진술을 받아놓는 것이 좋겠다는 의견이었다. 나는 곧바로 김병주 의원에게 전화를 걸어 회관 809호 내 방에서 뵙자고 했다. 김병주 의원은 그들을 설득해 국회에서 기자회견을 하도록 검토 중인데, 그러면 근무지 이탈로 처벌받을까 두려워한다는 것이었다. 나는 국회법에 국회의원의 현장조사권이 있으니, 부대를 방문해서 사령관들의 진술을 받는 것이 좋겠다고 제안했다. 유튜브 라이브로 생중계해야 김병주 의원의 안전도 도모할 수 있겠다 싶어 권혁기 실장에게 당의 델리민주 촬영팀의 협조를 부탁했다.

오전 11시 의총에서 발언을 신청한 나는 의원들에게 "지금 현재 김병주 의원과 박선원 의원이 곽종근 특전사령관의 진술을 생중계하고 있다. 윤석열이 직접 전화를 해서 문을 부수고 들어가라고 지시했다고 한다"며 상황을 공유했다. 당시의 부대 방문 라이브 인터뷰는 헌법재판소의 심판과 내란 재판에서 윤석열이 내란의 우두머리임을 입증하는 결정적 증거가 되었다.

12월 7일 윤석열 탄핵 1차 표결이 있었다. 박찬대 원내대표가 국민의힘 의원들의 이름을 일일이 부르며 표결 참여를 호소했지만, 총 표수가 총 195표로 탄핵소추안 정족수(200명)에 미달해 투표 불성립 처리되었다. 나는 이날 한동훈 대표가 일생일대의 기회를 걷어찬 날이라고 보았다. 한동훈파 의원들이 이날 탄핵 표결에 참여하여 가결의 드라마를 만들었다면 한동훈은 일약 구국의 영웅으로 부각될 수도 있었을 것이다.

12월 6일 유튜브 댓글 분석 결과 한동훈에 대한 관심과 기대가 역대 최고치를 기록했다. 절호의 기회를 차버린 그는 8일 한덕수와 회동 권한 없는 정부 참칭 시도 등 우회 편법을 기도하다 12월 14일 2차 표결에 가서야 마지못해 자파 의원들을 참석케 하여 탄핵소추안을 통과시켰지만, 모든 공은 광장의 100만 시민들과 민주당에 헌납할 수밖에 없었다.

윤석열 탄핵소추안이 의결된 시점을 기준으로 내란 동조 세력은 메시지(계몽령), 조직(극우 종교 집단), 자금 등 전열을 정비하고 반격을 시도했다. 온라인 댓글에서는 진보 대비 보수가 서너 배나 더 활성화되기 시작하고, 연말 갤럽 조사에서 국힘이 10% 급상승하는 이변이 연출되었다. 2025년 1월 공수처의 윤석열 체포 시도가 불발되자, 일부 여론조사에서는 국힘이 오히려 앞서 나가기 시작했다.

내란은 힘이 세다. 그들의 무기는 피해의식이다. 탈진실이 내란의 에너지다. 가짜 뉴스, 사이비 종교, 비이성적 충동이 지배하는 내란의 작동 메커니즘이 사법 기득권 카르텔과 연동된다면 무서운 파괴력을 발휘할 것이다.

당직 사퇴 이후 이 대표와는 텔레그램으로 데이터 분석 결과를 보내거나 간략한 정국에 대한 소견을 밝히는 정도로 소통하고 있었는데, 여론조사에서의 특이 현상이 발생하자 또 전화를 하셨다. 서부법원 폭동이 있던 1월 19일이다. 나는 작년 12월 탄핵소추안 통과 이후 온라인에서의 보수 활성화가 급반등한 추이, 그것이 시차를 두고 여론조사에 반영되는 흐름, 윤석열 체포 불발 등 진보 자신감 퇴조 등이 여론조사에 반영되었고, 이는 허수가 아니라 실질적인 현상으로 봐야 한다고 말했다. 윤석열이 계엄은 잘못했지만 탄핵까지 당한 마당에 강제 체포 시도는 심한 게 아니냐는 동정 여론이 보수 유권자들에게 전파되고 있다, 다만 오늘 새벽 서부법원 폭동이 실시간 천만 건에 달하는 조회수를 기록하고 있는데, 이 사건으로 분위기가 다시 바뀔 것 같다고 말했다.

실제 서부법원 폭동 사건은 윤석열 탄핵소추안 통과 이후 반등하던 보수의 결집을 무너뜨리는 결정적 계기가 되었다. 검은 옷차림의 건장한 남자들이 법원 유리창을 깨고 모니터를 발로 차는 장면은 너무나 치명적이고 감각적이어서 대중의 뇌리에 각인될 수밖에 없었다.

당시 이화여대 동아시아연구원의 2025년 유권자 이념 조사를 실시한 결과를 보면 5년 전 대비 보수·진보가 모두 중간지대로 이동하는 특성을 보였다. 극우화 현상은 부분적으로 늘긴 했지만 과잉

대표된 것이고 실제로는 중도층이 훨씬 두텁게 형성되는 흐름을 보인 것이다.

나라를 되찾은 선거

2월부턴 조기 대선을 위한 전략팀 가동을 시작했다. 이번 대선에도 무당층의 무의식 조사가 중요하다고 보고, 정재승 교수와 프로젝트를 진행했다. 이 실험은 2017년 문재인 대통령 당선 때 매우 중요한 역할을 했다. 2022년 대선 때는 전략본부장이 확신이 들지 않는다는 이유로 결제를 미루다가 실기하여 실험을 하지 못했다. 만약 그때 그 실험이 진행되어 무당층의 속마음을 제대로 파악했더라면 0.7%의 패배는 없었을 것이다.

그때 실험에서 이재명 대표와 비교하는 대상으로 홍준표와 오세훈을 선정했다. 김문수나 한덕수가 후보가 될 것으로 당시는 예측하지 못했다. 홍준표는 이재명 대표의 상대가 되지 못했다. 이재명 7 : 홍준표 3. 그런데 오세훈과는 5 : 5로 균형을 이루었다.

전장에서 제일 중요한 것이 누구와 싸울 것인가인데 우리로서는 오세훈이 되지 않게 하는 게 최고의 전략이었다. 그런데 그걸 명태균이 해주고 있었으니 손 안 대고 코 푼다는 말이 여기서 통할 줄이야.

3월이 되면서 지귀연이 희대의 시간 계산법으로 윤석열을 석방

 사랑한다면 반응하라

시키고, 헌재의 선고 기일도 차일피일 미뤄지면서 당은 비상상황에 돌입했다. 하루하루 피가 말랐다. 그때 나는 헌재 사정에 밝은 정보통으로부터 99% 신뢰할 만한 제보를 입수했다. 혹 대표에게 누가 될까 말하지 않고 박찬대 원내대표와 정청래 탄핵소추단장에게만 관련 내용을 알렸다. 3월 26일 이재명 대표 공직선거법 2심 무죄 선고가 내려졌다. 그리고 운명의 4월 4일 대통령 윤석열은 파면된다.

조기 대선 체제에 돌입했다. 그런데 5월 1일 조희대 대법원의 난이 발발했다. 원내대표실에서 생중계를 보는데 '아! 법원발 쿠데타구나.' 곧바로 참모들을 시켜 실시간 반응을 체크하기 시작했다. 윤석열 파면 때와 실시간 조회수 댓글량을 단순 비교했더니 반응의 정도가 그때와 거의 유사했다.

대법원 파기환송(25.05.01) 4시간30분 누적 조회수 2285만↑
尹 파면(25.04.04) 4시간 누적 조회수 2240만↑

의원총회에서 신중 대응을 주문하는 의원들이 있어 내가 분석한 자료를 숫자 하나하나 밝혀 가며 대중의 분노가 지금은 행동해야 할 때라고 말하고 있다고 역설했다. 조희대 등 대법관 전원 탄핵 등 모든 수단 방법을 총동원하자고 주장했다. 혁신회의는 조희대 규탄 서명을 돌렸는데 불과 이틀 만에 100만 명 넘게 서명을 했다.

5월 3일 이 대표에게 조희대 탄핵 관련 데이터 분석 결과를 보고했다.

5월 7일 서울고법은 파기환송심을 대선 이후인 6월 18일로 연기했다.

5월 10일 대통령 후보 등록을 했다.

반응 속도가 다르다

5월 13일 출산가산점 군 호봉제 이슈가 부각되었다.

이날 나는 간단한 메모를 후보에게 전달했다.

탈진실 선거 구도로 가면 절대 안 됨
내란 종식이냐 아니냐의 구도 일관성 유지
윤석열 지귀연 조희대 키워드로 바이럴 일으켜야
사법부 공격이라는 프레임을 피하기 위해
무쟁점 선거로 가면 그 공백을 음모론 가짜뉴스가 잡아먹습니다

나는 선대위의 정무부실장을 맡아 우리 후보가 한 표라도 더 얻게 하려고 갖은 애를 다 썼다. 그야말로 혼을 갈아 넣었다. 모든 체력을 다 소진했다. 3년 전부터 함께했던 데이터분석팀은 이번에는 더 정교하게 싸웠다. 선거는 키워드 싸움이다. 기세 싸움이고, 선제 대응이 중요하다. 신중파는 별 도움이 안 된다. 실기하게 된다.

우리 팀의 최종 예측치는 이재명 51, 김문수 40, 이준석 7.5였고 출구조사와 거의 일치했다.

   사랑한다면 반응하라

선거 날 나는 페이스북에 짤막한 글 하나를 남겼다.

불가능의 예술이었다
조선왕조 실록에 기록된
천지간에 한 괴물 허균
능지처참의 형을 당한 사람
사람이 사람을 차별하지 않는
율도국의 꿈
수백 년의 시간이 지나
소년공 노동자가
오직 살아내겠다는 의지와
무엇인지 모를 아득한 뜻에 이끌려
역사의 심판대에 다시 서 있다
신문 지상에 범죄자 파렴치범으로
기득권 소수에 의해
윤석열 내란수괴에 의해
능지처참 모략에 당면했어도
죽지 않고 살아낸
그 사람이
5·18 때 죽은 사람들이
오늘의 산 자를 구한 것과 같이
조선 건국 이래로
권력에 맞서 정의를 부르짖던
자들이 다 죽임을 당했던
우리의 아픈 역사를
전복할 그 순간에

작은 투표 한 장으로
작은 응원봉의 빛으로
함께한 순간이
영광이 아니올런지
국민의 한 사람으로
함께 더불어
이재명

6월 4일 국회 로텐더홀에서의 이재명 대통령 취임 선서식에 참석한 나는 감격스럽게 그를 바라보았다. 그를 처음 안 지가 벌써 18년이다. 성남에 성질 좀 있는 시장 형님. 삐딱하고 짓궂은 데가 닮아 자주 만나지 않고도 친해졌고, 왠지 안쓰럽고 했던 그 형이 대통령이 되다니. 나는 그가 지난 수년간 죽을 것 같은 고비를 넘어서며 극한의 생존 능력을 키워 온 과정을 목격했다.

그는 남들에게 찾아볼 수 없는 반응의 힘을 갖고 있다.

'사랑한다면 반응하라'

이 계명과도 같은 그의 행정 마인드가 힘 없는 자에게 힘이 되는 국가를 건설하리라 믿어 의심치 않는다.

에필로그

한 줌 흙속의 씨앗이 희망이다

나는 이제 파블로 네루다의 시 「한 줌의 씨앗」을 가슴에 품고
다시 운동화 끈을 묶는다.

"나는 너는 주먹이다. 씨앗을 가진 아메리카의 한 줌 흙먼지다."
나에게 국회의원이라는 자리는 훈장이 아니라, 대한민국이라는
묵은 밭을 갈아엎기 위한 가장 날카로운 쟁기여야 한다.
관료의 성벽에 갇히지 않고, 기득권의 논리에 휘둘리지 않으며,
오직 주권자의 명령에 따라 움직이는 '번개'가 되고자 한다.
스스로 썩어 문드러져 씨앗을 틔우는 한 줌의 흙이 되는 것,
그것이 산계리 소년이 평생을 걸어 도달하고 싶었던
정치의 본령이다.

길은 끝나지 않았다. 길은 걸어가는 사람의 발자국 뒤에서
비로소 완성되는 것이다.

번개처럼 단호하게, 그러나 흙처럼 낮게. 나의 시간은 지금,
여기에서 다시 시작된다.

2026년 2월

길 위에서

내가 아는
김우영

불확실성을 견디는 힘

이종헌

강릉고등학교 25기

1986년 고등학교 2학년 때 김우영을 처음 만나 3학년까지 같은 반 지기로, 인생에서 가장 예민하고 치열했던 2년을 같은 교실에서 보냈다. 김우영에 관한 글을 쓰려 하니 함께했던 많은 추억들이 스쳐 지나간다.

당시 마니아층이 즐겨 듣던 그룹 사운드인 다섯손가락, 들국화, Queen의 음악을 들으며 밤을 새웠던 기억, 학교 체육대회에서 반 대표로 400m 계주를 함께 뛰었던 일, 우영의 아버님이 돌아가셨을 때 문상을 위해 옥계면의 집을 찾았던 일, 새로 문을 연 음악 카페에 갔다가 고등학생이란 이유로 쫓겨났던 작은 일탈까지 많은 장면들이 떠올랐다.

그중에서도 1987년 고3 시절 대통령선거를 앞두고 우리 반 친구들과 했던 모의 투표에 대한 기억은 지금도 또렷하다. 지금까지도 친구들을 만나면 빠지지 않는 단골 얘깃거리다. 당시 우리는 4명의 후보를 정해 각자 지지 연설을 했는데, 우영은 김대중 후보를, 나는 김영삼 후보의 지지 연설을 맡았다. 결과는 김영삼 후보의 승리였고,

우리 반 친구들은 실제 대통령선거에서도 같은 결과가 나올 것이라며 들떠 있었던 기억이 난다. 물론 실제 결과는 우리의 예상과는 달랐지만 말이다. 비평준화 고등학교에서 대학 입시의 압박 속에서도 나름대로는 소중한 추억을 많이 쌓았던 것 같다.

고교 시절부터 가까이에서 지켜본 친구 우영의 가장 큰 특징은 대립적인 성향을 동시에 지니고 있다는 점이다. 우영은 자신의 생각과 감정에 솔직했고 표현이 직설적이고 다소 저항적이었다. 상대가 선생님이어도 그랬던 것 같다. 때로는 말보다 행동이 앞서기도 했다. 그래서 첫인상만 보면 다소 거칠고 아웃사이더처럼 보여서 이른바 '모범생' 친구들은 선뜻 다가가기에 어려움도 있었던 것 같다.

하지만 가까이에서 내가 본 우영의 내면은 겉모습과는 많이 달랐다. 국어나 영어 교과서 속 멋진 문장에 감동하고 친구의 어려움에 공감할 줄 알고 자신의 잘못된 행동에는 진심으로 반성할 줄 아는 사람이었다. 겉모습과는 달리 부드럽고 감성적이었다. 우영이 대학을 국문학과에 지원했다는 말을 들었을 때 많은 친구들과 달리 난 우영에게 잘 어울린다는 생각을 했었다.

이런 우영을 떠올리다 보니 문득 좀비가 점령한 세상에서 인간의 생존을 주제로 한 미드 〈워킹 데드〉의 '대릴 딕슨'이라는 캐릭터가 떠올랐다. '대릴 딕슨' 캐릭터에 대한 AI의 분석은 다음과 같다.

"겉은 거칠어 보여도 공감 능력과 연민이 강하다", "말보다는 행동으로 증명하는 인물", "폭력적인 세계 속에서도 인간다움을 끝까지 유지한다", "완벽하지 않기에 더 현실적이고 공감 가능한 생존자", '대릴 딕슨'이 시청자들에게 사랑받는 이유는 그의 '투박한 진심'이 시청자들에게 닿았기 때문일 것이다.

아마 우영을 알고 있는 많은 친구들이 이러한 분석에 공감할 것이라 생각한다.

우영이 대학을 졸업하고 정치에 입문한다는 소식을 들었을 때 솔직히 걱정이 앞섰다. 자신의 신념에 맞지 않는 일에는 완강히 거부하고 저항하던 그에게 당시의 정치 현실은 결코 만만하지 않아 보였기 때문이다. 그러나 국회의원 보좌관, 구청장, 청와대 비서관, 서울시 부시장을 거쳐 국회의원으로 활동하고 있는 지금의 모습을 보며 어쩌면 우영에게는 정치가 잘 맞는 천직일지도 모른다는 생각이 든다.

정치는 본질적으로 이해집단 간의 차이를 조율하고 타협하는 과정이다. 이를 위해서는 양면성을 인정하고 조율할 수 있어야 한다. "양면성의 공존은 불확실성을 견디는 힘을 기르는 과정"이라는 말처럼 양면성이 갈등이라면 공존은 조화와 인정이다. 갈등 상황을 조율하고 타협하기 위해서는 불확실성 속에서 중심을 잃지 않고, 그 자리에 머물 수 있는 능력이 필요하다. 이러한 능력이 부족한 사람은 어느 한쪽으로 결정하게 되어 흑백 논리에 빠지거나 반대편을 향한 극단적인 공격으로 치닫기 쉽다.

　　　　　　　　　　　　　　　사랑한다면 반응하라

현실적으로 보면 정치는 '갈등'의 해결이라기보다 '관리'에 가깝고 합의는 영구적이라기보다 임시적인 경우가 많다. 따라서 정치인에게는 불확실성을 견뎌낼 수 있는 '정신적 지구력'이 무엇보다 중요한 자질이라 생각한다. 우영은 자신의 내면에 존재하는 양면성을 끌어안고 공존하는 과정을 통해 '정신적 지구력'을 길러 왔다는 생각이 든다. 이를 통해 스스로 성숙해졌고, 그러한 점이 정치 현장에서도 잘 발휘되고 있는 듯하다.

누구보다도 능숙하게 좀비의 머리를 거침없이 꿰뚫는 사냥꾼이면서도 버려진 아기에게는 세상 누구보다도 조심스러운 손길을 보낼 줄 아는 〈워킹 데드〉의 '대릴 딕슨'처럼 정치인 김우영 또한 강인함과 섬세함이 조화를 이루는 방식으로 우리 사회의 갈등을 조율하여 세상을 보듬어 나아가길 기대해 본다.

김우영과 동승할 미래 타임머신

서복원

성균관대학교 국어국문학과 88학번

이놈 완전 민주주의 포비네!

우영이를 만난 1988년 3월 추웠던 봄. 성균관대에 입학했을 때 명륜 캠퍼스 또한 암울하고 치열한 시대와 만나고 있었다. 문과대 왼편 중앙 대자보 게시판에 붉고 검은 매직으로 써 내려간 폭로문과 호소문, 지하 과방을 오가는 선배들의 치열한 논쟁과 대화, 그 성난 목소리들이 모이는 교내 집회는 민주화에 대한 양심과 지성의 깃발에 아로새겨졌다. "광주학살 5공비리 원흉 전노일당 처단하자!"고. 입학 전부터 예민한 사춘기를 거치며 민주화를 가슴에 품었던 우영이도 나도 머리띠를 묶으며 투쟁의 대열에 합류했다. 80년 5월 광주를 총칼로 짓밟은 전두환·노태우 정권에 맞서 5·18 광주학살의 처참한 아픔에 눈물로 분노하며 "5·18 광주학살 진상 규명! 책임자 처벌!"을 외치며 민주주의를 열망하고 군부독재를 증오했다.

우영이를 처음 보았을 때 난 미야자키의 애니메이션 〈미래소년 코난〉을 떠올렸다. 어두운 미래를 배경으로 세계 제국을 노리는 인더스트리아 세력에 맞서 라나를 구하는 주인공 코난에게 웃음과 희망을 선사한 캐릭터가 바로 포비! 포비는 꼭지 딿은 장발의 움집머리 헤어스타일에 재밌는 말투와 엉뚱한 행동으로 치열하고 모험적인 코난의 조력자 역할을 톡톡히 하며 당시 코흘리개 아이들에게 인기를 끌었다. 그 포비가 브라운관을 뚫고 나온 것이 바로 김우영이었다. 외모부터 내면까지 판박이였다. 강릉 옥계면 출신의 우영이는 누가 봐도 꾸밀 줄 모르는 '나 촌놈'이었다. 더벅머리 검은 뿔테 안경에 옷소매 잔실밥이 너덜거리는 낡은 카키색 야상을 걸쳐 입고 통 넓은 기지 바지를 유니폼처럼 거의 매일 입고 다녔는데, 언밸런스하게도 두 발 위엔 운동화가 아니라 구두가 신겨 있었다.

이 강원도 촌놈의 예기치 못한 엉뚱함과 재미난 입심이 깍쟁이 서울 친구들과 무뚝뚝한 경상도 친구들 사이의 묘한 긴장과 어색을 봄눈 녹이듯 녹이곤 했다. 친구들과 대화 중에 만지작거리던 모나미 볼펜심으로 귀를 후벼파는 조금은 기발하면서도 위험한 퍼포먼스를 구사하는가 하면, 고등학교 때 일화를 친구들에게 가끔 얘기해 주었는데 그 일화는 김대중 후보를 '절름발이'라고 비하하며 노태우를 지지하던 친구에게 분풀이하다 갑자기 『자주고름 입에 물고 옥색치마 휘날리며』의 장산곶매 민중 후보 백기완 선생에게 존경을 표하면서 친구들의 공감을 샀다는 것이다. 또 '경애하는 ~ ' '친애하는~ '으로 시작하는 북한 방송 아나운서를 성대모사하기도 하였는데, 얼마나 그 모습이 웃기던지 대학 신입생 시절 서먹서먹하던 동기들의 벽과 거리를 웃음으로 허물고 좁혔다. 새싹처럼 돋아나는 푸른 변혁의 동지애에 그의 독특한 개성과 대중적인 호감이 보태지면서 그렇게

우영이는 나에게 '미래소년 코난'의 엉뚱하고 파격적인 캐릭터인
'민주주의 포비!'가 되었다.

관심과 애정으로 늘 사람들 곁에

김우영은 친구들의 특징을 기막히게 잘 잡아냈다. 친구들의 특
징을 살려 친구들의 별명을 하나 둘 지어 주었다. 작은 체구에 부지
런하게 이 일 저 일 열심이던 상현이는 '발발이'로! 듬직한 심성에 통
통하고 단단하던 진호는 '백곰'으로! 누나들 틈에 자라서인지 여학우
들과 각별히 친밀했던 희태는 '여편향'이 되었고! 우영이는 그렇게
빼어난 '별명 작명가'로 우리들 사이에 자리 잡았다. 사람들에 대한
관심과 애정의 발로였으리라.

우영이와 나, 발발이, 백곰, 여편향이 함께한 강촌 학기말 동기
모꼬지를 갔는데 게임을 하다가 벌어진 일이 있다. 그의 엉뚱함에 내
교투 전력이 드러나 버렸다. 2인1조로 단어 맞히기 게임을 했는데,
우영이가 설명하고 내가 맞히는 차례가 왔다. 처음엔 몇 개를 둘이
잘 맞혀 나갔다. 그런데 세 번째 단어 설명이었던가 네 번째 단어 설
명이었던가 우영이가 갑자기 뜸을 들이다 유레카를 외치는 표정으
로 묘한 웃음을 짓더니 "야, 너 집회 하다가 짱돌로 간판 깬 데가 어디
지?"라고 나에게 물었다. 난 속으로 '이 녀석이 그걸 언제 보고 기억
하고 있냐' 하며 움찔했다. 우영이의 느닷없는 단어 설명에 5월 투쟁
주간에 벌어졌던 학교 정문 앞 교투 사건이 소환되었다. 화기애애한
모꼬지 게임 시간에 우리들의 아지트였던 단골 카페 '메카'의 기물

　　　　　　　　　　사랑한다면 반응하라

파손 행위가 소환되는 순간이었다. 나는 게임에 이기고픈 심정에 스스로 범죄를 자백하며 "메카!"라고 외쳤다. 우리의 아지트이자 단골 카페 '메카!' 강촌의 높고 큰 방에선 정답 '메카!'의 메아리가 울려 퍼졌고 그 자리는 웃음바다가 되었다. 그날 우영의 엉뚱한 장난에 역사의 뒤안길로 사라졌을 나의 학교 앞 범죄는 만천하에 드러나게 되었고 어떠한 진실이든 진실은 언젠가 예기치 않게 드러난다는 것을 알게 된 순간이었다. 그날 그 게임 덕분에 나는 '메카' 사장님께 죄송한 마음을 아직까지 가지고 있다.

돌아보면, 나는 내 뜻대로 따라 주지 않는 친구나 후배들 때문에 나만 옳다는 생각에 조급해하며 앞으로만 치달렸던 급진파였다면 우영이는 열 사람의 한 걸음을 더 생각하는 대중파였다. 우영이는 사회 변화를 꿈꾸는 사람들이 쉬이 빠질 수 있는 소수 전위주의의 유혹을 늘 경계했다. 이념이나 이론보다는 사람들을 더 좋아했고 친근하고 소탈한 마음으로 사람에게 더 관심을 두고 애정을 기울이는 사람이었다.

반대편의 고통도 살피는 공감과 균형

김우영이 결기가 넘치는 '투사'보다는 고뇌하고 방황하는 '인간' 임을 느끼게 해준 일화가 있는데, 그 일은 1988년 여름 전남 담양군 무정면 면사무소 앞뜰에서 시작되었다. 당시 우리가 농활로 찾아간 곳은 '평지리'라는 아담하고 평화로운 마을이었다. 그런데 그 마을 은 광주민주화운동 희생자 묘역이 있는 '망월동'과 가까웠다. 여전히

80년 5월 광주학살에 대한 분노와 트라우마가 뒤섞여 있었다. 우영이와 희태, 현자와 내가 포함된 우리 농활대는 마을 어르신들과 이장님, 농민회와 청년회 형님들, 읍내 담양공고 학생들과 마을 뒷동산의 대나무 숲을 말없이 함께 바라보곤 했다.

당시 농민들은 국내외적으로 급변의 소용돌이와 부딪혀야 했다. 우루과이라운드를 통한 농산물 개방 압력이 거세지는 가운데 고추 가격 파동과 일제강점기부터 관행적으로 시행된 수리조합비(수세) 폐지가 농민들 사이에 시급한 이슈로 대두됐다. 우리 농활대와 마을 농민회는 무정면 면사무소로 달려가 항의 집회를 열었다. 시위대는 단층의 회색빛 양옥 건물 앞마당에서 목청껏 요구사항을 외쳤고 "삼천만 잠들었을 때 ~ 배달의 농사 형제"라는 '농민가'를 불러 댔다. 면사무소 측은 (시위 정보를 사전에 알고 있었다 하더라도) 처음 겪는 사태가 벌어지자 매우 난처하고 곤란한 입장이었다. 해당 지역의 행정기관이라 타깃이 됐을 터이지만 면사무소 공무원들이 오롯이 책임져야 할 이슈는 아니었다.

그런데 그날 면사무소 투쟁에서 우영이는 뭔가 좀 우울하고 시무룩해 보였고 평소의 씩씩함과 유쾌함이 보이질 않았다. 나는 우영이의 이런 태도가 좀 걱정스러워 아무리 촌놈이라고 하더라도 어제 했던 우사 청소가 좀 고됐나 하는 생각이 들어 "우영아, 어디 아프냐?"고 물으니 "괜찮다"고만 했다. 그러나 우영이의 우울은 농활이 끝날 때까지 계속되었고 서울로 돌아온 우리 농활대는 해단식과 뒤풀이 자리를 하게 되었다.

 사랑한다면 반응하라

나는 이런 우영이가 걱정되어 뒤풀이 자리에서 막걸리를 권하며 "무슨 일 때문이냐?"고 다짜고짜 물어 보았고, 우영이는 울먹이며 "아버지…"라는 대답을 하였다. 의외였다. "응? 아버지?" "어, 면사무소 주사셨어." "어? 어." 우영은 그날 집회 때 놀라고 당황하는 공무원들 얼굴에서 아버지 모습이 보여 마음이 심란했다고 했다. 우리는 말없이 잔을 부딪혔다.

이처럼 우영은 흑백 논리에 빠져 쉽사리 네 편 내 편을 나누던 암울한 시대 분위기 속에서도 돌아가신 '공무원 아버지'를 기억하고 어쩔 수 없이 싸움의 반대편에 서 있는 사람들에 대한 연민과 공감을 느끼고 이유야 어찌 됐든 곤란에 처한 사람들의 고통을 살피는 균형감을 갖고 있었던 것 같다.

새 기대감으로 김우영과 동승할 미래 타임머신

나는 우리가 함께 동승한 20대 타임머신에서 하차한 후 현실 정치 무대에 힘차게 승차한 정치인 김우영의 미래를 생각해 본다. 젊은 시절 한때 내 벗이었던 인간 김우영! 그러나 이제는 어엿한 여의도 중앙 정치인이 된 정치인 김우영! 그가 정정당당 정면돌파로 이겨낸 정치적 사건이 무엇인지 묻는다면 나도 두말 하지 않고 2022년 이후 이재명을 죽이려고 한 세력들이 옭아맨 '사법 리스크'에 그가 흔들릴 때마다 민주당의 자산이자 상징이었던 그를 지키려고 민주당 원외 조직을 의병처럼 조직해 2023년 이재명 체포동의안 가결 사태에 대비하고 100만 서명을 받아낸 사건이라고 말할 것이다. 나는 김우영의 타고난 뚝심과 과감한 승부사 기질이 절체절명 위기에 처해 있던 이재명과 민주당을 지켰다고 생각한다. 갈등의 시기에 수호점과 대척점을 정확히 인식하며 혼돈의 안개를 과감히 걷어내고 나아갈 앞길을 훤히 제시하는 현명한 전략가이자 신뢰받는 조직가로서의 김우영의 면모에 다시 감탄한다.

나는 내 친구 김우영이 초선 국회의원으로서 보다 크고 너른 꿈을 꾸기를 바란다. 작은 지자체가 중앙정부를 상대로 국립한국문학관을 유치하고 북한산 아래 은평한옥마을을 조성한, 젊고 패기 있는 사람이 김우영이다. 여기에 서울시 정무부시장의 경험을 더했고 현재는 과학기술정보방송통신위원회 의원으로서 우리 사회가 맞닥뜨리고 있는 미래 이슈에 대해 도전적으로 대처하고 있다.

이 모든 것이 한 인간이자 정치인인 김우영이라는 사람이 가지고 있는 자산인 듯하다. 옛 벗으로 나만 느끼고 있는 정치인 김우영의 자산일지는 모르지만 내가 생각하기에 그의 자산은 너무나 빛난다. 나는 더 많은 시민들과 국민에게 김우영 보유 자산이 폭넓게 쓰일 것을 믿는다. 예나 지금이나 김우영은 과거나 구태에 고인 물을 경계하며 앞을 향해 끊임없이 일신우일신하기 때문이다. 그의 천성이 그렇게 타고났고 그 타고남에 끊임없는 노력이 더해졌다. '인간 김우영! 정치인 김우영!'의 산 증인이 오랜 벗인 나 서복원이다. 그래서 나는 20대 때 김우영과 동승했던 타임머신을 가까운 미래에도 유쾌하게 동승할 것이다.

김우영은 혁신가다

홍웅표
제22대 국회 정동영 의원실 보좌관

김우영 의원은 사석에서는 형이라 부를 만큼 오랜 인연이 있다 (이하 글에서는 그냥 김우영으로 호칭하니 너그럽게 봐주시길…). 지금은 작고하신 장을병 전 성균관대 총장님이 1996년 강원도 삼척 국회의원 선거에 출마했을 때 선거 캠프에서 처음 만났다. 30년 가까이 인연을 이어오고 있다.

길다면 길게 보아 온 인연이다. 김우영에 대해 안다고도 할 수 있고 모른다고 할 수도 있다. 다만 30년 인연을 농축해 엑기스만을 뽑아 '김우영이 어떤 사람인가?'라고 내 나름의 주장을 할 수 있을 거라 생각했다. 그 엑기스를 가감 없이 독자들에게 선보이려 한다.

김우영의 친화력은 남다르다

김우영은 강원도 강릉 옥계라는 촌동네 출신이다. 내가 가봐서 안다. 지금도 사투리 억양이 강하고 말투가 거칠다. 그러다 보니 처음 김우영을 겪는 사람은 나이 많고 적음을 떠나 딱 오해하기 십상이다. 점잖지 못하다고.

1996년 삼척 선거 때 선거운동원 중에 거친 청년들이 많았다. 매우 거칠었다. 난 적응하기 어려웠다. 김우영은 달랐다. 그 거친 사람들을 이끌고 싱글벙글하며 선거운동을 잘도 끌고 나갔다.

김우영은 아니다 싶으면 선배들에게 대드는 사람이다. 어른들에게도 할 말을 한다. 그런데 김우영에게 싹수 노랗다고 하지 않는다. 그게 김우영의 악의 없는 스타일이라는 걸 잘 알기 때문이다. 그게 김우영의 친화력이자 매력이라는 걸 알면 그에게 스며들게 된다.

김우영은 학구적이다

김우영은 보좌관 시절 한가락 하는, 유능한 보좌관이었다. 김우영의 유능함의 원천은 학구적 태도다. 김우영은 국회 도서관을 자주 이용하고, 잘 이용하는 사람이었다. 국회의 풍부한 자료에서 필요한 자료를 찾아낼 줄 알았고, 또 그 자료를 국회의원의 의정 활동에 써먹을 줄 알았다. 외국어로 된 자료도 용케 찾아내 그걸 번역해 잘 써먹을 줄 알았던 사람이다.

평소에 책을 많이 본다. 그리고 용케 그걸 기억하고 대화의 주제로 삼는다. 세 페이지만 넘어가면 첫 페이지에 무엇이 써 있었는지 기억하지 못하는 나 같은 사람에게는 참 신기한 능력이었다.

김우영은 알고 보면 꽤 학구적인 사람이다. 뇌섹남이라 할 수 있다.

김우영은 전략가다

정치판에서 전략가라고 하면 판세를 읽어내고 미래를 예측하는 방법이 뛰어난 사람을 지칭한다. 그리고 목표를 위해 적절한 수단을 찾아내는 일머리가 있는 사람을 가리킨다. 김우영은 딱 그런 전략가다.

2007년 대선에서 크게 패한 후 많은 사람들이 심각한 열패감에 시름시름 앓고 있었다. 당시 이런저런 얘기를 나눌 생각으로 그를 만났다. 김우영이 느닷없이 다음 민주당 대통령은 문재인일 거라고 호언장담했다. 엊그제 대통령 선거가 끝났는데 벌써 차기 얘기를 하다니 그 황당함이란….

대통령 선거에서 이기려면 보수에도 먹힐 수 있는 사람이 나서야 하는데 문재인이 적임자라는 거였다. 나로서는 생각할 겨를도, 생각한 적도 없어서 처음에는 황당했지만 꽤 설득력이 있었다. 그날 이후로 나도 다음 대통령은 문재인일 거라고 떠벌였다.

김우영은 자타가 공인하듯 이재명 대통령 당선의 내로라하는 전략가였다. 꿈을 현실로 만든 장본인이다. 다음에는 전략가로서 어떤 면모를 보일지 살짝 기대된다.

김우영은 혁신가다

대전환의 시기라 한다. 세계 질서 전환, 인구 전환, 기후 전환, AI(인공지능) 전환 등 온통 전환 투성이다. 전환기라 함은 구질서가 가고 있지만 새로운 질서는 오지 않은 아노미 상태라는 거다. 이런 전환의 시기에 가장 필요한 사람이 바로 혁신가Innovator다.

정원오 성동구청장이 있다. 꽤 혁신가로 알려져 있다. 그런데 정원오 이전에 은평구청장 김우영이 있었다. 김우영은 구청장 시절 주민참여예산제와 '두꺼비 하우징' 사업 등 주민참여형 도시재생사업의 모범을 창출했다. 자치와 참여를 통해 만들어내는 마을공동체가 무엇인지를 보여주었다. 김우영 구청장의 업적은 서울의 다른 기초단체로 발빠르게 전파되었다.

정치도 대전환의 시기다. 아직 갈피를 잡지 못하고 있다. 혁신가형 정치가가 필요한 때다. 고기도 먹어 본 사람이 먹듯이 혁신에 성공해 본 사람이 정치에서도 혁신의 바람을 일으키기 마련이다. 김우영이 기대되는 이유다.

미래 정치의 개척자, 김우영

윤영상
KAIST 문술미래전략대학원 교수

가족 같은 김우영

내가 김우영 의원을 알게 된 지 올해로 정확히 30년이다. 김우영과 나는 당시 통합민주당 장을병 공동대표 보좌진으로 함께했다. 그와 나는 삼척에서 숙식을 같이하며 국회의원 선거운동을 했고, 장을병 대표가 국회의원으로 당선된 뒤에는 의원실에서 같이 근무하기도 했다. 나는 주로 정책을 담당했고, 김우영은 장을병 대표와 현장을 누볐다. 그렇지만 선거 전략이나 정치 현안이 발생하면 같이 머리를 맞대고 밤새워 토론했다.

당시 장을병 의원실에는 개성과 스타일이 다른 많은 사람들이 참여하고 있었다. 의원실에서 근무했던 최헌걸 선배(나무와숲 대표), 나, 김우영, 홍웅표(정동영 의원 보좌관), 김정향(이해식 의원 비서관) 등과 의원실 밖에 있으면서 좌장 역할을 하던 이명용 선배, 고故 노회찬 의원, 고故 이범 선배(백산서당 대표), 기동민 전 의원 등이 바로 그들이었다. 우리는 온갖 궂은일과 즐거운 일을 함께하면서 가족과도 같은 끈끈한 관계가 되었다. 나는 말 많고 고지식한 형이었고, 김우영은 말보다

행동이 앞선 동생이었다!

의리와 명분의 사나이

2014년 7월 동작 국회의원 보궐선거에서 민주당과 정의당의 후보 단일화는 김우영이 있었기에 가능한 일이었다. 그때 민주당에서는 기동민 전 의원이 우여곡절 끝에 후보로 출마했고, 정의당에서는 노회찬 전 대표가 출마하였다. 통합진보당의 유선희 후보, 노동당의 김종철 후보는 과거 노회찬 전 의원과 민주노동당에서 한솥밥을 먹던 사람들이었다. 민주진보진영은 대분열 상태였고, 새누리당의 나경원 후보는 유일 보수 후보였다. 당시 여론조사는 나경원 후보가 압도적으로 우세한 상태였다. 민주진보진영의 후보 단일화는 승리의 필수요소였지만 쉽지가 않았다. 그 물꼬를 튼 존재가 바로 김우영이었다.

당시 민주당 소속 은평구청장이었던 김우영은 '의리'와 '대의'를 강조하며 기동민 후보를 설득했고, 기동민 후보는 대승적으로 그것을 받아들여 노회찬 후보를 지지하면서 사퇴했다. 만약 노동당 김종철 후보와의 단일화까지 성사되었다면 노회찬 후보의 당선이라는 대역전극이 성사되었을 것이다. 아쉽게도 그런 일은 벌어지지 않았고 노회찬 후보는 근소한 표차로 낙선했다.

이렇듯 의리와 명분을 중시하는 그의 특성은 그의 정치 역정 곳곳에서 나타난다. 그는 의리와 명분을 내던지고 사적인 욕망을 우선하는 사람들을 싫어한다. 그렇지만 자신의 이익과 공익을 일치시키

  사랑한다면 반응하라

는 사람, 의리와 명분 속에 자신의 이익을 투영할 줄 아는 영리한 사람을 아주 좋아한다. 나는 김우영도 그러하면 좋겠다고 생각한다.

행동하는 정치인

김우영은 지금 민주당 은평을 국회의원이다. 그가 걸어온 길은 그가 어떤 사람인지를 말해 준다. 그는 이미경 전 국회의원 보좌관을 했고, 은평구청장을 두 번 했다. 그리고 문재인 정부 때 청와대 제도개혁비서관, 자치발전비서관을 역임했다. 서울특별시 정무부시장과 민주당 이재명 당대표 정무조정실장을 역임하기도 했다.

그는 무엇보다 현장을 중시하는 정치인이다. 행동하고 실천하지 않는 김우영을 상상하는 것은 쉽지 않다. 그런 모습은 내가 그를 처음 만났을 때부터 지금까지 일관된다. 그는 현장에 답이 있다고 생각했기 때문에 아무리 궂은일이 있어도 마다하지 않고 현장으로 달려간다. 그가 최연소 은평구청장이 되고 문재인 정부 때 청와대 비서관으로 발탁된 것도, 그리고 이재명 대통령과의 인연이 시작된 것도 바로 그런 현장성에서 비롯되었다.

김우영은 선거 때만 유권자를 찾고, 자신의 이익만을 챙기는 정치인을 싫어한다. 그는 사랑한다면 사랑하는 사람의 요구에 반응해야 한다고 생각한다. 유권자의 요구에 귀를 기울이고, 그들이 체감할 수 있게 문제를 해결하는 사람이 바로 그가 원하는 정치인이다. 그는 현장의 목소리를 들으면서 창조적인 해법을 생각해 내고 실천하는 것을 좋아한다. 그의 현장성은 움직이면서 해법을 찾는 창조적인 개척

활동이다. 지금도 은평구 곳곳에는 그가 구청장 시절에 만들어낸 성과들이 가득하다. 장애인·노약자들과 함께하는 북한산 둘레길(어울림 길), 신나는 애프터센터, 서민들의 부채 탕감을 지원하는 금융복지센터, 한옥마을과 은평한문화체험특구 지정, 국립한국문학관 유치 등은 그의 현장 정치가 만들어낸 결과물들이다.

이재명의 호위무사

김우영 의원에게 따라다니는 유명한 말 중 하나는 '이재명의 호위무사'다. 그는 사적인 이해관계와 욕망보다는 민주당의 가치와 이재명의 생존을 우선했다. 그는 당이 원하는 일은 아무리 궂은일이라도 마다하지 않았다. 또 그는 이재명을 죽이려 하는 사람들이라면 누구와도 맞장 뜨는 것을 주저하지 않았다. 그에게 당은 필사적으로 지켜야 할 존재 근거였고, 이재명은 의리와 명분의 상징이었다. 그는 당과 이재명이 살아야 자신이 산다고 생각했다.

그러다 보니 민주당 안팎에서 그를 싫어하는 사람도 많다. 왜 그러냐고 물으면 대부분 거칠고 가벼운 행동을 그 이유로 든다. 그러나 김우영의 거친 모습을 살펴보면 대부분 그보다 더 거칠게 민주당과 이재명을 공격하는 사람들의 행위가 있었다. 김우영의 행위는 그들의 행위를 미러링한 것이었다. 또 김우영이 가볍다고 말하는 사람들도 있는데, 그들은 김우영이 깊이 생각하지 않고 말하고 행동한다고 비판한다. 그러나 내가 보기에 그것은 전혀 맥락이 다르다. 경박스럽게 이곳저곳을 기웃거리고 좌고우면하는 기회주의는 김우영과 어울리지 않는다. 그는 호위무사답게 크건 작건 당과 이재명에 대한 공격이 이루어지면 아주 재빠르게 대응한다. 그의 민첩한 대응 속에 가끔 거친 말도 포함되어 있고, 강원도 옥계 촌놈의 투박함도 섞여 있을 뿐이다.

공부하고 재치가 있는 정치인

김우영은 억지로 시간을 내서라도 공부하려고 한다. 현학적인 공부가 아니라 시대의 흐름을 쫓아가기 위해 공부한다. 다가오는 미래의 위험을 직시하고 그것을 돌파할 수 있는 해법을 찾기 위해 공부하는 것이다. 그는 2018년 카이스트 미래전략대학원에서 예방적 위험, 위기관리와 관련한 '예측행정'을 주제로 석사학위를 받기도 했다. 그래서 그를 얕잡아 보다가 큰코다치는 사람들이 있다.

김우영 의원은 재치가 있고, 낭만적이다. 김우영을 모르는 사람들은 그를 돌쇠 같은 맹동주의자로 생각한다. 그래서 그가 끊임없이 공부한다는 사실을 알았을 때 적잖이 놀란다. 그런데 그가 재치와 낭만을 겸비하고 있다는 사실까지 이야기하면 반신반의한다. 사실 김우영과 얘기하다 보면 뻔한 얘기를 재치 있게 표현하는 모습을 자주 보게 된다. 그는 학술적 용어, 문학적 용어, 예술적 감각을 결합시켜 아주 쉽고 대중적이며 창조적인 표현을 만들어내거나 끄집어낸다. 2023년 6월 '더민주전국혁신회의'를 창립할 때 그가 "혁신은 평정심을 유지한 채 평지풍파를 일으키는 일"이라고 말한 것은 그의 이런 특징을 잘 드러내 준다.

민주당의 미래는 김우영에게 물어 보라

지금 많은 사람들이 민주당의 미래와 한국 정치의 미래를 걱정하고 있다. 나는 이재명 정부의 성공 여부가 그 모든 것을 좌우할 것이라고 생각한다. 따라서 이재명 정부의 성공에는 관심 없거나 오히려 그것을 방해하면서 한국의 미래를 전망하거나 미래의 권력을 준비하려는 사람들의 '미래팔이'를 경계한다. 그것을 누구보다 잘 알고 있는 사람이 바로 김우영 의원이다. 그는 지금 당장 우리가 직면하고 있는 현실을 직시하면서 미래를 준비하고자 한다. 내가 김우영을 좋아하는 이유다.

이재명 정부가 출범한 지 아직 1년도 채 되지 않았다. 앞으로 4년 동안 이재명 정부는 시대적 격랑 속에서 세계 경제와 국제 정치, 그것과 직결되어 있는 한국 경제와 국내 정치의 여러 문제들을 감당해 나가지 않으면 안 된다. 그 속에서 이재명 정부가 어떤 성과를 내고 어떤 한계를 보여주는지가 곧 한국의 미래를 결정할 것이다. 김우영 의원이 그 한가운데 있다. 그의 미래가 곧 민주당의 미래, 한국 정치의 미래가 될 것이다.

김우영은 편하고 빠르다

한우성
한림 국제대학원대학교 초빙교수(정치외교학과)

작년에 한국에서 누군가 내게 물었다. "김우영 의원이 어떤 사람이냐?" 우연히 비슷한 시기에 미국에서도 같은 질문을 받았다. 그때 나는 굳이 깊이 생각하지 않고도 답할 수 있었다. "편하고, 빠르지. 그 정도면 공직자로서 아주 괜찮아." 그 생각은 지금도 마찬가지다.

나는 좋든 나쁘든 타인을 함부로 판단하지도 않지만, 설사 어떤 작은 판단이 있어도 가능하면 그것을 입에 담지 않으려 노력하며 산다. 그렇지만 그때 내가 그에 대한 나의 소견을 공유했던 이유는 그 질문을 던졌던 사람들의 진지함 때문이기도 했고, 20년이 넘는 짧지 않은 세월 동안 그가 어떻게 사람을 대하고 일을 받아들이고 처리하는지 여러 차례 직접 봤기 때문이기도 했다.

"편하다"는 말은 그의 소탈함에 대한 함축적 표현이었다. 그는 20년 전 국회의원 보좌관 시절일 때 보여줬던 그 모습을 청와대 비서관일 때도 그대로 보여줬고, 국회의원이 된 후에도 그대로 보여주고 있다. 사실 나는 기자 생활을 하면서 또는 공직에 있으면서 자리가 높아지거나 권력을 가지면 다른 얼굴을 보여주는 많은 사람을 봤다.

그러나 그는 그렇지 않았다. 소탈하지 않은 사람은 서민과 공감할 줄 모르고, 서민과 공감할 줄 모르는 사람이 고위직에 오를 수도 있고 권력자는 될 수 있으나, 절대로 좋은 정치인이 될 수는 없다. 그런 점에서 그는 국회의원이나 고위 공직자로서 대단히 중요한 덕목을 갖고 있다고 나는 믿는다.

"빠르다"는 말은 그에게 어떤 사안을 설명할 때 굳이 많은 말이 필요하지 않았던 나의 직접 경험에서 나온 것이다. 이 경험을 나누려면 김영옥 대령, 일본군 '위안부', 대한민국 임시정부 비행학교 얘기를 하지 않을 수 없다.

김영옥은 일제강점기에 독립운동가의 아들로 미국에서 태어나 미국 육군 장교로 2차대전과 한국전쟁에서 활약한 전설적 전쟁 영웅이자 위대한 인도주의자다. 20여 년 전만 해도 한국에는 전혀 알려지지 않은 인물이었는데, 2005년 노무현 대통령이 그에게 대한민국 최고 무공훈장인 태극무공훈장을 수여했다. 이 일의 뒤에도 그의 빠른 판단력이 있었다. 2010년 한국 정부는 미국 캘리포니아주립대학 Univ. of California, Riverside에 한국 최초의 해외동포연구소인 '김영옥 재미동포연구소'를 설립했는데, 이것도 그의 판단력과 추진력 덕택이었다. 미국에는 그의 이름을 딴 공립중학교인 '김영옥 중학교', 그의 이름을 딴 '김영옥 고속도로'도 있다. 현재 미국 의회에는 그에게 미국 최고 훈장인 의회황금훈장을 수여하자는 법안이 상정돼 있다.

일본군 '위안부' 문제로 2007년 마이크 혼다 당시 미국 연방하원의원과 함께 한국을 방문하거나, 그 문제의 심각성을 국제사회에 알리기 위해 다큐멘터리 필름 〈끝나지 않은 전쟁63 Years On〉을 제작할 때도 많은 도움을 줬는데, 그때도 많은 설명이 필요 없었다.

대한민국 임시정부는 일본과 독립전쟁을 위한 파일럿 양성을 위해 1919년 미국 캘리포니아에 임시정부의 공식 군사 정책으로 비행학교를 설립했다. 이 학교는 오늘날 한국 공군의 모태로, 공군도 이것을 공식적으로 인정하고 있다. 이 학교 출신인 박희성은 임시정부에 의해 비행병 참위(오늘날의 소위)로 임명됐다. 그가 수천 년 한국사를 통틀어 한국 정부가 공식적으로 임관시킨 공군 장교 1호인데, 그동안 미국 민간인 공동묘지에 있다가 2010년 대전 국립현충원으로 봉환돼 그곳에 영면해 있다. 이때도 그는 사안의 의미와 중요성을 파악하고 많은 도움을 아끼지 않았다.

이런 사안들이 있을 때마다 그는 아무 선입견 없이 진지하게 얘기를 들었고 장황한 설명 없이도 핵심을 꿰뚫고 필요한 조치들을 취했다. 지금까지 열거한 사례들이 그에 대한 나의 평가 근거의 일부다.

사실 정치인으로 또는 고위 공직자로 그를 평가하라면 한 가지 덧붙이고 싶은 얘기가 있다. 그는 아직 초선 국회의원이지만, 그가 가진 국제 감각은 초선 수준이 아니라고 나는 본다. 사실 서태평양의 지배권을 놓고 벌어지는 미·중 패권 경쟁은 머지않아 본격화할 것이고, 그럴수록 한국 정치인이나 고위 공직자의 국제 감각은 나라의 미래에 커다란 영향을 미칠 것이다.

우리 역사는 국제 감각이 없는 정치인이나 지도자들이 국가를 어떻게 파멸로 몰고 가고 국민에게 어떻게 고통을 주는지 반복적으로 보여준다. 임진왜란·병자호란·일제강점·한국전쟁 등 수많은 사례가 그렇다. 국내 문제뿐 아니라 국제적으로도 산적한 많은 난제를 한국이 헤쳐 나가는 데 그의 국제 감각이 도움이 될 것이라 믿고 기대한다.

'뒤로 돌아가! 꼴찌가 1등 된다!'

이청수

관정재단 고문, 前 고려대 언론대학원 초빙교수
前 KBS 해설위원장, 워싱턴총국장

세계 민주정치 선도국이라고 하는 미국에는 "정치는 지방이다 Politics is local"라는 말이 있다. 지방정치를 잘해야 중앙정치도 잘할 수 있고, 중앙으로 나아가도 늘 지방을 잘 챙겨야 한다는 뜻이다. 오늘날 미국 정치도 어지러워서 옛날 같지 않지만 이 철칙은 변함이 없다. 국회의원 초선이지만 은평구청장 재선 경력을 가진 김우영 의원이야말로 여기에 딱 들어맞는다.

필자는 지난 1969년 은평구 진관외동 기자촌에 첫 입주자의 한 사람으로 들어왔다. 풍광이 마음에 들어 이사를 하든 중간에 워싱턴 근무를 두 차례 했든 은평구 내에서만 50여 년 동안이나 살고 있다. 최근 10여 년 사이 이 지역 내에서 "대통령 후보는 보수 쪽으로 찍었지만 구청장이나 국회의원은 반대로 민주당 후보를 찍었다"는 이야기를 흔히 듣는다. 민주당 김우영 의원의 경우 그만큼 지역 일을 잘살펴서 중앙정치의 발판이 됐고 중앙으로 나아가서도 지역을 잘 챙겼기 때문이라고 할 것이다.

지난 2022년 대선 때 은평을에서 민주당 이재명 후보의 득표율
은 50.37%였으나 2024년 국회의원 선거 때 민주당 김우영 후보의 득
표율은 56.95%였다. 2025년 대선 때는 이재명 후보의 은평을 득표
율이 다시 50.70%로 내려갔다. 보수 지지표가 김 후보 쪽으로 6~7%
포인트 넘어왔다가 대선 때 그대로 다시 되돌아간 것이다. 김 의원이
진보적이면서도 보수 흡수력이 그만큼 크다는 반증이다. 이 책은 바
로 그 과정과 정치 목표의 기록이다.

은평구는 서울 25개 구 가운데 재정자립도가 낮은 편이다. 개천
에서 용 날 수 없다는 요즘 세태에 은평에서 용이 나기는 어렵지 않나
하고 안타까워하는 사람들도 있을 수 있다. 용은 원래 개천에서 그냥
바로 나는 것이 아니다. 북한산의 정기를 받아 불광천의 맑은 물줄기
를 타고 한강에 이르고, 더 큰 바다로 나아가 어떤 분야에서든 용이 되
면 그것이 바로 은평의 개천에서 용 난 것이 된다.

지난 2016년 국립한국문학관을 옛 기자촌 자리로 유치하는 운동
을 벌일 때다. 필자도 작으나마 힘을 보탰다. "지금은 '앞으로 가!' 해
서 가다가도 역사의 흐름과 생각의 틀Paradigm이 바뀔 때 '뒤로 돌아
가!' 하면 꼴찌가 1등 된다"고 했다. 당시 김우영 은평구청장은 무릎을
탁 쳤다. "우리 은평에 딱 맞는 말이다"고 했다. 그래서 기어코 문학관
유치에 성공하게 하는 것을 보았다.

마이크로소프트의 빌 게이츠나 애플의 스티브 잡스 같은 사람
들도 대학을 중퇴하고 창고나 차고 구석에서 새 사업을 시작해서 세
계적 거부가 되지 않았는가. 지금 AI 시대의 세상은 '어떻게'는 서로

 사랑한다면 반응하라

비슷해지고 있다. '무엇을' 먼저 창출해 낼 것인가의 머리 싸움이다. 큰 공장, 큰 업체, 큰 호텔이 없어도 된다. 작으면서 강한 것이 이긴다. 소프트 파워가 하드 파워를 이길 수 있다. 물질적인 것은 적을지라도 정신적 재산의 잠재력이 많고 쾌적한 은평구야말로 AI 시대 '제4의 물결'을 탈 최적기다.

'뒤로 돌아가!', '꼴찌가 1등 된다!'는 소리가 들리지 않는가. 바로 이 책에서 더 크게 들리는 것 같다.

주민이 만들고 운영하는 구산동도서관마을과
김우영 구청장

신남희
중랑구립정보도서관장

저는 대학을 갓 졸업한 20대 중반에 뜻 맞는 선후배와 민간 도서관을 직접 만들어 26년간 운영했습니다. 국가나 정부로부터 전혀 지원을 받지 않고 민간이 도서관을 운영하는 일이 쉽지는 않았습니다. 당시 시청이나 구청은 시민이 만들어 운영하는 도서관에 대해 지원해야 한다는 생각 자체를 하지 않았습니다. 하지만 시민들은 열심히 도서관을 찾아 주었습니다. 일요일 아침 기증할 책을 가방에 가득 담아 오던 청년부터 학교가 파하면 도서관으로 오던 중·고등학생들까지 작은 도서관이 사람들로 북적였습니다. 도서관과 문화시설이 턱없이 부족하던 시절 얘기입니다. 당시 무모할 정도로 용감하고 열정만 가득했던 젊은 저를 도와준 것은 뜻있는 시민들이었습니다. 특히 몇몇 분은 후원회장을 자처하며 젊은 저의 뒷배 역할을 해주었습니다. 도서관을 만들고 지키는 국가의 힘은 약했지만, 도서관을 지키는 시민들의 힘은 강하고 깊었습니다. 도서관 월세를 감당하다 못해, 도서관을 짓기로 결심하고 부지를 물색하러 다니기도 했던 터라, 저는 그 시절 도서관의 가치를 알고 도서관을 제대로 짓고 운영하는 일에 진심인 정치인을 참 그리워했습니다.

그런 정치인을 은평구에서 만났습니다. 2008년 은평구에는 이미 도서관이 여러 곳 있었습니다. 서울시 다른 구에 비해 도서관 수나 규모가 적지 않았습니다. 그럼에도 은평구민들은 갈증을 느꼈고, 동네에 도서관이 만들어지기를 원했습니다. 멀리 있는 멋지고 좋은 도서관이 아니라 아이들의 손을 잡고 갈 수 있는 우리 동네 마을 도서관을 원한 것입니다. 마을의 작은도서관에서 아이를 함께 키우며 오랫동안 자원봉사를 해오던 활동가들을 중심으로 도서관을 지어 달라며 서명운동을 벌이기 시작했습니다.

2010년 은평구청장에 당선된 김우영은 주민들의 요구에 응답하였습니다. 도서관을 만드는 방법을 같이 궁리하고 기꺼이 건립하는 길에 나섰습니다. 그 방법이 원래는 없는 길을 내는 방식이었고, 새로운 길이었습니다. 쉽고 순탄한 길은 누구나 갈 수 있지만, 새로운 길을 열고 그 길을 가는 것은 아무나 할 수 없는 일입니다. 제가 민간 도서관을 운영하던 시절 그토록 바랐던 도서관 시민과 함께 가려는 정치인이었기에, 은평구민들이 부러운 대목이었습니다.

낡은 다가구 주택을 여러 채 매입하고 그 집들을 잇기로 한 건축 방식은 사람과 사람이 어울려 사는, 마음과 마음이 모여 도서관을 꿈꾸는 은평구민들의 모습을 닮았습니다. 건축가가 도서관에 얽힌 이야기를 건축에 반영하여 이야기가 있는 도서관마을이 만들어졌습니다.

운영 방식도 새로웠습니다. 마을 주민들이 협동조합을 만들고, 주민들이 도서관 직원이 되어 직접 운영하기로 한 것입니다. 누가 처음 그런 꿈을 꾸었을까요? 상상의 영역에서는 가능할지 몰라도 행정이 직접 실행에 옮기기란 쉬운 일이 아닙니다. 행정의 과감성과 역발상은 이런 경우를 두고 말하는 것이겠지요. 도서관을 잘 운영하고 싶은 시장·구청장은 많지만, 문제를 풀어 가는 방식은 제각기 다르고, 그에 따른 결과도 모두 다릅니다. 구산동도서관마을의 방식은 참 많이 달랐습니다.

흔히 있는 도서관 말고, 모든 면에서 새로운 도서관을 만들고 싶다는 생각, 행정 조직이 지원하고 민간의 상상력과 창의성이 어울려 빛이 나게 할 방법을 열심히 고민한 것일까요?

구청장 김우영은 이렇게 했습니다. 주무 부서에 임기제 공무원을 채용하여 도서관 만들기 프로젝트가 잘 진행되도록 도왔습니다. 도서관학교를 열어 마을 활동가들을 교육하고, 마을 곳곳을 다니며 도서관에 대한 사람들의 바람을 들었습니다. 책 축제를 열어 아이들이 꿈꾸는 도서관을 그림으로 그리게 했고, 종이비행기를 접어 날렸습니다. 점점 더 많은 마을 사람들과 아이들이 도서관을 꿈꾸고 함께 하도록 도왔습니다.

부족한 예산 문제를 풀기 위해서는 주민들이 예산 확보에 직접 나서도록 했습니다. 주민이 참여해서 세상을 바꾸는 일을 평생 해온 박원순 서울시장의 전폭적인 지원에 김우영 구청장의 열정과 아이디어가 더해져 주민참여예산이라는 새롭고 과감한 예산지원제도를 만들었습니다. 마을 사람들은 발표 자료를 준비하고 참여예산위원들을 설득했습니다. 이 모든 과정에 수많은 사람이 관여하여 자신이 할 수 있는 일을 했습니다.

마을 사람들이 도서관을 만드는 일에 참여하고 협동조합을 만들며, 도서관을 위탁받아 운영에 나서기까지의 과정은 쉽지 않았을 겁니다. 숱한 우여곡절과 어려움이 있었겠지요. 사람이 어울려 하는 길이기에, 그 모든 일이 복닥거리며 일어나는 것도 도서관 만들기의 일환이었습니다. 시민을 실질적인 도서관의 주체로 만드는 일이 쉬울 턱은 없었지만, 그만큼 의미 있는 과정이었습니다.

도서관이 조금씩 바깥에 알려지면서 전국에서 도서관을 보러 왔습니다. 정치인, 교육자, 마을 활동가, 도서관 사서와 관장들. 구산동도서관마을은 입에서 입을 타고 널리 알려졌습니다. 은평구에 참 특이한 도서관이 있다더라. 급기야 문재인 대통령과 국무위원, 각 부처 장관들이 방문하기에 이르렀습니다. 대통령은 이곳에서 도서관을 많이 짓고 활성화하겠다고 선언하였고 정책을 발표하였습니다. 도서관을 체육관, 어린이집, 수영장, 주차장을 포함한 문화체육복합시설로 지어 전국 곳곳에 만들겠다는 생활 SOC 정책이었지요. 문재인 대통령과 승효상 국가건축위원장이 인사를 하고, 구산동도서관마을을 설계한 건축가와 도서관장이 대통령 앞에서 도서관을 자랑하고, 마을 합창단이 도서관을 노래한 맑고 아름다운 날이었습니다.

그 이후 전국 도시·농어촌 할 것 없이 문화체육복합시설들이 계획되기 시작했고, 그 안에 하나같이 도서관이 들어갔습니다. 생활

SOC 건축물들은 몇 년의 시간을 거쳐 계획되었고 새로운 건물들이 건립되었거나, 일부는 여전히 건축 중이기도 합니다. 도서관이 주민들의 생활권 가까이 다양한 시설과 함께 건축되는 도서관의 시대가 열린 것입니다.

김우영 구청장은 도서관을 계획하고 짓는 데 그치지 않았습니다. 도서관에 대한 시민들의 바람을 조직하고, 시민들이 직접 도서관을 운영하도록 했습니다. 어디에서도 들어 보지 못한 사례이며, 구산동도서관마을이 최고의 도서관인 이유입니다. 도서관을 만드는 일에 스스로 참여한 주민들의 도서관 사랑은 남다를 수밖에 없습니다.

햇살이 따스하게 비쳐 들어오고 창문마다 불이 밝혀져 있는 도서관의 진짜 주인은 마을 사람들이고, 엎치락뒤치락 우여곡절 속에서 그 도서관을 지켜 나가는 사서와 직원들입니다. 시민을 위해 시민의 도서관을 만드는 일에 앞장서는 일, 그 일이 어려움 속에서도 완성되고 열매 맺도록 묵묵히 지켜보며 필요할 때 지원을 아끼지 않는 일, 바로 그것을 김우영 구청장은 해내었습니다.

우리나라도 이제 도서관의 규모나 수는 어느 도서관 선진국 못지않게 많아졌습니다. 하지만 아직 충분하지 않습니다. 공립도서관의 공간과 예산, 인력에 도서관 시민의 열정과 진심이 어우러진 공공도서관이 더 많아져야 합니다. 그러기 위해서는 크고 멋진 도서관을 짓는 것에 그치지 않고, 구청장 김우영이 한 것처럼 다소 무모해보이기까지 하는 도전과 시도가 필요합니다. 시민들에게 더 많은 권한과 역할을 주는 제2, 제3의 구산동도서관마을이 건립되어야 합니다. 행

정은 행정이 할 수 있는 일을 하고, 도서관장과 사서들이 열정적으로
일하는 도서관, 그런 도서관이 지어지고 운영될 수 있도록 든든히 지
켜 주는 도서관 시민들. 그런 곳에서 시민들은 도서관을 제대로 누리
고, 모두가 행복한 도서관이 될 수 있을 것입니다.

'인문학적 정치인' 김우영

유성호

문학평론가, 한양대학교 국문과 교수

여기서는 김우영 의원의 구청장 시절을 회상하면서, 그의 인문학적 정치인으로서의 역량과 열망을 살펴보려 한다. 김 의원은 2010년 7월부터 2018년 6월까지 서울특별시 은평구청장으로 일했다. 어쩌면 그의 정치 인생 중 가장 열정적이고 민생 현장에 뿌리를 깊이 내렸던 황금기가 아닌가 생각해 본다. 내가 그를 처음 만난 것은 10여 년 전 그가 재선 구청장으로 일하고 있을 때였다. 그때 그는 여느 정치인과는 전혀 달리 문화 지향적 실천 의지를 강하게 가지고 있었다.

그 실천의 일환으로 그는 문학계의 여러 원로 및 중진들을 모시고 은평 출신의 소설가 이호철李浩哲 선생을 기념하고자 하였다. 문학계의 원로인 김승옥, 김승희, 김우종, 김주연, 김지연, 염무웅, 유안진, 이경자, 이근배, 임헌영, 한승헌, 현기영 선생 등 열두 분을 자문위원으로 모시고 고명철, 김재용, 박혜영, 방민호, 유성호, 민병모, 최재봉 등을 1기 운영위원으로 구성하여 제1회 이호철통일로문학상을 제정하였고 지금까지 10년간 시행하고 있다.

'이호철통일로문학상'은 세계의 가장 역량 있는 작가들을 선정하여 수상함으로써 '은평'과 '통일'이라는 두 개의 키워드를 세계에 소개하는 주춧돌을 놓았다. 이때 '통일로'는 이중의 의미를 띠었는데, '통일을 향해'라는 뜻과 은평구에서 경기 북부를 관통하는 도로명인 '통일로'의 뜻을 함께 품은 것이었다. 이러한 상 제정에 김 구청장은 창의적이고 개성적인 아이디어를 냈고 강한 추진력으로 이 사업을 일구어냈다. 이제 이호철통일로문학상은 국내 어느 문학상보다도 공정하고 유력한 사업으로 문학계는 물론 한국 지성계에 큰 뿌리를 내렸다. 본상 수상자는 언어와 국적에 관계없이 현재 활동 중인 생존 작가를 대상으로 하며, 전 지구적 차원에서 일어나고 있는 분쟁, 젠더, 난민, 인종, 차별, 폭력, 전쟁 등으로 발생하는 문제를 극복하고자 노력하는 작가를 선정하였다. 제1회 김석범 선생(무국적 재일조선인)을 필두로 지금까지 사하르 칼리파(팔레스타인), 누르딘 파라(소말리아), 아룬다티 로이(인도), 예니 에르펜베크(독일), 옌렌커(중국), 메도루마 슌(일본), 애나 번스(영국), 현기영 선생(한국) 등 아홉 분에 이르는 훌륭한 수상자를 배출하였다. 이러한 성과를 바탕으로 김 구청장은 다산목민대상 대통령상과 한국신지식인협회 대한민국 신지식인상을 수상할 수 있었을 것이다.

이러한 혁혁한 문화적 성취의 배경에는 김우영 청장이 국문학도라는 배경도 크게 작용하는 듯했다. 그는 성균관대학교 국문학과 88학번으로 이호철통일로문학상 제정과 시행의 모든 절차에 가장 합당하고 진취적인 의견을 지속적으로 내주었으며, 당시 운영위원들과 함께 생산적인 토론과 합리적인 결론을 도출하는 현장 감각을 누구보다도 탁월하게 보여주었다. 이러한 이호철 선생에 대한 추모와 경의는 지금 매우 활발하게 그 역할을 다하고 있는 '이호철북콘서트홀'을 만들어 가는 데도 큰 바탕이 되어 주었다. 이호철북콘서트홀은 이호철 선생의 문학적 유산을 기리는 문학관이기도 하고, 선생의 문학세계를 기념하고 분단문학의 확장을 기록하며 지역민들에게 다양한 문화적 향유 기회를 제공하는 공간이기도 하다. 이호철 선생의 문학이 과거 유산에 머무르지 않고 오늘의 이호철로 살아나는 순간을 중시하면서, 장르를 초월한 문학예술 강연과 공연 공간으로 만든 것이다. 특히 우리나라 최초의 북콘서트 전용 공간으로 만들어진 이 공간은 현재 이호철 선생의 문학적 이상이었던 '작가-독자-지역민-출판사-서점'이 어우러진 문화예술의 커뮤니티 플랫폼이 되어주고 있다. 모두 김 구청장의 구상과 실천이 아름답게 개화한 우뚝한 실증들이다.

무엇보다 강조되어야 할 김 구청장의 업적은 국립한국문학관 은평 유치라고 할 수 있다. 전국 각지에서 공모를 하였는데, 그때 제출된 여러 부지 가운데 가장 적합하다고 은평 기자촌 부지가 인정된 것이다. 서울 시내에 위치한다는 지리적 접근성이 장점이고, 해당 지자체의 적극적 유치 노력이 건축 과정에서의 난점을 해결할 것으로 기대된다고 선정위원회는 명시하였다. 모두 김 구청장의 잠재적이고 지속 가능한 역량을 신뢰한 결정이었다. 국립한국문학관 설립을 위한 '문학진흥법' 제정안에 바탕을 두고 문학 진흥 관련 사업을 지원하고 문학 창작과 향유를 증진함으로써 문학 발전에 이바지하는 것을 목적으로 설립되는 국립한국문학관은 은평은 물론 서울, 나아가 대한민국의 국제적 위상을 드높이는 데 큰 역할을 하게 될 것이다. 내년 개관을 목표로 차근차근 그 웅장한 모습을 구체화해 가고 있다. 단순한 행정 차원의 사업에 머물게 하지 않기 위해 문인들이 직접 담론을 만들었고, 행정 및 재정 지원, 제도적 지원은 국회나 정부에 맡기되 그런 지원을 끌어낼 수 있도록 문학 내부에서 의견의 장을 펼쳐 간다는 선순환 구도 역시 김 구청장이 기초를 놓았다. 동아시아 주요 국가들이 이미 선례를 운영하고 있으니 우리도 국립한국문학관을 통해 문학적 자산을 수집하고 전시하고 활용하여 후세를 위한 교육 시설로 활용할 수 있을 것이다. 이는 한국 문학을 관광 자원화할 수 있는 법적 근거를 만듦으로써 국제적 위상을 높이고자 하는 것으로서, 문학관 운영 주체를 국가로 정함으로써 문학을 일종의 공공재 개념으로 해석하고 활용하자는 계획을 담고 있다 할 것이다. 특별히 국가가 문학 창작과 번역과 연구와 향유의 저변 확대와 내실화를 위해 나서 준다면 개인 차원의 일로만 여겨졌던 문학의 순환 회로가 더욱 탄탄하고 견고한 공공적 구조를 가지게 될 것이다. 이 점 기대가 크다. 어쨌든 한강의 노벨문학상 수상에 따른 한국 문학에 대한 많은 관심, 국립한국문학관 건립을 둘러싼 각계의 뜨거운 호응은 모두 한국 문학의 국제적 위상을 높이는 중요한 전기가 되고 있다. 두루 한국 문학의 융성을 위한 인프라가 갖추어지는 좋은 징후라 생각하면서 열심히 한국 문학의 중흥을 응원하고자 할 때, 이 사업의 은평 유치에 김 구청장의 선도적 노력이 결정적 역할을 했음을 기록해 둘 필요가 있을 것이다.

그리고, 잘 알려져 있지 않지만, 김 구청장은 시인 정지용 선생에 대한 애정이 많았다. 정지용 선생은 마지막 생애를 은평구 녹번리에서 지냈다. 서울시 은평구 녹번동 126-10이 그곳이다. 이곳에서 선생은 1948년부터 1950년까지 거주하였다. 시인이 실제로 살던 집은 'ㄱ' 자 형태의 여섯 칸 초가였다고 하지만 현재 그 집은 사라지고 그 터에 빌라가 들어서 있다. 조용한 주택가 골목 빌라 벽에 시인이 살았던 곳임을 알리는 표지판이 붙어 있다. 김우영 청장은 '남북의 문화적 통합으로서의 정지용'이라는 과제로 학술 용역을 서둘러 주었다. 이 또한 지역의 문화적 흔적을 역사적으로 기록하려는 그의 남다른 의지가 반영된 예외적 자취일 것이다.

마지막으로 내를건너서숲으로 도서관도 김 구청장이 구상하고 실천한 대표적인 문화 플랫폼이라고 할 수 있다. 이는 은평구에 위치한 공공 도서관으로 윤동주 시인의 시 「새로운 길」에서 영감을 받아 설립된 문화 공간이다. '지역 문화의 중심 주민 생활의 중심'을 기본 정신으로 하여 지역 문화 발전에 기여하고 있는 도서관이다. 특별히 청소년들이 이 도서관에서 꿈을 키울 수 있도록 하고 있다. 도서관 주위에는 많은 초·중·고등학교가 있는데 그곳 청소년들이 이

 사랑한다면 반응하라

도서관을 통해 문학적인 감수성을 키우고 지역에 대한 자부심을 가질 수 있도록 하고 있다.

이렇게 정지용-윤동주-이호철-국립한국문학관으로 이어져 온 김우영 구청장의 노력과 결실은 참으로 눈부시다. 그리고 지금 김미경 구청장이 이러한 사업의 본격적 개화를 이루어 가고 있다. 모두 김우영 의원이 일찍이 일구고 정성 들여 가꾼 문화적 업적이 아닐 수 없다. 그래서 내가 만난 국문학도 김우영은 '문화강국'이 마땅히 기록하고 기념해 가야 할 희망과 비전들을 궁구하고 실천해 온 '인문학적 정치인'으로 굳건하게 남아 있다. 앞으로의 의정 활동을 통해 이러한 그의 남다른 구상과 의지가 더욱 크나큰 결실로 이어져 가기를 희원해 본다.이거 재단선 좀 잘라서 줄래요

강릉 촌놈, 문학을 품은 정치인

정승일

『쾌도난마 한국경제』 공저자

정치인을 평가하는 기준은 대개 비슷하다. 얼마나 유능한가, 얼마나 청렴한가, 얼마나 확장성이 있는가. 그러나 내가 만난 김우영을 설명하는 데 그런 기준만으로는 충분하지 않다. 그는 '사람 냄새 나는 정치인'이라는 흔한 표현으로는 설명이 부족한 인물이다. 오히려 나는 그를 '문학을 품은 정치인'이라고 부르고 싶다.

불광동에서 시작된 인연

나는 불광동 주민으로서 김우영의 행정을 몸으로 체감했다. 행정은 추상적이기 쉽지만 삶은 구체적이었다. 내가 사는 불광동에는 '이호철 길'이 있고, 내가 매일 강아지와 산책하는 동네 뒷산에는 '음악가의 길', '철학자의 길'이 있다. 내년에는 멀지 않은 곳에 국립한국문학관이 들어선다. 모두 구청장 김우영이 남긴 흔적들이다.

그는 1948년부터 6·25 전쟁 직후까지 한때 은평구 녹번동 주민이었던 시인 정지용을 발굴했고, 현재 서울혁신파크(불광역) 부근에 있던 그의 초당(초가집) 터를 찾아냈으며, 그 기억을 역사적 공간으로 남기려 애썼다. 그러나 그 집을 복원하려 했던 과정은 순탄치 않았다고 한다. 부지 문제, 공무원 조직의 소극성, 정치적 상황 변화 등으로 결국 초당은 표지판만 남게 되었다. 그러나 나는 그 시도가 실패로 끝났다고 생각하지 않는다. 중요한 것은 결과가 아니라, 누군가 한 지역의 기억을 복원하려 애썼다는 사실이다.

윤동주문학도서관 역시 단순한 시설 건립이 아니었다. 이름을 둘러싼 논란, '상품화'에 대한 우려, 여러 이해관계 속에서 결국 윤동주의 시 「새로운 길」에서 이름을 따온 '내를 건너 숲으로' 도서관(은평구립도서관) 공간이 만들어졌다. 그곳에는 윤동주와 정지용의 이야기가 함께 배치된 문학 관련 공간이 있다.

정치가 예산과 표 계산의 영역이라면 이런 시도는 분명 비경제적이다. 그러나 도시의 품격은 바로 이런 비경제적 선택에서 드러난다. 나는 그 지점에서 김우영을 다르게 본다.

강릉 촌놈과 '향수'

사람들은 농담처럼 "강릉 촌놈 김우영"이라고 말한다. 그런데 그 말이 나에게는 묘하게 정지용의 「향수」와 겹쳐진다. 내가 요즘 친구들과 즐겨 합창하며 배우는 노래가 정지용의 시 「향수」를 가사로 작곡가 김희갑이 곡을 만든 가곡 '향수'이다. 그 노래를 부르면 정지용의 강직함과 감수성이 동시에 느껴진다. 땅의 냄새, 고향의 숨결, 그리고 단정한 언어. 김우영에게서도 비슷한 결을 느꼈다. 그는 감성적인 사람이다. 동시에 스스로 그 감성을 검증하고 싶어 하는 사람이다.

그는 카이스트 미래전략대학원 이야기를 자주 했다. 정재승의 뇌과학 이야기를 꺼내기도 했다. 나는 솔직히 그런 이야기가 크게 와닿지 않았다. 오히려 그는 이미 충분히 감성적인 사람이었다. 그가 과학을 말하는 이유는, 자신의 문학적 감각을 과학의 언어로 설명해보고 싶은 욕망 때문이 아닐까 생각했다. 정치인은 자신의 직관을 논리로 번역해야 하는 직업이기 때문이다. 그의 내면에는 시적 감각이 있다. 그러나 그는 그 감각을 그냥 두지 않는다. 이해하고, 설명하고, 확장하려 한다.

문학이 있는 정치

나는 독일 베를린에서 10년 가까이 살았다. 복지국가의 특징은 단지 소득 보장이 아니다. 거리마다 마을마다 도서관이 있고, 공연이 열리고, 문학과 예술이 일상에 흐른다는 점이다. 한국에서 복지국가 담론은 여전히 분배와 재정, 생계 보장의 차원에 머무른다. 그러나 도시의 질, 삶의 질은 문화 인프라에서 결정된다. 구청장과 서울시장이 도서관과 문학관을 어떻게 바라보는가가 그 도시의 미래를 좌우한다.

내가 아는 정치인들 중에서 문화에 진심인 사람은 많지 않다. 김우영은 예외였다. 문학과 문화를 단순한 시설이 아니라 '새로운 개념의 일상 공간'으로 상상하려 했다. 콘서트홀처럼 살아 움직이는 문학관을 꿈꾸었다.

 사랑한다면 반응하라

그의 정치적 성취를 숫자로 환산하기는 어렵다. 그러나 그는 최소한, 문학과 문화를 행정의 중심에 두려 했다.

구름정원과 전기자전거

정치인의 인물됨은 정치판이 아니라 일상생활에서 드러난다. 내가 사는 집(공동체 주택)은 '구름정원'이라는 이름을 가지고 있다. 이 집 뒤의 뒷산 족두리봉을 그는 자주 올랐다. 선거에서 패배한 뒤에도, 정치적 공백기에도, 그는 산길을 걸었다고 한다. 내가 때로 친구들과 때론 딸아이와 함께 걷고 때론 바위를 타기도 하는 바로 그곳이다.

자전거를 즐겨 타는 내가 역시 자전거를 자주 타는 그와 함께 대화하던 어느 날, 내가 농담조로 말했다. "그 자전거 마음에 드는데 내게 주시오." 그는 웃어 넘기지 않았다. 몇 달 뒤 정말로 자전거를 내주었다. 정치인의 선물은 대개 계산적이다. 그러나 그 일에는 계산이 없었다. 그가 가진 것은 거창한 후원 네트워크가 아니라 인간 관계를 놓치지 않는 비계산적 태도라는 생각이 들었다.

보이지 않는 연결자

2022년 3월의 대통령 선거를 앞두고 나는 정책 공약 작업에 참여할 기회를 가졌었다. 그 자리에 내가 연결되는 데는 김우영의 역할이 있었다. 그는 자신이 나서기보다 사람을 이어 주는 역할을 한다. 누군가가 일할 수 있도록 판을 만들어 주고 물러난다. 그 공로는 잘 드러나지 않는다.

나는 2017년 대선 때도, 2022년 대선 때도 선거 캠프에서 물밑 정책 작업을 했지만 선거가 끝난 뒤 따로 연락받은 적은 거의 없다. 정치의 세계는 냉정하다. 그러나 김우영만은 달랐다. 그는 선거가 끝난 뒤에도 사람을 챙겼다.

AI 시대의 정치 : 인문학적 상상력

우리는 AI 시대를 살고 있다. 계산과 예측, 데이터 분석은 기계가 더 잘한다. 그렇다면 정치인은 무엇으로 승부해야 하는가? 나는 그 답의 하나가 '인문학적 상상력'이라고 생각한다. 시인의 문장을 정치인의 언어로 옮기려 한다. 그는 두루두루 존경받는 정치인이 아니다. 그러나 문학을 사랑하는 정치인이다. 나는 그것이 드문 자질이라고 생각한다. 정치는 결국 인간의 미래를 상상하는 일이고, 따라서 문학적이고 철학적이다. 인문학적 상상력이 빈약하면 정책은 숫자 맞추기에 머문다. 반면에 인문학이 풍부한 정치는 스토리와 히스토리(역사)를 갖게 된다.

나는 그가 더 큰 권력을 가지는지, 어떤 자리에 오르는지에 큰 관심이 없다. 다만 그가 어디에 있든, 인문학을 잃지 않았으면 한다. 정치가 거칠어질수록, 인문학을 품은 정치인은 더 필요하다.

 사랑한다면 반응하라

따뜻한 혁신이 그리는 새로운 미래

이상복

서강대학교 법학전문대학원 교수

시대가 요구하는 '진짜'의 모습

강단에서 수많은 학생과 인재들을 만나오며 제가 얻은 한 가지 확신이 있습니다. 좋은 정치란 화려한 수사修辭에 있는 것이 아니라, 그 사람의 '삶의 결'에서 나온다는 사실입니다. 제가 곁에서 지켜본 김우영은 그런 의미에서 참으로 드문 정치인입니다. 그는 언제나 사람 냄새 나는 따뜻함을 품고 있으면서도, 시대의 변화를 읽어 내는 눈은 누구보다 매서운 '따뜻한 혁신가'였습니다.

이 책 『사랑한다면 반응하라』에는 그가 은평구청장으로서 현장을 누비던 땀방울부터, 국회에서 국가의 미래를 고민하는 치열한 사유까지 고스란히 담겨 있습니다. 저는 오늘 이 글을 통해 제가 아는 '인간 김우영'의 진면목을 여러분께 소개하고자 합니다.

윤동주의 감성을 품은 인문학적 상상력의 소유자

많은 이들이 그를 '행정 전문가' 혹은 '정치인'으로 기억하지만, 제가 아는 김우영은 시인 윤동주의 마음을 닮은 인문주의자입니다.

그는 정치를 단순히 권력의 배분으로 보지 않습니다. 사람의 마음을 어루만지고, 소외된 이들의 눈물을 닦아 주는 '공감의 예술'로 이해합니다.

그의 투명하고 맑은 영혼은 정책 하나하나에 세밀하게 녹아 있습니다. 숫자가 아닌 사람을 먼저 보는 그의 태도는 바로 그 풍부한 인문학적 상상력에서 기인합니다. 시인의 마음으로 세상을 보고, 혁신가의 손으로 세상을 바꾸는 그에게서 우리는 차가운 정치가 아닌, 온기 있는 정치를 발견합니다.

실용과 참여로 증명한 행정 혁신 : 은평의 기적

그의 행정 철학은 '현장'과 '참여'라는 두 기둥 위에 서 있습니다. 우리는 그 대표적인 사례를 은평구 한옥마을에서 목격합니다. 버려진 땅에 전통의 숨결을 불어넣고, 그것을 현대적 삶과 조화시킨 한옥마을은 단순한 건축 사업이 아니었습니다. 그것은 지역 공동체의 자부심을 깨우고, 실용적인 행정이 어떻게 주민의 삶을 풍요롭게 만드는지 보여준 일대 사건이었습니다.

은평구청장 시절, 그는 '협치'라는 단어가 생소하던 때에 이미 주민들과 머리를 맞대고 고민하는 직접 민주주의의 모델을 구축했습니다. "군림하는 행정은 끝났다, 동행하는 행정이 시작되었다"는 그의 선언은 은평을 넘어 대한민국 지방자치의 새로운 이정표가 되었습니다.

위민(爲民)정치 : 정치에 '중도'는 없다

국회로 입성한 후에도 그의 나침반은 흔들리지 않았습니다. 김우영 의원은 늘 강조합니다. "정치에 기계적인 중도는 없다"고 말입니다. 이는 극단적 투쟁을 하겠다는 뜻이 아닙니다. 국민의 삶이 무너지고 정의가 훼손되는 순간에는 결코 방관하거나 타협하지 않겠다는, 오직 '백성을 위하는 길(위민)'에만 전력투구하겠다는 강렬한 의지입니다.

그에게 정치는 적당히 중간에 서서 눈치를 보는 게임이 아닙니다. 고통받는 국민의 편에 확실히 서서, 그들의 목소리를 입법과 예산으로 증명해 내는 책임감입니다. 그의 의정 활동 전반에는 민생을 최우선으로 하는 단호함과 유연함이 공존하고 있습니다.

AI와 과학기술, 새로운 미래의 비전을 제시하다

김우영 의원이 가진 가장 큰 강점 중 하나는 바로 '미래를 보는 눈'입니다. 그는 과거의 영광에 안주하지 않습니다. 인공지능AI과 첨단 과학기술이 세상을 뒤흔드는 대전환의 시대, 그는 정치가 기술을 어떻게 수용하고 이를 통해 시민의 삶을 어떻게 개선할지 끊임없이 연구합니다.

그는 AI 기술이 단순히 산업적 측면을 넘어, 행정의 효율성을 높이고 사회적 약자들에게 더 촘촘한 복지를 제공하는 도구가 되어야 한다고 믿습니다. 과학기술 비전과 정치 철학을 결합하여 '스마트한 복지 국가'를 꿈꾸는 그의 시선은 이미 우리 곁에 다가온 미래를 향해 있습니다.

당신의 든든한 벗, 김우영과 함께 걷는 길

친밀하고 다정하며, 동시에 스마트한 리더십을 갖춘 공직자를 만나는 것은 시민들에게 큰 축복입니다. 김우영은 겸손하게 낮은 곳을 살피면서도, 국가의 미래를 설계할 때는 누구보다 과감하게 혁신을 주도합니다.

이 책은 단순히 한 정치인의 연대기가 아닙니다. 더 나은 세상을 꿈꾸는 모든 이들에게 던지는 희망의 메시지이자, 우리가 나아가야 할 길을 밝히는 지도입니다. 유능함과 현명함, 그리고 인간에 대한 예의를 갖춘 김우영 의원의 진심이 이 책을 통해 독자 여러분의 가슴에 닿기를 바랍니다.

우리의 삶을 지켜 줄 '든든한 벗'이 여기 있습니다. 그가 그리는 따뜻한 혁신의 길에 여러분도 기꺼이 동행해 주시길 권합니다.

내가 본 김우영 의원

정재승

KAIST 뇌인지과학과 교수, 前 문술미래전략대학원장

내가 처음 김우영 의원을 만난 곳은 의외로 정치의 현장이 아니라, 강의실이었다. 그는 KAIST 문술미래전략대학원 석사과정의 학생으로 들어왔다. 첫 수업부터 눈에 띄었다. 질문은 예리했고, 문제를 바라보는 각도는 비스듬하면서도 정확했다. 토론이 길어질수록 그는 사안을 한 겹씩 벗겨내듯 본질에 접근했다.

행정의 최전선에서 매일같이 결정을 내려야 하는 사람이 주말마다 시간을 쪼개어 수업에 참석했고, 때로는 서울에서 대전까지 내려와 강의실에 앉았다. 바쁜 공직자가 학문을 대하는 태도는 종종 형식적일 때가 많지만, 그의 경우는 달랐다. 그에게 공부는 이력의 장식이 아니라 사고를 단련하는 도구였다.

당시 미래전략대학원장이었던 나와 자주 만나 식사를 하면서, 때로는 전화 통화로, 국정 현안과 미래 사회에 대해 긴 대화를 나누었다. 특히 4차 산업혁명, 인공지능, 빅 데이터가 만들어낼 사회 구조의 전환 같은 주제를 이야기할 때 그는 언제나 구체적이고 현실적인 상황 인식에서 출발했고 그러면서도 큰 지형도의 변화, 세상의 밑그림을 그리려 애썼다. 추상적 구호 대신, 데이터와 사례를 통해 현실을 읽어내려는 태도가 놀라웠다. 데이터 기반으로, 근거를 중심으로 사고하는 사람이었다. 나는 그를 두고 종종 '전략가'라는 표현을 떠올렸다. 상황을 넓게 보고, 동시에 세밀하게 분석하는 사람.

그의 문제의식은 선거라는 극적인 무대에서 더욱 선명해졌다. 문재인 대통령 후보가 선거운동을 하던 시기, 그는 신경정치학적 관점에서 전략을 세워 보자고 제안했다. 유권자의 표면적 응답이 아니라, 아직 결정을 내리지 못했다고 말하는 이들의 내면을 들여다보자는 것이었다. 우리는 '부동층의 선택'을 실험적으로 예측해 보는 작업을 함께했다.

그 과정에서 나는 중요한 사실을 배웠다. 부동층은 공백이 아니었다. 겉으로는 미정이라고 답하지만, 마음속에는 이미 기울어진 선호가 존재하는 경우가 많았다. 그리고 그 선호는 생각보다 쉽게 변하지 않았다. 뇌과학적 접근을 통해 우리는 그 방향성을 일정 부분 예측할 수 있었다. 정치가 감정의 소용돌이처럼 보이지만, 그 안에도 일관된 의사결정의 구조가 있다는 점이 분명해졌다.

이러한 시도는 이후 이재명 대통령 후보의 선거 과정에서도 이어졌다. 다시 한번 부동층의 흐름을 분석하며, 민심이 어디로 움직이는지 살폈다. 그때 나는 확신하게 되었다. 김우영 의원은 단순히 판세를 읽는 정치인이 아니라, 국민이 무엇을 기대하는지, 정치적 선택이 어떤 심리적 경로를 거쳐 형성되는지 이해하려는 몇 안 되는 인물이라는 사실을. 그는 근거를 찾는다. 여론의 온도를 감으로만 짐작하지 않고, 데이터를 통해 확인하려 한다. 민심을 읽는 데 과학적 태도

 사랑한다면 반응하라

를 적용하려는 그의 자세는 인상적이었다.

한번은 그의 지역구인 은평구에서 강연을 한 적이 있다. 그곳에서 나는 또 다른 김우영을 보았다. 토론장에서 날카롭던 그가, 지역 주민들과는 부드럽고 따뜻한 얼굴로 대화하고 있었다. 주민들은 그를 이름으로 불렀고, 그는 그들의 삶을 세세히 기억하고 있었다. 강연을 마친 뒤 이어진 대화 자리에서 나는 자연스러운 신뢰의 분위기를 느꼈다.

학교의 강의실에서, 선거 전략 회의에서, 그리고 지역의 작은 강당에서, 나는 서로 다른 공간에서 같은 사람을 보았다. 질문을 멈추지 않는 태도, 상황을 정확히 읽으려는 집요함, 그리고 사람을 향한 따뜻함.정치는 때로 소음으로 가득하지만, 그 안에서도 조용히 사고를 축적해 가는 사람들이 있다. 내가 본 김우영 의원은 그런 부류에 가까웠다. 데이터와 사람, 전략과 신뢰 사이를 오가며, 한국 정치의 복잡한 풍경을 읽어내려는 정치인. 그리고 무엇보다, 여전히 배우기를 멈추지 않는 학생이었다.

'황당함'을 '현실'로 만드는 힘

부경호

한국에너지공과대학교 교수, 前 청와대 행정관

강의실에서 만난 '성실한 학생', 김우영

김우영 의원님을 처음 만난 것은 2016년 2월, 카이스트 문술미래전략대학원 신입생 환영회 자리였다. 당시 동기들은 공무원, 벤처기업가, 회계사, 언론인, 판사, 군인 등 다양한 직업군으로 구성되어 있었는데, 그중에서도 현직 재선 서울시 은평구청장이었던 김 의원님은 단연 화제의 중심이었다.

의원님과 나는 첫 수업에서 각각 기수 회장과 부회장으로 선출되었다. 현직 구청장인 회장을 대신해 내가 실무를 도맡으면서 우리는 자연스럽게 가까워졌다. 강의실에서의 김우영은 '구청장'의 권위를 철저히 내려놓은, 마치 군대를 갓 제대한 유쾌한 복학생 같았다. 세종시나 도곡동을 오가는 고된 일정 속에서도 그는 지각 한 번 없이 맨 앞자리를 지켰다. 수업 중에는 특유의 유머와 역발상이 담긴 질문을 던지며 교수님과 동기들을 웃게 만드는 분위기 메이커이기도 했다.

내가 관찰한 그의 가장 놀라운 능력은 '독서와 적용'이었다. 교수님들이 추천한 책은 꼬박꼬박 읽어 왔고, 더 나아가 책의 내용을 현실 정책에 즉각적으로 대입해 냈다. 예를 들어 나심 탈레브의 저서 『안티프래질Antifragile』이 수업 주제였던 날, 그는 책 속에 나오는 '칠면조와 블랙스완'의 비유를 정확히 인용하며 토론을 주도했다.

놀라운 점은 훗날 우리가 청와대에서 다시 만났을 때, 그가 강의실에서 배운 이론을 실제 국정 운영에 적용하고 있었다는 사실이다. 정책보고서 초안에 대한 의견을 줄 때였는데, 정책 위기 상황을 설명할 때 나심탈레브의 "예측 불가능한 '블랙스완'에 대비해야 한다"라고 역설하거나, 정책 플랜을 짤 때 양극단에 집중하여 리스크를 줄이는 '바벨 전략'을 구사하자고 제안했다. 이 내용은 고스란히 보고서에 담기게 된다. 필요한 내용은 메모해야만 겨우 기억해 내는 이공계 출신인 나로서는, 인문학적 소양을 정책 언어로 자유자재로 치환하는 그의 능력이 부러울 따름이었다.

광장의 촛불 속에서 본 '이심전심'

그와 함께한 기억 중, 2017년 2월 25일 광화문에서의 일은 마치 한 폭의 사진처럼 선명하게 남아 있다. 박근혜 대통령 탄핵 촉구 촛불 집회의 열기가 절정에 달했던 그날, 집회 연장에서 우연히 만난 우리는 정부청사 인근을 걷다가 당시 유력 대권 주자였던 문재인 전 대통령과 우연히 마주쳤다.

내가 먼저 인파 속의 문 전 대통령을 발견했는데, 놀랍게도 문 대통령께서 김우영 의원을 먼저 알아보고 환하게 웃으며 다가오셨다. 나는 그 찰나를 놓치지 않고 휴대폰을 꺼내 셔터를 눌렀다. 수많은 수행원과 인파 속에서도 서로의 손을 맞잡고 파안대소하는 두 사람의 모습. 그야말로 촛불 광장에서의 '이심전심以心傳心'이 고스란히 느껴지는 장면이었다.

실패를 용인하는 정부, '혁신 조달'의 설계자

2018년 8월, 김 의원님이 청와대 시민사회수석실 제도개혁비서관으로 임명되면서 우리의 인연은 청와대 비서관과 행정관의 관계로 이어졌다. 그는 임명 직후부터 문재인 정부의 50대 성공 정책 중 하나가 될 '혁신 조달' 정책을 기획할 적임자로 나를 염두에 두고 채용을 추진했다고 한다.

당시 나는 기초과학연구원에 재직 중인 민간 연구원 신분이라 청와대 입성이 쉽지 않았다. 공무원도 대선 캠프 출신도 아닌 '늘공'과 '어공' 사이의 애매한 위치 탓에 총무비서관실의 반대가 거셌다. 하지만 김 의원님은 포기하지 않았고, 결국 임종석 당시 비서실장이 "우리 정부에서 반드시 해야 하는 정책을 구현하기 위해 필요한 사람"이라며 직접 총무비서관을 설득해 준 덕분에 나는 11월에야 행정관으로 합류할 수 있었다. 돌이켜보면 부처의 이해관계에서 자유로운 내 위치가 오히려 정책을 객관적이고 강력하게 설계·추진하는 데 큰 힘이 되었다.

김 의원님이 구상한 혁신 조달의 핵심은 마리아나 마주카토의 저서 『기업가형 국가』에 나오는 철학과 맞닿아 있었다. 의원님이

　　　　　　　　　　　　　　　　　　　사랑한다면 반응하라

직접 책을 소개하며 강조한 내용은 "정부가 위험을 무릅쓰고 혁신 제품을 먼저 구매하여 시장을 창출해야 한다"는 것이었다. 우리는 연간 100조 원이 넘는 공공 구매력을 활용해, 아직 검증되지 않은 시제품이라도 정부가 선도적으로 구매해 '테스트 베드'를 제공하는 파격적인 안을 만들었다. 특히 실패를 두려워하지 않도록 담당 공무원에게 면책 특권을 부여하는 '적극 행정' 조항은 김우영다운 역발상의 결실이었다.

정책 초안 발표 당시, "공정성을 훼손할 수 있다"는 우려와 반대에 부딪혔을 때 대통령께서 하셨던 말씀이 아직도 생생하다.

"이것은 우리 정부에서 반드시 해야 하는 정책입니다."

대통령의 이 한마디 덕분에 우리는 대한민국 최초의 강력한 혁신 조달 정책을 완성할 수 있었다. 비록 정책이 완성될 무렵 김 의원님은 자치발전비서관으로 자리를 옮겼지만, 그가 다져 놓은 단단한 토대는 문재인 정부의 대표적인 성과로 남았다.

시대를 너무 앞서간 비운의 '삼별초 전략'

제도개혁비서관실 행정관으로 일하던 어느 날, 김 의원님이 나를 불렀다.

"부 박사, 우리 대기업들의 장점을 융합하는 초거대 프로젝트를 한번 구상해 봅시다. 삼성의 반도체, 현대의 자동차, SK의 통신을 묶는 겁니다."

중소기업 지원 일변도였던 당시 분위기에서 대기업 간의 연합을 주창하는 것 또한 그가 좋아하는 역발상이었다. 나는 그의 지시를 받아 밤낮으로 자료를 조사했고, 초격차(기술), 초융합(산업), 초협력(상생)을 골자로 하는 세 가지 정책 방향을 설정했다. 김 의원님은 이를 '삼별초(Hyper³) 전략'이라 명명하며 좋아했다.

이 전략은 당시로서는 파격적이었지만, 지금 보면 놀랍도록 정확한 미래 예측이었다.

첫째, 보고서는 2019년 1월에 이미 일본 자민당의 기류를 감지하고 기술패권주의 시대의 자립 전략으로 '소부장(소재·부품·장비)' 국산화를 주장했다. 이는 불과 6개월 뒤 당시 아베 총리가 일본의 대한반도체 소재 부품의 수출 규제가 현실화되면서 정확히 적중했다.

둘째, 구미를 반도체·부품 후방 산업의 기지로 만들자는 일명 '구텐베르크 프로젝트'를 제안했는데, 이는 현재 정부의 구미 반도체 특화단지 지정으로 실현되었다.

셋째, 삼성(반도체)과 현대(모빌리티)의 '미래차 동맹' 제안이다. 당시에는 서먹했던 두 그룹이 최근 차량용 칩과 인포테인먼트 분야에서 역사적인 협력을 시작한 것을 보면, 김 의원님의 혜안이 얼마나 앞서 있었는지 알 수 있다.

우리는 이 보고서를 현실화하기 위해 백방으로 뛰었다. 2019년 1월 말, 김 의원님과 나는 당시 경제보좌관과 광화문 지역의 한 식당에서 저녁식사를 하며 이 전략을 설명했고, 보좌관 역시 "대통령께 보고할 만한 수준"이라며 고무적인 반응을 보였다. 하지만 운명의 장

　　　　　　　　　　　　　　사랑한다면 반응하라

난처럼 바로 다음 날 경제보좌관이 불미스러운 일로 낙마하면서 보고 기회는 허무하게 사라지고 말았다. 김 의원님은 이후에도 이 전략을 살려 보려 애썼으나, 그가 청와대를 떠나면서 '삼별초 전략'은 아쉽게도 멈춰 서고 말았다.

얼마 전 젠슨 황, 이재용, 정의선 등 글로벌 기업 총수들이 회동하며 합종연횡하는 뉴스를 보았다. 김우영 의원님과 2019년에 같이 그렸던 그림이 이제야 세계적인 상식이 된 것이다. 너무 앞서 나간 정책은 실패한 것이 아니라, 단지 시기가 오지 않았을 뿐임을 새삼 깨닫는다.

김우영은 그런 사람이다. 남들이 보지 못하는 너머를 보고, 책 속의 지혜를 현실의 무기로 바꾸며, 실패를 두려워하지 않고 돌진하는 사람. 나는 그 뜨거웠던 청와대의 밤들을, 그리고 시대를 앞서갔던 그의 열정을 존경하고 기억한다.

조각보처럼 펼쳐지는 비범한 능력

박찬대
제22대 국회 더불어민주당 초대 원내대표, 인천 연수구(갑) 국회의원

김우영이라는 사람을 알아갈수록, 잘 짜인 조각보 하나를 마주하고 있다는 생각이 듭니다. 서로 다른 색과 모양의 천들이 모여 하나의 아름다운 작품을 이루는 조각보처럼, 제가 곁에서 지켜본 김우영 의원은 다채로운 결을 가진 사람이기 때문입니다.

처음 마주했을 때는 은평구청장을 두 번 지낸 유능한 행정가인 줄로만 알았습니다. 하지만 한 꺼풀 들춰보니 날카로운 식견을 가진 전략가였고, 또 한 꺼풀 넘겨보니 문학과 예술, 역사의 향기를 아는 따뜻한 문인이었습니다.

그를 부분 부분 알게 될 때마다 마주하게 되는 그 깊이와 다양성에 놀라는 것은 참 기분 좋은 경험입니다. '이 사람의 한계는 어디일까' 궁금해질 만큼 김우영이라는 조각보는 알면 알수록 더 넓고 단단하게 펼쳐집니다

첫 만남, 그리고 비범한 능력

우리가 처음 깊게 호흡을 맞춘 건 20대 대선 캠프 시절이었습

니다. 당시 이재명 대통령 후보 선거대책위원회에서 저는 수석대변인이었고, 김 의원은 대변인으로 합류했습니다. 그때 방대한 빅데이터를 분석해 민심의 흐름을 읽어내고, 이를 바탕으로 신선한 아이디어를 쏟아내는 그의 능력이 참 돋보였습니다. 당시 그를 보며, 대변인 업무가 정치 철학과 정교한 데이터가 결합된 예술이라는 사실을 새삼 깨달았습니다.

이미 이런 실력을 갖추고 있던 김우영 대변인을 이재명 대통령께서 당대표 시절 정무특보로 중용했던 것은 어쩌면 당연한 일이었을지 모릅니다. 지시를 따르는 것을 넘어 창의적인 해결법을 제시하고, 예리한 조언을 던질 줄 아는 정치인이기 때문입니다.

진관사 정자에서 나눈 동지애

그의 실력은 현장에서 더욱 묵직하게 증명됩니다. 은평구에 있는 진관사를 가보면 압니다. 오늘날 진관사가 전통 사찰로서 은평구민, 서울시민을 넘어 많은 국민에게 가까이 다가가기까지 김우영 의원의 남다른 뒷받침이 있었습니다.

일전에 김 의원의 안내로 진관사를 방문했을 때, 저는 아주 인상적인 장면을 목격했습니다. 그를 맞이하는 스님들의 눈빛과 태도가 참으로 따뜻했기 때문입니다. 관할 구청장으로서 든든하게 뒷받침하는 것은 물론, 우리 문화와 역사에 대한 깊은 존중을 바탕으로 스님과 불자들을 대하고 현장을 돌본 그의 진심을 알아주신 것이었습니다.

김우영 의원 덕분에 진관사는 제게도 의미 깊은 곳이 되었습니다. 원내대표 시절, 당원 주권 시대를 열기 위해 당내의 여러 복잡한 이해관계를 조정하고 갈등을 풀어내야 할 때 김 의원은 종종 저에게 진관사 행을 권했습니다.

특히 기억에 남는 장면이 있습니다. 당의 미래를 위해 누구보다 당을 아끼는 선배 의원을 설득해야 했을 때, 김우영 정무특보가 진관사 아늑한 정자에서 저와 선배 의원이 소통할 수 있는 자리를 마련해 주었습니다. 쉽지 않은 자리였지만, 김 의원은 특유의 정무적 감각으로 그 자리를 함께 지켜냈습니다. 남들이 꺼리는 고통스러운 중재 과정을 묵묵히 수행하는 그를 보며, 동지애가 더 깊고 뜨거워졌습니다.

문학을 아는 따뜻한 전략가

정치인 김우영의 또 다른 매력은 '인문학적 깊이'입니다. 고故 신경림 시인의 추도식에 참석했을 때, 문인들과 스스럼없이 어울리고 있는 김 의원을 마주친 적이 있습니다. 잠깐의 참석이 아니라 오래 전부터 그들과 호흡하며 문학적 공감대를 쌓아온 모습이 참으로 인상적이었습니다.

김우영이라는 정치인은 사람을 대할 때는 인문학적 감수성으로 마음을 보듬고, 일을 할 때는 행정가의 치밀함을 발휘합니다. 우리 문화의 가치를 살려낼 줄 아는 깊은 내공도 지녔습니다. 또한 정치와 행정을 통해 시민의 삶을 바꾸는 것을 하나의 창의적 작업으로 여길 줄 아는 드문 안목을 가진 정무가이기도 합니다.

정치적 전략과 직관은 누구보다 예리하지만, 성품은 두루두루 원만하고 온화합니다. 그러면서도 자신이 옳다고 믿는 신념 앞에서는 누구에게든 제 목소리를 낼 줄 아는 단단함을 갖췄습니다. 무엇보다 현장을 대하는 그의 정성스러운 태도는 시민들의 삶을 바꾸는 진짜 힘이 됩니다.

단단하게 벼려 온 내공, 미래가 더 기대되는 정치인

김우영은 이미 충분히 갖춰진 사람입니다. 이재명 대통령 주변의 뛰어난 인재 중에서도 그는 상대적으로 평가가 덜 된, 그래서 앞으로가 더욱 기대되는 정치인입니다.

저 역시 정치인으로서 성장하는 과정에서 국회에 같이 입성한 일종의 동기 국회의원들로부터 "처음엔 평범해 보였지만 짧은 시간 내에 엄청나게 성장했다"는 평가를 받기도 했습니다. 그런 제가 보기에 김우영 의원은 이미 그 내공이 꽉 차 있는 보물 같은 사람입니다.

사랑한다면 반응해야 한다는 그의 말처럼, 시민의 삶에 뜨겁게 반응하며 더 크게 성장할 정치인 김우영의 앞날을 온 마음으로 응원합니다. 그가 정성껏 짜온 이 다채롭고 단단한 조각보가 대한민국 정치라는 큰 틀 위에서 어떻게 더 넓고 아름답게 펼쳐질지, 벌써부터 가슴이 뜁니다.

김우영 자전에세이
사랑한다면 반응하라

초판 1쇄 찍은날 2026년 2월 25일
초판 1쇄 펴낸날 2026년 2월 27일

지은이 김우영

펴낸이 최윤정
펴낸곳 도서출판 나무와숲 | 등록 2001-000095
주   소 서울특별시 송파구 올림픽로 336 910호(방이동, 대우유토피아빌딩)
전   화 02-3474-1114 | 팩스 02-3474-1113 | e-mail : namuwasup@namuwasup.com

ⓒ 김우영 2026

ISBN   979-11-93950-34-0   03810